JN043802

# 聖女の姉ですが、宰相閣下は無能な妹より私がお好きなようですよ？ 3

# 登場人物紹介
character

**エドヴァルド・イデオン**

アンジェス国の冷徹な宰相。
だが、レイナのことを知っていくにつれて彼女に深い欲を抱き、
今では手放すまいとしている。

**レイナ（十河《そがわ》怜菜《れいな》）**

異世界に『聖女の姉』として召喚された。
今はエドヴァルドの邸宅で「女主人」として執務をしている。
非常に優秀だが、妹へのコンプレックスを持っていて
脆いところも。
エドヴァルドの独占欲に気が付きつつあるが……

マナ（十河《そがわ》舞菜《まな》）
レイナの妹で、異世界に
召喚された『聖女』。
自分がちやほやされる
ことしか考えていない。
フィルバート・
アンジェス
アンジェス国の国王。
エドヴァルドを「エディ」と
呼ぶ仲だが、彼を利用すること
には躊躇いがない。
ややサイコパスな側面を持つ。
ヤンネ・
キヴェカス
イデオン公爵領の法律顧問。
レイナが憧れる「世界的に
有名な名探偵」に似ているが……
シャルリーヌ・
ボードリエ
ギーレン国に現れた
次期『聖女』。
前世の記憶を持っている。

# 第一章　元王族の風格

「……今日ってコレ、必要だったのかな……」

盛大なため息と共に姿見の前に立つ私の首回りには、昨夜また増えた赤い痕《キスマーク》が点々と散っている。

昨夜ソファに押し倒された私に、エドヴァルドは何度も深い口付けを繰り返し、結果呼吸困難で力が抜けた私の首回りに、問答無用で痕を増やしたのだ。

そしてぐったりとしている私の耳元で「……すまない。ちょっと頭に血が上った。ともかく王宮の方は私に任せろ」とだけ、囁いた。

――ああ、もう、穴を掘って埋まりたい！　そのバリトン声も反則です!!

うっかり昨晩のことを色々と思い起こしてしまって頬が熱い。ちらりと周りを見回すと、侍女さん達の視線もどうにも生温かい。

ただ、妹の尻拭いを避けるために必死になっていただけなのに、どうしてこうなった。

異世界。それも、乙女ゲームでもあり戦略シミュレーションゲームでもある〝蘇芳戦記《すおうせんき》〟と酷似している世界。

妹の舞菜《まな》が「聖女」として召喚されたその後に、私までが妹の補佐として無理矢理呼び出されてしまった。

小さい頃からわがまま放題だった妹の尻拭いを異世界に来てまでしていられないと、私はアンジェス国宰相エドヴァルド・イデオンとの直談判の末に、この国の文字や最新の情報を勉強する代わりに王宮、そして妹からは離れて生活する権利を勝ち取ったのだ。

その結果、イデオン公爵邸にて衣食住を保証されることになったわけなんだけれど。

王都に居るままでは、いつまた王宮に呼び戻されるか分かったものじゃない。もう少し距離が欲しいし、いつでも独り立ち出来るようにもしておきたい。

無駄飯喰らいの居候にはなりたくないし、一宿一飯ペースで恩は返しておこうとあれこれ動いてみたところ——

『貴女の居場所は、私の隣だ。……それ以外は認めない』

いつの間にか宰相閣下にそう言い切られ、唇まで奪われる事態に陥《おちい》っていた。

何度でも言おう。ホントに、どうしてこうなった。

私はただ、衣食住を保証してもらう以上は、家主であるエドヴァルドが〝蘇芳戦記〟のシナリオのように、暗殺や処刑の憂《う》き目に遭うことは避けたいと、そう思って動いただけだったのだ。

その、肝心の〝蘇芳戦記〟のシナリオを思い起こせば、現時点で隣国ギーレンでの婚約破棄騒動は既に起きていたので、エドヴァルドルートの処刑エンドは既に消滅しているはずだ。ギーレン国からゲームを始める場合のプレイヤーとなるヒロインが、既に婚約破棄の末アンジェス国に亡命してきていることからも、それは間違いない。

ただ、エドヴァルドルートのバッドエンドはもう一ルート作られている。

隣国での婚約破棄騒動の末に失脚した第一王子に代わって外遊に出ることになる第二王子が暗殺

され、最終的には二国同時の叛乱が引き起こされるシナリオである。

失脚したはずの第一王子と、アンジェス国王の叔父であるレイフ殿下が裏で手を組み、アンジェス国王フィルバート、宰相エドヴァルドが共に、隣国の王子暗殺という失態を追及され、王宮を追われることになってしまう。そして差し向けられる刺客の手によって斃《たお》されるエンドがそこには待ち受けているのである。

――そちら側のルートがまだ消滅していない以上は、私にイデオン公爵邸を出て自活をするという選択肢はない。万一シナリオの強制力が働いてしまえば、今、イデオン公爵邸の居候となっている私とて、どうなるか分からない。妹のお守りは嫌だ、などと言っているどころではなくなってしまうのだ。

どうすれば、残るもう一つのバッドエンドを消滅させることができるのか。

そんな今の状況をなんとか整理しつつ、何はともあれ今日の本題を隣にいる侍女長、ヨンナに確認した。

「アンディション侯爵様って、かなりお年を召していらっしゃるとか……？」

イデオン公爵領内の侯爵領にお住まいの元王族が、今日邸宅にいらっしゃるのだ。

しかも普段は直接来ないはずの税の報告に、今年は何故かご本人が来訪されるという。私でなくとも裏を疑いたくなるだろう。

訝しむ私に「さようでございますね……」と、ドレスの背中の紐を手際よく結びながら、ヨンナが答えた。

「アンディション侯爵領に住まわれるようになってから、王宮行事でもない限りは公爵邸にいらしたことはなかったと記憶しております。ですから旦那様に含むところがあると言うよりも、いずれかの家門の姫君をお連れになっている可能性の方が高いのではと――」

そう言われて、仮にも元王族の方に会うのに、赤い痕《キスマーク》が隠されていない理由をそこで察した。

ドレス自体はビスチェタイプのAライン、透け感の大きいレース素材の七分袖のショート丈のスタンドネックブラウスを上から纏うように袖を通してみれば、下品にならない程度にレース越しにつけられた赤い痕がチラチラと見える。敏腕ドレスデザイナーたるヘルマンさんが先手を打って仕上げてきている感が半端ない。

「本当に、才能だけは突出していらっしゃるのですよ、ヘルマン様……」

ねじり編みに後《おく》れ毛シニョンを合わせたヘアセットも完了して、出来上がりに驚嘆している侍女一同の感想を総括した、ヨンナの言葉がもう、全てと言って良かった。

ただ、今回は自分がまずアンディション侯爵の出方を窺うと、エドヴァルドからは言われている。

アンディション侯爵が一人で来ようと誰かを連れていようと、今のところ私はヨンナ曰く「武装」をした状態で、そのまましばらく待つより他はないのだ。

「侯爵って言っても、元王族の方《かた》だもんね……ちょっと緊張する」

差し出されたカップの水に口をつけると、ヨンナが軽く背中をさすってくれた。

「家庭教師の皆さまも、こぞってレイナ様の努力を褒めていらっしゃいました。それに、とても呑み込みが早いと」

「ははは……」

それはもう、生来の負けず嫌いと、とっとと妹から離れて自活する気でいたからという要素が絡み合っていたが故のことなのだけれど、さすがにそれはこの場では口に出来ない。

（……それよりもシナリオの話だ）

今日会うはずのアンディション侯爵は、そもそもゲーム内には登場しない。

だけど現在の状況では無視出来ない存在なのだ。

〝蘇芳戦記〟ギーレンサイドのヒロインであるシャルリーヌ嬢。彼女が件《くだん》の第二王子、エドベリ王子から逃げるための方法として連絡を取った相手が、このアンディション侯爵だ。

現状、もしヒロインをシャルリーヌ嬢だとしてシナリオ通りに進んでいけば、失脚した第一王子に代わって王位継承権を手にすることになるエドベリ王子とアンジェスで開かれる夜会で再会し、手に手を取って帰国をするハッピーエンドが待つことになる。

ただし、シナリオの強制力がアンジェス国の聖女――つまりは私の妹の方に傾けば、ギーレンルートのハッピーエンドは破綻する。夜会でエドベリ王子は暗殺され、エドヴァルドが追放刺殺されるルートへと一直線に進むことになってしまうのだ。

私としては、それはもうシャルリーヌ嬢がヒロインであってほしく、彼女にエドベリ王子サマと手に手を取って帰国をしてほしかった――それなのに。

『イヤに決まってるわ、あんな粘着質な性悪!!』

ヒロインからの、まさかのシナリオ全面拒否。

挙句、彼女は家の伝手《つて》を使ってアンディション侯爵と繋ぎを取り、海を隔《へだ》てた海洋国家バリエンダール国へのさらなる亡命さえも目論《もくろ》んでいた。

完全に、フラグをへし折りにきていた。

ギーレンサイドのヒロインはシナリオを知る転生者だったのだ。そのうえ思った以上に行動派だった。

そして何なら、自活にしろいざと言う時にエドヴァルドを連れて亡命を目論《もくろ》むにしろ、ギーレンではなくバリエンダールに逃げればバッドエンドからは逃れられるだろうかと、考えていたことをエドヴァルドには見透かされた。

『私は貴女をバリエンダールへは行かせない』

『ボードリエ伯爵令嬢と共にバリエンダールへ逃れるという選択肢だけは、今すぐここで捨ててほしい』

それが多分、昨夜「痕」を増やされる羽目になった原因の一端だ。

普段は自らの邸から出ることがないアンディション侯爵本人が、この公爵邸にやって来ると聞かされたことが、エドヴァルドの中にあった危機感を煽ったようだ。

――シナリオは知らずとも、私がこの国から出ていくかもしれないという、危機感を。

アンディション侯爵が税の申告にだけ来たわけではないと、エドヴァルドも多分思っている。

私の緊張は、決して侯爵が元王族という肩書を持っているからというだけではなかったのだ。

ぐるぐると考えすぎていたのか、無意識の内に肩に力が入っていたんだろう。

だからヨンナがずっと背中をさすってくれていたのだ。

「カーテシーもかなり上達なさいましたし……後はダンスくらいじゃないかと思いますが、それは今回披露するわけではございません。もう少し肩の力を抜かれてはいかがですか」

きっとそれは、純粋な励ましだっただろう。だけど、それはそれで別の重圧が圧《の》し掛かることになった。

ダンス。

世に名だたる「不器用ブッキーちゃん」最大の弱点。

「ヨンナ……それ、フォローになってない……ダンスはダンスでものすごーく困ってるのよ、私」

暗記自体苦手ではないので、各種ステップやダンスの型は覚えられる。けれど音楽に合わせて踊るということが出来ない。

音楽に耳を傾ければ足が疎《おろそ》かになって、ダンスに集中をすれば音楽とずれる。

今のところ、この致命的欠陥を改善出来ていない。

こんな状態で、陛下や隣国ギーレンのエドベリ王子と踊れるのか、私。

「そう言えばエドヴァルド様が式典で誰とも踊らない、国王命令さえ無視してのけるって、陛下がボヤいていらっしゃったけど……邸宅《おやしき》でも教わったりされなかったの？」

話題の一つとして何気なく私が聞けば、ヨンナがちょっと微笑ましそうに笑った。

「旦那様と、踊ってみたいと思われますか？」

「えっ、いやっ、面倒がってるだけで実はすごく上手いとかだったら、そこはもう謹んで遠慮するんだけど、本当に苦手なら、一緒に練習するのもいいかなぁ……と、思って」

上手いのなら、私がエドヴァルドの足を踏むなどの危険だけが付きまとうので、謹んで遠慮したい。

上手くないなら、遠慮なく練習相手が頼めると思うのだ。

私ばかりが一方的な迷惑をかけずに済む。

そう言うと、ヨンナは記憶をたどるように視線を宙に向けた。

「ご幼少の頃に、後継者教育の一環で習ってはいらっしゃいましたけれど、何度目かの夜会で、ご令嬢方のお相手をされることに心底お疲れになったようで……。基本のステップは頭におありだと思いますけれど、実際今、どうかと言われますと……」

長年公爵家にいるヨンナのエドヴァルド評には、忖度がない。

つまりはきっと、今となっては本人にすら未知数ということだ。

「なら、一回練習付き合ってくれるよう、頼んでみようかな……」

私の呟きに、何故かヨンナ以下、侍女の皆さま方の目がキラキラと輝いた。

「ぜひ、ぜひ、そうなさってくださいませ！　そうすれば、イデオン公爵家主催でも夜会が開けるようになって、旦那様が他の公爵様方から叱責されることもなくなります！」

夜会は単に貴族の贅沢の象徴、自分の権力をひけらかす場というわけではなく、貴族同士の情報交換の場や、未婚の貴族子女の出会いの場として、それなりの意義があるのだそうだ。

本人がそこに重きを置いておらずとも、夜会そのものを開ける力がある貴族の数も無限ではないため、暗黙の了解として、伯爵家以上の家格を持つ貴族には大小問わず夜会の開催を促すという同調圧力のようなモノが存在しているという。

エドヴァルドは、現在宰相位にあることを楯《たて》にそれらの全てに背を向けている状態らしい。

そして他の公爵家の中には、そのことを快く思っていない勢力もあるのだそうだ。

詳しいな、と思っていると「五つの公爵家の間くらいでしたら、侍女達の情報網で大抵のことは分かりますよ」と言われてしまった。

「ただし、噂の域を出ないものも多く含まれますので、要は情報を使いこなす人間の器次第と言うことでございます」

……セルヴァンとは別方向で、ヨンナも逆らってはいけない人だと、私は再度自分に言い聞かせる。

それからおずおずと挙手をして、ヨンナを見つめた。

「あの、夜会はまだちょっと、ハードルが高いかと……お茶会ですら、最後ちょっとグダグダだったし……」

「何事もまず、一歩目を踏み出すことが大事でございます。昨日《さくじつ》の茶会とて、最後の方は、ご令嬢と親しくなられたということで目を瞑《つむ》れる程度には、レイナ様は女主人として作法に添ったおもてなしをなさっていらっしゃいました。昨日の経験を活かして、二人三人と、お招きになる人数を増やしていかれれば宜しいのです。そうすれば、ゆくゆくは夜会も主催出来るようになりましょう」

「……なるほどデス」

ぐうの音も出ません。

「さ、善は急げです、レイナ様。アンディション侯爵様とのお話が終わりましたら早速、ダンスの練習の話を旦那様になさいませ。このヨンナも援護をさせていただきますので」

きっと今頃は、アンディション侯爵の来訪の目的や、レイフ殿下達の叛乱計画《クーデター》に関して何か情報を持っていないかとか、腹の探り合いをしている頃だろうに、その後いきなりダンスの話は無理があるんじゃ……と、思っているのは私だけ。

ヨンナどころか後ろの侍女サマ達も、大きく首を縦に振って頷いていた。味方がいない。

「失礼致します。レイナ様、旦那様がそろそろ階下へ来てもらいたい――と」

だからノックの音とセルヴァンの呼び出しは、この時正直言って、渡りに船だった。

そう、ひと息ついたはずだったのに。

「おやヨンナ、どうしました。随分と気合いの入った表情をしていますが」

「セルヴァン、レイナ様は時間が空き次第、旦那様とダンスの練習をなさりたいそうです。今日すぐにとは言いませんが、旦那様の夜のお時間の調整は可能ですか」

「何と！　それは素晴らしい心がけでいらっしゃいます、レイナ様。お任せください。必ずや私が旦那様を練習に引っ張り出しますので、どうぞ期待してお待ちください」

……私は久し振りに、何気なく言った自分の一言を盛大に後悔していた。

そんな、公爵邸の一大イベントみたいな扱いにしないで!!


セルヴァンとヨンナの気遣いだったのか、無意識だったのか。そんなやり取りを経たおかげで緊張も緩み、アンディション侯爵のもとへと向かう。

応接室では、エドヴァルドとアンディション侯爵が向かい合わせに座っていた。

年齢を鑑《かんが》み、王宮から自主的に退いた元王族、テオドル・アンディション侯爵閣下。彼は、ミュージカルに出てきた皇帝の晩年を思い起こさせるような、貫禄のあるご老人だった。

元王族と言われて納得のオーラがあるし、とにかく、渋い。

無言でカーテシーの姿勢をとる私に「よい、よい」と、アンディション侯爵は微笑んで片手を振った。

「昔のことは昔のこと。今はもう、侯爵邸で妻と余生を過ごす一介の老人よ。シャルリーヌ嬢と共に、気楽に訪ねてくれるがいいぞ」

「有難うございます。ボードリエ伯爵令嬢からは、奥様がお作りになるルーネベリタルトが絶品だと聞きました。ぜひ私も味わってみたいと思っております」

ルーネベリタルトとは、スパイスクッキーを砕いて混ぜた、バターケーキのようなスイーツらしい。

王都のカフェでも出せる味だと、シャルリーヌが絶賛していたのだ。

私の言葉にアンディション侯爵はふと笑みを深めた。

「ほう！　昨日だけで随分とシャルリーヌ嬢とは交流が深まったようだな。何にせよ、気に入ってくれていたのであれば、妻も喜ぶであろうよ。戻ったら早速伝えねばな」

「ええ。彼女は私の居た国のことをよく知っていました。それだけでと、思う方《かた》もいらっしゃるかもしれませんが……本当に、とても嬉しかったです。ですから今後も、彼女とは交流していきたいと思っていますし、その際はぜひ、お邪魔させていただきたいと思っています」

交流が深まった、といった辺りで、ちょっとエドヴァルドが何か言いたげだったけど、アンディション侯爵に遠慮をしているのか、口に出しては何も言わなかった。

召喚だなんだといった異世界の話は詳しく話さないと、事前に決めてある。

たとえ元王族といえど、本人の望まぬ異世界召喚があったなどという話は、知らないにこしたことはない。公務から遠ざかっている者に、わざわざ説明する必要はないと判断したのだ。どこからどのように尾ひれが付いて話が広がるかなど、誰にも分からないのだから。

「うむ。その際は妻と共に歓迎しようぞ」

シャルリーヌと遊びに行きたい、というのが掛け値なしの本音であることは、アンディション侯爵にも分かったのだろう。

眉根を寄せているエドヴァルドとは対照的に、こちらは好々爺然《こうこうや》とした表情で何度も頷いていた。

「……っ!?」

ただ言葉の代わりに、私の隣にいたエドヴァルドの手がテーブルの下でスッと伸びて、私の手を包み込んだ。

……一応、気を遣ってくれているということなんだろうか。それにしては力が強い気もする。まさか、行くなとでも？

とりあえずここでは素知らぬふりを決め込んで、アンディション侯爵の方に向き直った。

「儂が今回王都まで来たのは、ボードリエ伯爵令嬢がエドベリ王子外遊の場に居合わせることを、忌避していたことが気になったというのもあってな。一介の貴族令嬢が、バリエンダールへの亡命を視野に入れるなどと、並大抵のことではない」

曰く、ボードリエ伯爵夫妻とは顔見知りよりやや親しい、といった程度の付き合いだったものの、その娘に切羽詰まった表情で助力を請われては頭から拒否する理由も見当たらなかった、ということらしい。

「今回彼女と親しくなったというが、そなたの目から見ても王子外遊の際には何かが起きると思ったのかね」

まさかクーデターが起きるかもしれないなどと、普通は考えない。

多分アンディション侯爵はここに来るまで、令嬢が無理矢理ギーレンに連れ戻されるのを恐れている、くらいの感覚でいたんだと思う。

「そうですね……」

言葉を選びつつ、頷く。シャルリーヌや私なんかの言葉を馬鹿馬鹿しいと一言の下に斬り捨てなかったところは、素直に謝意を示すべきだと思った。

「いえ、まずは小娘の戯言《たわごと》と切って捨てることなく、シャルリーヌ嬢や私の話に耳を傾けてくださる侯爵様や公――エドヴァルド様に、感謝いたします」

なんだろう。一応礼節を保って「公爵閣下」と言おうとしたのに、そこは違うだろうという無言の圧力を感じてしまった。

アンディション侯爵がエドヴァルドを見る視線も、なんとなく、驚きに満ちている。

私はそんな二人の様子を横目に、言葉を続けた。私は何も気が付いていません、ええ。

「そのうえで、エドベリ王子外遊の際に『何か』起きると思うかとのお話にお答えするなら……まずギーレン国で婚約破棄騒動が起きたのにもかかわらず、わざわざアンジェス国側から王の従妹クレスセンシア姫が、高額の持参金と共に騒動を起こした直後のパトリック元第一王子に輿入れをする。その状況そのものを不自然に感じました」

「ほう、不自然かね」

「女性関係に問題が大アリの元王子相手に、高額の持参金を渡してまで得たい益があるとは思えませんから。恐らく持参金には別の流用目的があるでしょうし、それに気付かない時点で、元王子の次期国王としての資質も疑わしいですよね」

思わずそう言うと、アンディション侯爵の目が丸くなった。

「――すみません。ベクレル伯爵令嬢時代のシャルリーヌ嬢の苦労が偲《しの》ばれて、つい憤ってしまいました」

うっかり、ぶっちゃけたとも言う。

他国とはいえ、既に元が付くとはいえ、王子相手にしていい発言ではない。

エドヴァルド、アンディション侯爵双方の視線を受けつつ、私がペコリと頭を下げると、目を丸くしていたアンディション侯爵が、やがて高らかな笑い声をあげた。

「益も資質もないか！　はははっ！　これはいい……！　なるほど、そなたは、王子がお気に入りの令嬢を連れ戻そうとする以外の裏があると、そう申すわけだな」

「その持参金で人を雇って、エドベリ王子を狙う可能性はゼロじゃないと思っただけです。万一王子の身に何かあれば、責任を問われるのはこの国の国王陛下。そして持参金の存在によって、関与を疑われるのは隣国の元第一王子。こちらも失脚は避けられなくなる。一度に三人を落とすことができる――ように見えませんか？」

私の言葉に、エドヴァルドとアンディション侯爵、国の二人の重鎮が目を瞠《みは》り、次いで無意識のうちに顔を見合わせていた。

「ふむ……確かにどこぞの王の叔父が考えそうなことではあるが……」

「実際に雇ったのがあの方《かた》だったとしても、輿入れした姫を楯《たて》に協力させられたと言えば、言い逃れが可能な状況ではある」

「なるほどな……イデオン公、これでは手放したくなくなるのも無理はないな……！」

「ご理解いただけたようで何よりです、殿下」

彼のことをアンディション侯爵とあえて呼ばないエドヴァルドの言い方には含みがあった。

ただ「うむ」と答えたアンディション侯爵は、気付いていてもそこには触れないようだ。

いったい、私が来る前に何を話していたのだろう、と疑問に思う。

しかしそんな思考を遮るように、アンディション侯爵が軽く手を打った。

「さて、そう聞けば外遊関連の式典、夜会に関して無風というわけにもいかぬように思えるな。まあそもそも、伯爵位以上の貴族は出席必須となっておるし、儂にも案内状が届いておる。名前と肩書程度ならば今でも役に立つであろうから、必要に応じてそなたらで好きに使うといい」

アンディション侯爵の言葉と振る舞いから察するに、どうやらイデオン公爵家やエドヴァルド本人に思うところがあって来たわけでも、アルノシュト伯爵夫人のように縁談を押し付けに来たわけでもなかったみたいだった。あくまでアンディション侯爵邸での平穏な生活を維持するために動いたと、言っているように聞こえる。

アンディション侯爵の言葉にエドヴァルドが黙礼を返し、私も慌ててそれに倣《なら》った。

そして侯爵はこの後、北か南の館を使うのか、あるいはこの公爵邸に部屋を用意するのか。

どうされるのかと思っていると、意外にも「孫の婚家に泊まる」と侯爵は片手を振った。

「何かあればそちらに言付けを寄越してくれて構わぬよ。が、ご機嫌伺いしか能がないような連中に列をなされても困るのでな。滞在先として名だけは貸してもらえると有難い」

聞けば結婚を機に、アンディション侯爵自身よりも先に臣籍降嫁した娘のさらにその娘が、王都の商業ギルドの幹部である青年と結婚した末、王都内に邸宅を持っているらしい。

なるほどそれは、貴族連中に押しかけられても困るだろう。

「承知しました。何か贈られてきた場合も、問答無用に処分していいとのことであれば」

あえて極端な言い方をしたエドヴァルドに、アンディション侯爵は顔色も変えず笑っていた。

「構わん、構わん。たとえ王家の名を冠していたとしても、それが本物であるとは限らんからな。陛下が直接そちらに何かを言付けた時のみ、例外とさせてもらおう。まあ、そんな機会があるとも思えんが」

本物とは限らない贈り物――思わず眉を顰《ひそ》めたのは私だけで、エドヴァルドは動揺一つせずに低い声でそれに答えていた。

「私宛に刃物やら妙な薬やらが送られてくることだって、しょっちゅうだ。まあ、セルヴァンやヨンナの所をすり抜けることはまずないから、貴女は安心していていい」

私としては、顔色一つ変えないエドヴァルドやアンディション侯爵にも驚きだし、そんな物騒な「贈り物」をあっさりとあしらえてしまうらしいセルヴァンとヨンナにも驚きだ。

……名指しされた当の二人はむしろ期待に満ちた目で私の方を見つめていたわけなんだけれど。

(ああ、そろそろ話の潮時のようだからアレを言えと)

いやいや。今すぐはちょっと……

夕食時に頑張ります。

戦略的撤退ということで、勘弁してください！

そして夕食がデザートに差し掛かった頃、セルヴァンとヨンナの無言の圧力にとうとう屈した私は、視線をあちこちに彷徨《さまよ》わせた挙動不審の状態で『例の話』を切り出した。

「えーっと……エドヴァルド様、ちょっとお願いが……」

「どうした。貴女の方から、わざわざそんな風に言い出すのも珍しいな」

「その……なんていうか、エドベリ王子の外遊まで、日がなくなってきたじゃないですか」

「そうだな。何か不安が――いや、基本的には不安の方が大きいのか。無理を言っている自覚は、私にもフィルバートにもあるからな」

フィルバートとは国王陛下の名前だ。そんな風に呼び捨てが許されているのは、幼馴染のエドヴァルドくらいだろう。

やや腹黒でサイコパス気味だが王としては優秀で――と、そんなことはどうでもよくて。

私は首を振りつつ、目の前のコーヒーカップを手にとった。

「いえ、ただ会話をするだけなら、何とかなる気はしているんです。ですけど、その……ダンスの進捗状況だけが、どうにも不安で」

カップに口をつけながら、エドヴァルドをチラ見すれば、言われた当人のコーヒーカップを持つ手も、ピタリと止まった。

「……家庭教師の時間を少し変えて、ダンスの時間を増やすか」

「もちろん、それもお願いしたいんですけど」

「…………」

「食事してから眠るまでとか、少し時間が空く時もあるじゃないですか」

「…………」

「エドヴァルド様」

「…………なんだ」

「今日からとは言わないので、練習に付き合ってもらえませんか」

固唾《かたず》を飲む見本のような空気が、ダイニングを取り巻いている。エドヴァルドは周囲を見回して、呆れたように呟いた。

「……なぜ、言い出しているレイナ以外までが、懇願するように私を見ているんだ」

「多分みんな、私の不器用ぶりを心配してくれてるんです」

夜会を開く気配もない公爵家の将来を心配している……とは、まさか言えない。

「話は聞いているはずだろう。私はもう、何年もそういった場には出ていない。練習にならないぞ」

「非の打ち所がないくらいに上手だったら、いつ足を踏むか気が気じゃないんで、逆に練習にならないんです。お互い様くらいでいられた方が、気を遣わなくていいんです」

しばらくの沈黙の後、エドヴァルドはコーヒーカップとソーサーをそれぞれテーブルに戻すと、背もたれに身体を預けて、珍しくも右手で乱暴に己の髪をかき上げた。

「……下手を前提に頼まれるのも、存外不本意なものだな」

「エドヴァルド様」

「近いうちに、歓迎式典と夜会の進行表を手に入れてくる。流す曲と必要な型が分かれば、その二曲分だけ集中して練習すれば、ある程度の形にはなるだろう。焦ってむやみに見当違いの練習をしたところで、当日何の役にも立つまい」

「じゃあ……」

「二曲だけだ。陛下とエドベリ王子と踊らなくてはならない、その二曲分だけ、練習台を引き受ける。ただし進行表が手に入るまではこれまで通り、家庭教師に基本を習え。……それでいいか」

セルヴァンとヨンナが、ダイニングの隅で拳を握りしめて軽くガッツポーズをしていた。

レイナ様、グッジョブです！　とでも言わんばかりに、二人の目が輝いている。

少ない、などとは誰も思わない。何せ時間がない。必要な二曲を集中して練習すると言うのは、理にかなっていると私も思う。ただでさえ得意とはいえないのだ。

そんな中で王宮から正しい進行表が手に入るのは、さすがと言うべきだった。

家庭教師の先生に基本ステップを教わりつつ、夜は実践で確認する——それでなんとか格好がつくところまで、もっていければいいけれど。

少しゴールが見えてきたようで、私は思わず顔をほころばせていたようだ。

「ありがとうございます、エドヴァルド様」

その瞬間、エドヴァルドが弾かれたように顔を上げた。

「どうかされましたか……？」

「貴女のそんな表情を初めて見たな……」

急に言われてもよく分からなかったので、私としても、首を傾げることしか出来ない。

「……とりあえず、夜会で恥をかかないようにしたいので、本当はお嫌いと聞いていながら無理を聞いていただくことに関しては、感謝します」

「いや……今ので、こちらは逆に吹っ切れた」

「え？」

「最初のうちは勘を取り戻すまで、練習台にすらならん可能性もあるが、苦情は受け付けんからな」

「いえいえいえ！　苦情なんて、言える立場にありませんから！」

ブンブンと手を振る私に、エドヴァルドはため息をついて、再び髪をかき上げている。

本当に、珍しい仕種だ。

それほど嫌いか。

「誰と踊った、何番目に踊った、何曲踊った、どの型を踊った……そんなことで、親しいだの親しくないだのと言いふらされてみろ。一発で嫌にもなる」

「社交界って大変なんですね……」

「実際ダンスに限っては、かえって陛下の方が楽なくらいだからな。その日の最高位の令嬢あるいは王族の妃《きさき》の手を取るか、外交ならその姫と踊るか、主賓格と踊るか。基本的には一つの夜会に一曲だけ、私が拒否をして問題のある相手であれば、もう一曲追加で踊る。その程度だぞ、陛下も」

「……そうなんですね」

言いながら、私は無意識のうちに、口元に人差し指をあてていた。

「レイナ？」

「じゃあ、もしかして……〝聖女〟以外に、例えば陛下がボードリエ伯爵令嬢をダンスに誘ったりなんかすれば、それってエドベリ王子への牽制というか……かなりの話題になったりします？」

実際に結婚する気があるとか、ないとかは、この際脇に置いておけばいい。

誰と踊るか。それだけのことが、それほどまでに注目を浴びるのであれば。

「……翌日にも、国の社交界が大騒ぎになる。間違いなく」

「じゃあ、私がエドベリ王子と踊っている間に、陛下にボードリエ伯爵令嬢を誘ったりなんかしてもらえば、会場の注目は二分されたりなんかします？」

「……するだろうな」

エドヴァルドの手がかき上げていた髪から離れて、身体もゆっくり背もたれから離れた。

「エドベリ王子が本気でボードリエ伯爵令嬢を連れ帰るつもりなら、そこで彼女が陛下と踊ったりなんてしたら、少なくともその間は身動きとれませんよね？」

いくらレイフ殿下や、その手の者達がクーデターやエドベリ王子に危害を加えることを企んだとて、恐らくはエドベリ王子自身がそれを許さないはずである。

シャルリーヌへの執着がホンモノなら、フィルバートがなぜシャルリーヌをダンスに誘うのか。その意図を読もうと必死になる様が目に浮かぶくらいだ。

だったら私がエドベリ王子と話をしてみて、可能であればレイフ殿下と失脚した元第一王子との今の関係を探るか、それが無理でもせめてシャルリーヌのことは諦めさせたい。

「エドヴァルド様。陛下に、ボードリエ伯爵令嬢と踊ってもらえないか、聞いてみていただけませんか？　彼女は、王妃になりたいとか、そういうことではなく、とにかくエドベリ王子を嫌っているので、協力してあげてくださいませんか……っていうんじゃ、ダメでしょうか……？」

エドヴァルドとて、レイフ殿下が余計な動きをしないために少しでも時間稼ぎが出来た方がいいはずだ。

「王妃の地位に興味はない、か……」

「あればアンディション侯爵に、バリエンダールへの渡航の話をしたりはしないと思います。もっとも、エドベリ王子の妃《きさき》との二択になったら、話は別だと思いますけど」

エドヴァルドが微妙な表情を見せているのは、きっと「そこまでエドベリ王子が嫌か」と言うのもあるかもしれない。

うん、分かる。私だって最初はそう思ったもの。

「かえって面白がって引き受けるかもしれないな……」

ただその後の反応が、一般的じゃなかった。

「エドヴァルド様?」

「例えばだが『第一王子に婚約破棄をされて傷ついて、じゃあ第二王子となんてふざけるな! と怒っていて、ギーレンに帰る気は毛頭ない。当て擦りで一緒に踊ってくれ』くらい言った方が、多分、いや間違いなくフィルバートは面白がる」

……さすがです、陛下。安定の信頼(?)です。

というかエドヴァルドも、フィルバートの性質をよく理解しているんだろう。

分かった、と頷いたのはそう長い間を置いてのことではなかった。

「近いうちに話を通しておく。貴女もボードリエ伯爵令嬢にさりげなく話をしておいてくれるか?」

「あっ、はい、分かりました」

その場ではさらっと返事をしたものの、ますます夜会に欠席出来なくなったと、墓穴を掘ったことに気付いたのは、部屋に戻ってからのことだったのだ。

「レイナ。バタバタしているので、伝えるだけになってしまってすまないが、午後から、ヤンネが――以前に少し話をしていたイデオン公爵領の法律顧問が邸宅《やしき》を訪ねてくる。別件の裁判で高等法院に来ていたところに、たまたま遭遇したんだ。裁判の後、こちらに先触れを出すつもりだったらしい」

## 第二章　奇才襲来

翌日のお昼時。

ギーレン語の家庭教師とランチをとっていたダイニングに、突然、エドヴァルドが現れた。

「ヤンネと私との公務の折り合いがなかなかつかず時間が取れなかったんだが、書類は今日、レイナに手渡すよう話をしておいた。それと、その時に特許権申請の話もしてくれるよう頼んでおいた。べったり教える程の時間は取れんらしいが、課題を出して、参考書代わりに法書の商法版を貸すくらいならなんとか……と言っていたから、詳しくは、訪ねてきたら聞いてみてくれ」

「あっ、はい、ありがとうございます！」

転移扉で突然現れ、そしてあっと言う間に王宮に戻って行ったエドヴァルドに唖然としつつも、家庭教師の女性――フィリッパ・セーデルボリが、地理や歴史にそれほど造詣が深い訳ではないと言いながら、それでも「一般論ですが」と前置きをしたうえで、臨時授業よろしく私に説明をしてくれた。

「ヤンネ様のご出身地キヴェカス伯爵領は、酪農の地として知られています。領内の酪農家全てを束ねる酪農協同組合の長《おさ》を、代々の伯爵が領主と兼任しています。もちろん農場も持っていて、そこは現在伯爵とすぐ下の弟とで運営されているようですよ」

それがなぜ、末弟が突然に法律顧問……と思ったところ、それには明確な契機があったそうだ。

「確か十八年前だったかと思いますが、キヴェカス領の乳製品ブランドに、他領の粗悪品を混ぜて売るという、産地の偽装問題がアンジェス国全土を揺るがしたのです」

実際にやらかしたのはお隣の領だったらしい。ただ酪農一筋でやってきた当時のキヴェカス領の者達は皆具体的な反論の術《すべ》を持たず、挙句「キヴェカス側から唆《そそのか》された」などと、かえって罪までなすりつけられている有様だったという。

返品だの訴訟だのと本業以外に時間をとられ、破綻寸前のところまで追い込まれていたそうだ。

その一連の騒動を見ていた当時十五歳の領主家三男・ヤンネが一念発起し、領内における法律と裁判の権威と呼ばれるまでに法書を読みこなした末に、実家の危機と領の危機を何とかギリギリのところで食い止めたのだと、そういうことだったようだ。

そもそも長男は家を継ぐ。次男は万一の時の「スペア」扱いで領に留め置かれることが多く、三男以降の男兄弟がいた場合は、己で身の立て方を考えなくてはならない領地がほとんどだ。

ヤンネ・キヴェカスもそうして、農家とは無縁の道で、今や第一人者と呼ばれるまでになっていたのだ。

「産地偽装問題……」

確か日本でも、大手ホテルチェーンがロブスターを伊勢海老と称してお客さんに提供したり、高級料亭が原材料偽装をしていたりしたことが発覚して、大騒ぎになっていた。

ああいった騒動を、酪農のみで生計を立ててきた人達が自分達で何とかするのは至難の業だったに違いない。

ヤンネ・キヴェカスの、当時の苦労が偲《しの》ばれた。

「その際問題を起こしたレストランは既に廃業しているそうですし、今となってはキヴェカスの乳製品もまた、往事の勢いを取り戻しつつあると耳にしています」

「先生、充分お詳しいじゃないですか」

非当事者の私でも充分に理解が出来た。そう言うと、フィリッパは照れたように微笑んだ。

あくまで結婚前の実家がキヴェカス伯爵領にあり、たまたま事態を多少なりと把握できるところにいたのだと彼女は言っていたけれど、いずれにせよ、これからヤンネ・キヴェカスを迎える私にとっては思いがけず有意義な話だった。

「そうだ、せっかくなら――」

フィリッパが帰った後、公爵邸の書庫で当時のキヴェカスに関する資料や裁判記録を探してみようと思い立った。

隣の領のレストランが主犯とはいえ、被害に遭ったのはイデオン公爵領の酪農家達。裁判所の保管資料とは別に、エドヴァルドが控えを残しているような気がしたのだ。

もはや思い出したくもないと言われるのか、教材として教えてくれるのかは分からないまでも、キヴェカス伯爵領がイデオン公爵領に属し、国内でも有数の酪農領と言われている以上は、知っておいた方がいい話には違いなかった。

果たしてある意味予想通りに、書庫の片隅にその裁判記録はひっそりと保管されていた。

とりあえず、分かる範囲でパラパラと目を通していたところ、書庫の扉がおもむろにノックされた。

「レイナ様。玄関ホールに、キヴェカス卿がお見えです」

「ありがとう、ヨンナ」

まだ全部は読みきれていなかったものの、仕方がない。

写本は後でゆっくり目を通そうと、慌てて元の場所に戻して、玄関ホールへと向かった。

「……貴女がソガワ嬢？」

黒いシルクハット――というよりは、いつぞやの日本の総理大臣が被っていた、どこかのマフィアのお偉いさんが被っているような帽子――を片手に、同じ黒の手袋を外している男性の姿が見える。

フロックコートも黒、白シャツの襟元には、黒の小ぶりの蝶ネクタイも垣間見えている。

(何てこと！)

歩きながら、私の目は徐々に見開かれていった。

何故なら私が語学の勉強と趣味を兼ねて、こよなく愛して視聴した某英国テレビ局のドラマの名探偵に、彼がそっくりだったからだ。

いや、もちろん多少は目の前の青年の方が若い。

むしろ年齢的には、別のテレビ局の現代版にアレンジされたドラマの名探偵に近いかもしれない。

ただこの時初めて、世の乙女達が「萌え」とか「推し」とか盛り上がる気持ちが、ほんのちょっ

となが

ら、理解出来てしまった。

うわぁ……とこぼしかけた声をなんとか喉の奥に戻しつつ、私は慌ててカーテシーの礼をとった。

「レイナ・ソガワと申します。キヴェカス卿におかれましては、大変にお忙しい時期と耳にしておりますが、お時間を捻出いただき、深謝申し上げます」

「……公爵閣下に言われては、無下にも出来ないからな」

神経質そうな視線やら声やらも、まさに某英国の名探偵。

忙しいからか、なるほどあまり本意ではないだろうところが窺い知れる。

「裁判の休廷中に抜けてきただけだ。こっちが定例報告の書類、こっちがアンジェス国の商法だけを抜粋した法書の写本。それといくつか課題を。明日またこの時間に来るから、それまでに貴女なりの意見を纏めて、提出してくれ。質問があるなら、追加で空欄にでも書いておいてくれればいい」

「え、ええ、承知しました。定例報告書に関しましても、確かにお預かり致します」

「念を押しておくが、貴女なりの意見を書いてくれ。背伸びをして、公爵閣下に聞いたような賢《さか》しらな意見を書かれても、こっちも時間の無駄になる。最初から、女にそんな高尚な意見など期待していない。勉強にもならんだろう」

「…………は？」

「失礼する。では明日また、この時間に」

アンジェス国の名探偵サマは言いたいことだけを言うとこちらの返事を聞くこともなく、さっと身を翻して去って行ってしまった。

「な……っ」

半瞬の間を置いて、公爵邸の玄関ホールに、私の絶叫がこだまする。

「何なの、あのオトコは――っ!!」

うん、訂正。名探偵という人種は、リアルにいたら絶対にオトモダチにもなりたくないタイプだった!! 普通に挨拶も出来ないのか!

私の憧れを返して――!!


私はそんなに気の短い方じゃないと思っていたけれど、ここ数日は、ちょっと自分の中で新たな扉を開いているのかもしれないと認識が変化していた。

「貴女の意見を書けと言ったはずだが」

「賢《さか》しらな意見を無理に書くなとも言ったはずだが、覚えていられないほど頭が悪いのか」

次の日も、その次の日も、ヤンネ・キヴェカスにそんなことを言われ、ついに私はセルヴァンの許可を貰って、溢れ出る怒りをぶつけるべく庭の大木に枕を破れるまで叩きつけてしまった。

「むーかーつーくーっ!!」

破れてひらひらと飛び散る羽毛を、茫然とセルヴァンが見つめている。

ヤンネとのやり取りが何の勉強にもなっていないことは、セルヴァンの目にすら明らかなはずだ。

「レイナ様……その、旦那様には……」

「いいのよ、言わなくて! よかれと思って紹介してくださったんだろうから、私が実力でギャフンと言わせてやればいいのよっ!」

ギャフンって何だ……と思っただろうに、プロフェッショナルな家令サマはスルーしてくれている。

「いえ……ですがヤンネ様は、恐らくレイナ様が書かれた課題を、まともに読んでいらっしゃらないのではないかと……頭から、旦那様の入れ知恵と決めてかかっておられるようですし……」

「でしょうね。だって私が追加の質問欄に、他国の言語で関係ないこと書き並べたって、何も言わないんだもの。読んでないんでしょうよ」

羽毛がなくなってペラペラになった枕を手に私が息を荒くしていると、セルヴァンが驚いたように目を瞠《みは》った。

「分かっておいでなら、何故そのままに……せめてキチンと向き合ってくださるようにということだけでも、旦那様に……」

「ああいう手合いはね、たとえ一言にせよエドヴァルド様が何か言ったら、私が媚びて自分を窘《たしな》めるように告げ口したんだとしか思わないわよ！　だからセルヴァンも、一切の暴露禁止！　了解!?」

「ですがレイナ様、ここ二日ほどまた、夜お休みになっていらっしゃいませんよね？　私《わたくし》もヨンナも、レイナ様がお一人で課題をこなされることこそが大事だと仰られるものですから、何も言わずにおりましたが……」

それでもさすがに、見ていられなくなってきたらしい。一度徹夜をして、エドヴァルドを心配させた前科があるだけに、尚更だ。

珍しく食い下がってきたセルヴァンに、私もビシッと指を一本立てた。

「明日一日待って！　明日ここに来た時も彼があのままだったら、私にもちゃんと考えがあるから！　それを実行するつもりだから！」

　何より明後日はもう、ヤンネが税の定例報告という本来の目的のために、エドヴァルドに会うのである。そのうえさっきバーレント領から先触れがあり、木綿の紙や生地、コサージュ諸々の初回見本が出来たから持参するとの話もあったらしく、明後日、ヤンネの定例報告と被らせる形で、エドヴァルドとの時間をセルヴァンが捻出したのだ。

　なら今、順調だなんだと、どう誤魔化していようと、明後日には全部バレる。

　いずれにせよ明日がタイムリミットなのだ。

「どうせ、明日だって何にも変わらないわよ。いいのよ、名探偵がそのつもりなら、私はただ一人その名探偵を出し抜いたあの女《ジ・ウーマン》になってやるのよっ!!」

　後日、私がストレスフルな状態に陥《おちい》った時は、黙って枕を持たせて庭へ連れ出してやれ――と〝鷹《たか》の眼《め》〟と使用人達の間で暗黙の了解が、この時に出来上がったのだと聞いた。

同時に、枕をズタボロにした挙句、聞きなれない名称を叫んで妙な気炎をあげる私への同情と、追い込んだヤンネへの反感も急上昇していたらしい。

　うん、まぁ……熱狂的推理小説フリークの発言は、きっとシャルリーヌにだって分からないだろう。

「ヤンネ様が、あのように女性を蔑ろにされる方《かた》だとは、私共も思いもしませんでした。今や当家侍女達の評価は限りなくゼロとなっておりますし、侍女間の繋がりを通して、婚活物件としても最低の評価が各公爵家を席捲しております」

庭先を羽毛だらけにしたことを、セルヴァンだけではなくヨンナにも謝ったところ、かえってコワイ言葉を返されてしまった。

……何だろう。明後日私がやろうとしていることよりも、遥かに悪辣な気がする。

「レイナ様。本当に、あと一日だけですからね。それ以上は、セルヴァンと二人、問答無用で旦那様に全て報告させていただきますから」

私は反論出来ず、乾いた笑いを返すことしか出来なかった。

そうして案の定――セルヴァンやヨンナの、一縷《いちる》の望みも虚しく。

「見栄を張るのもいい加減にしたらどうだ。本気で人に教えを乞うつもりがあるのか。明日、定例報告よりも少し早めに行って時間を取るつもりではあるが、それでも態度が変わらんようなら、そのまま公爵閣下にありのまま報告するぞ」

私にしたらほぼ予想の通りに、やって来たヤンネは吐き捨てるようにそれだけを言うと、クルリと踵《きびす》を返して高等法院へと戻って行ってしまった。

どうして、私が本気で書いてると露ほども思わないのか。いっそ天晴れなほどの拗《こじ》れぶりだ。

「女嫌い？　エドヴァルド様みたいに、肉食令嬢絡みでイヤなことでもあったとか？　それにしたって了見狭すぎる……よくあれで裁判出来てるよね。女性が原告だったら引き受けないとか、被告にいたとしたら、実は一言もその主張を聞いていないとか？」

それ以前に、私を見下せばエドヴァルドをも同時に貶《けな》すことになると、どうして理解出来ないのだろうか。

「レイナ様……」

「セルヴァン、ヨンナ。そんなワケで今日も書庫に引きこもるから、エドヴァルド様へのフォローよろしくね。約束した通りに、今日で最後にするから」

実はここ数日、エドヴァルドとは夕食も朝食も共にしていない。

ヤンネからの課題が難しいと言って、ずっと書庫に引きこもっているのだ。

後日私が、エドヴァルドからの助言を得ていないと、使用人一同に証言してもらうためでもある。

初日に苦笑しながら「だって、課題をエドヴァルド様が手伝ったんじゃないかって疑われているんですよ」と、若干の本音を交えて言えば「ああ、貴女のことをよく知らなければ、そうなるか……」と少し納得したように呟いて、引き下がってくれたのだ。

セルヴァンなりヨンナなりが、根を詰め過ぎないように見てくれていると、エドヴァルドは思っている。

「本当に、大丈夫なんですか……？」

気遣わしげなヨンナに、微笑《わら》って片手を振っておく。

「大丈夫、大丈夫。私が居た国の統計でも、集中力が切れたり、おかしな幻覚が見えたりするのは四日目からだって言われているから。ちょうどタイムリミット。ね？」

「そんな限界に挑戦する必要がそもそもないと言いたいのですが」

セルヴァンも渋面を作っている。

「まぁ、ここまできたら、付き合ってほしいな。怒られるなら、私一人で怒られるから。意地張っててどうしようもなかったって、皆は言ってくれてればいいから」

事実である。むしろ意地しか残ってない。

ヤンネ一人納得させられないで、いざ現実にクーデターが起きてエドヴァルドが王宮にいられなくなった時、イデオン公爵領の各領主達が手を貸してくれるなんて、どうして思えるのか。

法律顧問だというのなら尚更、コトが起きた時にエドヴァルドの正当性を主張してもらわねばならない人物であるはずだ。

（大丈夫。県主催の英語暗唱大会に出た時を思いだせばいい。これくらいなら、覚えられる）

自分にそう言い聞かせながら、私はこの日も書庫に籠《こも》ったのだ。


そしていよいよ、最終日。

「何のために法書を貸していると思っているんだ！　少しは自分で努力しようとは思わないのか！」

予告通りに、エドヴァルドと会う時間よりも一時間早くやって来たヤンネ・キヴェカスは、団欒《ホワイエ》の間で私が今日出した課題の一問目に一瞥をくれただけだった。

昨日、一昨日と態度は全く同じだ。

「ドレスと宝石にしか興味がないような貴族令嬢でも、多少は見込みがありそうな話を聞いたからこそ、わざわざ引き受けてやったのに」

「ヤンネ様！　いくらヤンネ様と言えど、それ以上は……!!」

どうやら私よりも、セルヴァンが先にキレかかっているのだけれど、私も、ここは譲れない。セルヴァンを抑えなくては。

「家令が私に意見をするな!!」

けれど、そう続いたヤンネの言葉に、今度こそ私の中で何かがぶち切れた。

「アナタこそ一体何様なのよ――っ!!」

息を一つ吸い込んで、敬語もすっ飛ばしてそう叫ぶと、気付けば私は立ち上がっていて、テーブルの上にあった六百ページ強の法書を引っ掴んで、ヤンネの顔面に思い切り投げつけていた。

「……っ⁉」

「レイナ様⁉」

この時代の本は羊皮紙が中心である以上、しわがよりやすく、それを防ぐため重さのある表紙がついている。さらに金属の留め金で綴じられているとなっては――それなりに、凶器に化ける。

セルヴァンの顔色が真っ青になっているけど、もう手遅れだ。

背中のネコは、きっともう戻りません。

「女がみんな、ドレスと宝石と噂話にしか興味がないとでも⁉　どこの耄碌《もうろく》した老人みたいな固定観念で生きてるのよ!!」

「なっ……」

ヤンネの額に傷がついてうっすら血も滲んでいるように見えるけど、そんな程度で死にはしない。訴えたければ、後でいくらでも受けて立つ。

「いーい⁉　その偏見まみれのアタマでもよーく理解出来るように、今から私が話すコト、一言一句漏れなくそこで聞いてなさい!!　途中で何を言おうと止めるつもりはないからね⁉　最後まで黙ってそこに座ってなさいっ!!」

何の話だとも、ちょっと待てだとも、もう反論は聞き入れません。

目を見開いたままのヤンネに向かって、私は法書に書かれている内容を、商法第一条第一項からつらつらと暗誦しはじめた。

こっちは特許権の話が出た時から少しずつ法書には目を通していたし、何ならここ三日、完徹して暗記に徹したのよ！

全部喋っていたら真夜中になる？　知ったコトじゃありません。

――多分、徹夜ハイになっていたんだろうなぁ……とは、あとでさんざん叱られてから思ったことだ。

四日目からは小人が見えるからやめておけと高校の先生には言われていたから、三日でやめておいた。

馬鹿正直にそんなコトを言ったら、更にエドヴァルドの逆鱗に触れたっぽかったんだけど。

とにかくこの時は、ヤンネを睨みつけたまま、延々と商法の法書を暗誦していたのだ。

「――ナ、レイナ、そこまでだ！」

どのあたりかで、エドヴァルドらしき声も聞こえたけど、何なら後ろから両脇を抱えこまれた気もしたけど、そんなことはもうどうでもよくなっていた。

「今頃、何⁉　途中で何を言おうと止めないって言ったよね⁉　最後まで聞けとも言ったよね⁉

えーっと、今どこまで……？」

「落ち着け、レイナ！　ヤンネではない、私だ！　商法を暗記したのは分かったから、もういい！

全部喋るつもりか、日が変わるぞ⁉」

「だから何⁉　それくらいしないと、このおバカさんの固定観念、破壊出来ないでしょ⁉　朝までだって喋ってやるわよ！　三日徹夜したんだから、四日だって変わらないもの！」

「何……？」

一番言ってはいけないコトを言った――とばかりに、セルヴァンとヨンナが顔色を失くしている。

もちろん、寝不足ハイテンション状態の私は、全く気付いていない。

敬語さえ吹っ飛んでいるのだから、当たり前だった。

「セルヴァン、ヨンナ……どういうことだ」

「だ、旦那様……」」

団欒《ホワイエ》の間を一瞬にしてブリザードが吹き荒《すさ》ぶ間も、私はまだつらつらと、続きをひたすら暗誦していた。

「………レイナ。第二部の最後の条項と、第三部の最後の条項は言えるか」

「もちろん言えるわよ」

私のアタマの中では、未だヤンネにケンカを売られている状態だった。

暗誦を中断して答える私は、多分かなりのドヤ顔だったはずだ。

「……十八年前にキヴェカス領で起きた、産地偽装事件の裁判記録の写本は読んだのか」

「公爵邸《ここ》の書庫にあったもの。そりゃ読むでしょ」

「出されていた課題の最後のページ、全部違う国の言語で、わざわざ何を書いているんだ」

テーブルの上に散らばっていた課題書類をチラリと見たエドヴァルドは、その数枚に書かれた、異なる国の文字に気が付いたようだった。

「あれぇ？　今ごろ気付いたの？　だってアタマっから、私に出来るはずがないって決めつけてて、一生懸命に考えて出した答えを見てもくれないから、ちょっと意趣返ししてみただけだけどぉ？」

もはやほとんど氷点下のエドヴァルドの声と、テンションの高い状態で答える私の声との乖離《かいり》が半端ない。……と、思っていたのは、その場にいた、私とエドヴァルド以外の皆さま方だったようだけど。

あれ、ヤンネさん、瞬きしてますか――？

「まだまだ続き喋るから、ちゃんと聞いてねー？」

「だから、もういいと言っているだろう、レイナ！　ディルク、すまないが話は明日の朝にしてくれるか。彼女がコレでは、今日は話し合いにもならん」

あ、そうか。木綿製品の見本が出来たから来るって、ディルクから手紙が来てたんだっけ。

「そ……うですね。私も出来れば、彼女に最初に見てもらいたいですしね」

うーん、見本が見たいか、ヤンネをギャフンと言わせたいかと聞かれれば……今は後者かなぁ……？

うん、明日でお願いします。

「残りは皆、私に事情を説明してもらうぞ。レイナから、黙っていろだの何だのと頼まれたのかもしれんが、屋敷の主《あるじ》を謀《たばか》るとは、全員いい度胸だ」

「あ、それは私が全部喋った後で――」

「もう、そこまでだ！　イザク！　イザクはいるか!?」

私の背後で叫ぶエドヴァルドの声に、斜め前方辺りの空気が反応した。……気がした。

「……お呼びですか、お館様」

「命令だ、おまえの持っている薬で、レイナを眠らせるんだ」

うん？　薬？

「……宜しいのですか？」

答えるイザクにも、半瞬の間があった。

「構わん。三日も寝ていないなどと有り得ないことを言って話し続けているんだ。強制的に寝かせておく以外に、何がある」

「………なるほど」

基本的にイザクは、余計なことは話さないし、やらない。

この時も、スッと私の前に立つと、静かに右の掌《てのひら》を開いた。

ミモザみたいな、優しく甘い香りが鼻腔をくすぐったな——と、思ったところで、私の意識はプッツリと途切れてしまった。

なんてこと。

まだヤンネに条項の全部を聞かせていなかったのに。

❀　❀　❀

ふと目を醒《さ》ましたら、頭の後ろに誰かの手があった。誰かの寝間着越しの肩口に、頭が押し付けられるようにして、抱き寄せられているようだ。

もう一方の手は、反対側の首元から背中にかけて、そっと回されている。

まだ夜が明けていないのだろう。

視界が暗闇に馴染まない状態のまま、すぐ近くで軽い寝息だけが聞こえている。

――捕獲、と言う言葉が妙に当てはまる気がした。

「!?」

その単語が浮かんだところで、一気に眠気が飛んだ。慌てて身体をのけぞらせて、腕の中から逃れようとしたものの、今度はやや気怠《けだる》げな声が頭上から降ってきた。

「……起きたのか」

「エ……っ」

抱きしめられていた腕に、そこでかえって力が入ってしまい、私はエドヴァルドの名前さえも、息と一緒に呑み込んでしまった。

「……まだ夜も明けてない。このまま、もう少し眠っておけ」

「こ……のまま……って……」

すぐ近くで響く、ちょっとアンニュイな感じのバリトンボイスとか、もはや精神的拷問だ。羞恥心との戦い以外のナニモノでもない。眠れる訳がないと、声を大にして言いたかったけど、エドヴァルドの方にも言い分はあるらしかった。

「こうでもしておかないと、書庫か部屋かで、法書の掘り下げだのなんだのと、勉強を続けるつもりだろう。今日は私の部屋で寝かせると言っておいた。朝まで大人しくしていろ」

「エ……っ、エドヴァルド様の部屋なんですか、ここ!?　いやいや、尚更ダメですっ！　ご令嬢避けならともかく、今、あのキヴェカス卿にだけは、勉強がご令嬢の道楽の片手間だとか、そんな風に思われるワケには……っ」

「……ヤンネか……」

わぁっ、頭上からため息を降らすのやめてくださいっ！

目の毒ならぬ、耳の毒です——!!

「すまなかった。受けた仕打ちに口を閉ざして、邸宅《やしき》中に箝口令を敷いていたらしいな。いつの間に当主である私よりも公爵邸を掌握していたんだと、呆れて言葉にもならなかった」

「……すみません……」

「ああ違う、自分に呆れたんだ。貴女には何一つ、非などありはしない。いや……さすがに三日も寝ていなかったというのは貴女に非があるか。人というのは、そこまで睡眠を取らずにいられるものかと、ある意味感心したくらいだ」

「私の教わっていた教師によると私の居た国で一週間ほど実験した人はいるそうです。もっとも四日目からは小人が見えるからやめておけと言われたので、私も三日でやめておいたんですけど……」

「……小人？」

「まぁ、幻覚が見えたり幻聴が聞こえたり？　起きていたところで、意味がないっていうギリギリのラインだってことです」

「……いったい何を教えていたんだ、その学園は」

「どうせ言ってもやめないなら、限界寸前までやらせた方がマシだろうっていう、とても達観した先生でした」

どうせ言ってもやめない、と言ったあたりで、気のせいかエドヴァルドの周りの空気がキンと冷えた気がした。

「ならますます、この腕を解《ほど》く訳にはいかないな」

緩みかけていた腕に再び力が入り、私は「ぴゃっ!?」……などと、裏返った声を上げてしまった。

「いやでも……っ、だからキヴェカス卿に馬鹿にされたままなのが、腹が立つので、続きを――」

寝不足ハイテンションが落ち着いてきたにせよ、暗誦が途中だったと言う消化不良は、私の中でまだくすぶっている。何しろ、ヤンネの「ギャフン」をまだ聞いていない。

いや、リアルに言ってほしい訳じゃないんだけど。うん、モノの例えとして。

けれどエドヴァルドは、腕の中でもがく私のそんな言葉を「必要ない」と、バッサリと切り捨てた。

「あれだけ話して、法書の途中を聞いても最後を聞いても答えてのけた。よほどの馬鹿でなければ、全てを暗記したことくらいは理解が出来る」

「……よほどの馬鹿かもしれませんよ?」

不信感も露《あら》わな私の言葉に、エドヴァルドも一瞬言葉に詰まっていた。

「……今、ヤンネに貴女が作ったオルセン領の計画書と、バーレント領の計画書を渡して、とりあえず目を通させている。誰が計画したのかを含め、あの後、ディルクに少し語らせておいたから、それなりに説得力はあるはずだ」

「……今、ですか?」

「貴女が三日も寝ていなかったんだ。ヤンネも一日くらい、睡眠時間を返上したって問題はあるまい。計画書を外に持ち出されてもまずいから、一階の応接室に閉じこもらせておいた」

「えっ⁉　しれっと、何やってるんですか⁉」

「構わん。アイツは昨日、この邸宅の使用人全員を敵に回したと思い知ったようだからな」

使用人全員、食事の支度も寝床の支度も拒否したらしく、しぶしぶ〝鷹の眼《たかのめ》〟が持つ保存食を提供させて、応接室に放り込んだんだとも、エドヴァルドは言った。

それだと「晩餐に招いた」という扱いにならないから、それはそれで良かったのか。

「ええー……いいんですか、伯爵家のご子息をそんな扱いで……」

「……どこかの誰かは、法書を顔面に投げつけたと聞いたが」

ゴホゴホと、わざとらしい咳払いで、そこは私も誤魔化しておく。

「……訴えられたりします？　いや、それならそれで、受けて立つんですけど」

「やれば経緯を語らねばならなくなるから、藪蛇《やぶへび》だ。後で和解案でも提示してくるだろう」

「和解案」

「イヤそうだな」

「だってアレ、偏見でガチガチに凝《こ》り固まってますよ？　初対面の頃のエドヴァルド様よりヒドイですよ。そもそも謝罪の押し売りなら要りませんし。エドヴァルド様に言われただけで、本当は不本意極まりないです！　って顔に貼り付けたまま謝罪されるくらいなら、されない方がマシですし」

「……っ」

ピクリと、エドヴァルドの身体が痙攣《ひきつ》った気がした。

しまった。比較対象がヤンネでは、ちょっとあんまりだっただろうか。

「……私はヤンネよりはマシか？」

「エドヴァルド様は、ちゃんと謝ってくださいましたから、大丈夫です。キヴェカス卿とは比較になりません」

何より私の話をキチンと聞いてくださいますし。

そう言ったら、微《かす》かに息をついたようだった。

「この手にある権力《ちから》で貴女を守るつもりが、まさか逆効果になる日が来るとは思わなかった」

「エドヴァルド様……」

「貴女の本質を見ようともせず、ただ私の寵を受けるだけの姫と捉える者もいるのだと。少しでも貴女と話せば、すぐに分かるだろうと思っていたんだがな」

「思い込みって、結構怖いですからね。ひょっとしたら今頃キヴェカス卿の中では、反省どころか、私がエドヴァルド様を誑《たぶら》かした魔女にでも昇格しちゃってるかもしれませんよ」

私は結構真面目に答えたつもりだったが、何故かエドヴァルドは低く笑い始めた。

「魔女か」

「笑いごとじゃないですよ。私を蔑むのは勝手ですけど、それが現状、陛下直々の命で私を庇護してくださっている、エドヴァルド様をも貶《けな》しているんだってことくらいは思い至ってほしいですよ」

「私からすれば、私が貴女に溺れているだの何だのと言われている分には、好きにしろとしか思わん。よくも国の賓客である貴女を貶《おとし》められるな、くらいは言いたいところだがな」

投げたボールを、これ以上ないくらいにキレイに打ち返された。離してくれるどころか、むしろ力が入った気がする。

うう……これじゃ本当に朝までここから出られない。

「レイナ、体調は大丈夫そうか？　一応、イザクなりの気遣いで、睡眠誘発薬にしたと言っていたが……睡眠薬よりも短い昏倒時間で眠くなる以外に副作用はない、軽い薬らしい」

そもそも、公爵邸に常備されている薬の種類を聞くのが怖い。とはいえ、いきなり眠らせろと命じられた中で、後に影響が残らないようにイザクがとっさに考えてくれたんだろう。

「大丈夫です、三日分の徹夜ハイが、ただの一晩の寝不足レベルにはなりました。えっと、なので、そういうことで――」

言葉を濁しつつ、寝台から出ようと足掻いてみたものの、ある意味予想通りにビクともしなかった。

「レイナ」

「……はい」

「このまま大人しく寝るか、眠らずに今すぐ私に抱かれるか、どちらがいい」

「――はいっ⁉」

それしか選択肢がないのか！　と、声をあげるよりも先に、エドヴァルドの左手の人差し指が、すうっと私の背中を滑った。

「ぴゃっ⁉」

くすぐったさに、思わず身体をのけぞらせた拍子に、エドヴァルドの声が頭上から耳元へと下りてきた。

「――どちらがいい」

「ね……っ、寝ます寝ますっ、このまま大人しく寝ます……っ!!」

「そうか――残念だな」

部屋が暗くて、顔がハッキリと見えなくて良かった！

眠い眠くない以前に、恥ずかし過ぎて気が遠くなりそうなんですけど――!?

❀　❀　❀

「朝、王宮には少し遅れて行くと既に連絡してある。ディルクに出直して来てもらうからな。木綿関連の見本なら、一緒に見ておいた方がいいだろう」

あれから、眠ったと言うよりは、眠ったフリで夜明けを迎えてしまった。多分、エドヴァルドもだ。

けれど二人共素知らぬふりで、朝食の席についていた。

「ディ……バーレント卿、わざわざ昨日来てもらったのに予定変更させちゃったんですよね。来られたら謝らないと」

少し前に彼の婚約者を騙《かた》って『マーナ』として出かけていた時とは違うのだから、うっかり彼の名を呼ばないよう、今日は気を付けないと――と、私は慌てて言い直した。

「エドヴァルド様も、すみません。本当は昨日まとめて予定をこなすはずだったんですよね」

「まあ、それはそうだが。世の中、予定調和にならない方が多い。気にするな」

エドヴァルドはそう言って、私の謝罪をそこで遮った。

むしろ紅茶を淹《い》れ替えてくれる、セルヴァンの方が苦い表情を浮かべていた。

「旦那様。レイナ様は『家令が私に意見をするな！』と仰ったヤンネ様に憤ってくださったんです。同じ法書の暗誦でも、本当はもう少し穏やかに、頃合いを見てなさるはずだったところ、私がむしろ引き金を引いてしまったようなもので――」

「待って、待って！　セルヴァンだって、私への罵倒に怒ってくれた訳だから、そこはもう、お互いさまで」

私とセルヴァンが、お互いにあわあわと言い合っているところに、エドヴァルドのため息がそこで落ちた。

「――いずれにしても、どうして昨夜ヤンネが使用人全員を敵に回したのかはよく分かった」

どうやら本当にお茶の一つも応接室には運ばれていないらしい。公爵邸の皆さまの結束は凄い――というか、皆に味方をしてもらえて、心の中がじんわりと温かくなる。

「あの……もし伯爵家子息に対して不敬だ！　って騒ぎになっても、出来れば皆さんはお咎めナシでお願いします。法書ぶん投げた私は、もう、仕方がないと思ってますから」

それだけは言っておかないと、と思ったんだけど、何故だかエドヴァルドには呆れた表情《かお》をされた。

「少なくとも今回は、この邸宅《やしき》の誰も糾弾されることはない」

「そう、なんですか……？」

「アンディション侯爵にも、ついうっかり事の次第を漏らしておいたからな。侯爵と、既に酪農経営を息子に任せて引退しているキヴェカス先代伯爵は茶飲み友達らしいから、まぁどこかで話が伝わるだろう」

「え……」

「ああ、あと、オルセン侯爵領宛にも、フルーツ入りワインの特許権の話のついでに、ブレンダ夫人に連絡を入れておいた。さて『女が高尚な話を語れるはずがない』なんてことを聞いた夫人は、どう出るだろうな？　エドベリ王子の歓迎式典と夜会に、もしかしたら息子《ヨアキム》を領地に置いて、乗り込んでくるかもしれないな……？」

以前に私とかかわりがあり、なおかつ敵意を向けられることのなかった名前が複数出てくる。どうやらエドヴァルドは、私の味方になってくれそうな人に、ヤンネの今回の非礼がそこはかとなく伝わるよう、手を回していたらしかった。

ひえっ、黒い！　エドヴァルドの背後にどす黒いオーラが見える！

私が無理矢理眠らされてた間に、何やってたんですか！

「ディルクはディルクで、ヤンネが貴女とロクに話をしていなかったことを昨晩チクチクと責めていたようだがな。そこにブレンダ夫人までが加わったなら、さすがにヤンネとて特許権の話を優先せざるを得なくなるだろう。ヤンネは、オルセン侯爵領の真の経営者が誰なのか、完全には理解していなかったはずだからな」

領地経営のメインはヨアキムで、夫人を保護者程度にしか思っていない人達も、実はそこそこにいるらしい。多分ヤンネも、その中の一人だと、エドヴァルドは微かに口元を歪めた。

実際は、アンジェス一の女傑と言っても過言ではないほどの才気煥発さをお持ちらしい。

「そういう訳だから、貴女がこれ以上何かをせずとも、そのうち勝手に留飲が下がるだろうが、どうしても特等席でそれが見たくなったら、その時に言ってくれ。なるべく善処する」

「……すみません。なんだかんだ言って、ちゃんとお灸を用意してくださってたんですね」

察した私がペコリと頭を下げれば「一日程度の徹夜で済ますはずがないだろう」と、間髪入れずに返されてしまった。ダイニングにいる使用人達の視線にも尊敬の念がこもっている。

うん。こういうところは、流石だなと私も思う。

「ヤンネはディルクが来てから、応接室から引っ張りだせ。気まずい時間は短い方がいいだろうし、ディルクが来ればいい緩衝材《たて》になるだろう。話は団欒《ホワイエ》の間でする。色々モノを広げさせるなら、そちらの方が場所もあるからな」

かしこまりました、とセルヴァンが頭を下げたところで、ちょうど家令補佐がディルクの来訪を告げに現れた。

「レイナ。私とヤンネは離れたソファに座るから、まずはディルクと二人で話すといい。出来上がった品物をどう判断して、どう展開していきたいのかは、今はまだ貴女の頭の中にしかない訳だから、私は実務面の具体的なところで、時々口を出させてもらう程度と思ってくれていて構わない」

「分かりました、ありがとうございます！」

とは言うものの、エドヴァルドは立ち上がって私の所まで歩いて来ると、スッと片手を差し出した。

ダイニングから団欒《ホワイエ》の間まででしかないのに、がっつり腕組みまではしなくとも、エスコートはしてくれるらしい。

ディルク・バーレント伯爵令息は既に団欒《ホワイエ》の間にいた。私がエドヴァルドにエスコートされながら歩いて来たのを目に留めると、そこでやんわりと微笑んだ。

「体調はいかがですか、レイナ嬢。昨日はご挨拶も出来ないままで、大変失礼を致しました」

スタンドカラーの膝丈まであるタイプのジャケットは、ディルク自身の髪や瞳の色と同じ、アメジストだ。胸元の刺繍も黒に金のラメが散っている程度で、ウェストコートやスラックスも黒い。

私と一、二歳しか変わらないと聞いているのに、神経質そうなヤンネに比べると遥かに落ち着いた印象を周りに与えている。

私も慌ててエドヴァルドのエスコートから離れてカーテシーの礼をとった。

「いえいえ、とんでもない！　こちらこそ昨日《さくじつ》は醜態を晒《さら》してしまい、あまつさえバーレント卿に再度ご足労いただく形となった点につきましては、本当に申し開きのしようもございません」

私が「バーレント卿」とこの場で口にしたことに、ディルクは少し残念そうな表情を浮かべたものの、すぐに口元に笑みを浮かべる。

「どうか、お気になさらず。昨日は色々な方《かた》の思わぬ一面を垣間見られた上に、思いがけず仕事も優位に傾きそうで、来た甲斐は充分にあったと思っておりますので」

……どうやらエドヴァルドが言っていた、ディルクがチクチクと何かヤンネに言っていたらしいとの話は間違いなかったみたいだ。

詳しく聞こうとすると自分の醜態をも掘り返すことになるので、私もそこは微笑《わら》ってやり過ごすしかない。

「まずは早速、職人達の成果をお見せしても？」

「もちろんです。どうぞ、お話はこちらで」

ふふふ、あはは、とでもト書きが付けられそうな空気の中、とりあえずは応接用のソファとテーブルの所にディルクを案内する。するといつの間にか私の背後に近付いていたらしいディルクが、私の耳元に顔を寄せながら、エドヴァルドには聞こえないだろう小声で不意に囁いた。

「気になっていらっしゃるようなので、補足を。私は貴女が書いてくださった報告書をキヴェカス卿にお見せして、私の思いの丈を伝えたにすぎませんよ」

「!?」

「まあ、公爵閣下を煽ってしまった側面があるのも否定はしませんけどね」

「煽る……?」

「チョコレートカフェ、楽しみですね――マーナ」

私がディルクをあしらうのは難しいだろうと、セルヴァンが言っていたのはコレかと、この時私も確信した。

コノヒト、話の主導権を奪うのが上手すぎる――!!

## 第三章　キヴェカスの醜聞

「仰っていたように、紙の薄さを変えて何種類か試作しています。ああそれと、個人的なメモ、ノート用に多めに紙が欲しいとのことでしたので、それはこちらに。一頁一箇所ずつ花びらが入っているのは、今回の機会を与えてくださったことに対する、職人達からの感謝の気持ちだそうですよ」

「うわぁ……素敵……」

私は、正直言って舞菜《いもうと》ほどの「可愛いモノ好き」じゃない。

ただ、だからと言って興味ゼロというワケでもないのだ。

目の前に置かれたメモ帳とノートは、一頁ごとに色々な花びらが一枚ずつ押し花のように挟み込まれていて、間違いなく私好みの一品だった。

「有難うございます。逆に使うのがもったいないくらいですけど、でも、大事に使わせていただきますね。皆さまにも、私がすごく喜んでいたと伝えてください」

人差し指で花びらの部分をそっと撫でる私に、ディルクもそれがお世辞ではないと察したようで、満足げに頷いていた。

「使い切る都度、いつでも連絡をくださって構いませんよ。マダム・カルロッテのドレスは受け取ってくださらないのに、職人達の技術を喜ばれるのは、個人的に複雑な気分ではありますけどね」

そう言いながら、エドヴァルドと、後から無言で現れたヤンネ・キヴェカスをチラリと見やっているのは、明らかなヤンネへの牽制だ。

私がドレスを喜ぶような女ではない、ということを言外に伝えている。

私は——うん、見なかったことにして木綿《コットン》生地の方に話題を移そう。

紙の上に一つ置かれたコサージュはクリーム色の大輪カップ咲きスタイルで、花弁も多い……イングリッシュローズの一種に見えた。

「本職の方々が本気になると凄まじいですね……この前お渡しした私の見本とか、もう、闇に葬っておいてほしいくらいです」

「いえいえ！　レイナ嬢が徹夜されてまで、我が領のためにお作りいただいた見本ですよ？　あれがなければ、職人達はイメージも掴めませんでした。これ、元になっている花は春の一番花とされていて、少し花弁に切り込みが入っているのが特徴なんです。香りも比較的強く、花屋でも人気の高い花なんだそうで……」

奥のソファでエドヴァルドが僅かに目を見開いているのも、この前の私の『なんちゃって』な見本を思い出したからだろう。

――ソレは今すぐ忘れてください、エドヴァルド様。

「一応、そのコサージュの元となっている生地もお持ちしました。バーレント領はその領地の水質の高さを活かすため、害虫駆除の薬を使うことなく元の綿を育てているのですよ。ですからどうしても、他の領よりも少し割高な価格設定にならざるを得ないのですが……それでもこれならば、ヘルマンオーナーにも自信を持って見てもらえると、満場一致だった品物なんです」

そんな誇らしげなディルクの言葉に、私はハッと顔を上げた。

「え、無農薬製品ですか、これ⁉」

「え、ええ……」

なんてこと！　それって立派なオーガニックコットンだ！

害虫駆除の薬の原材料が何かは分からないけれど、もしも硫黄やタバコの粉だったりすれば、安全性をアピールする余地は充分にあるはずだ。

「いいですよ、それ！　環境や身体への負担が少ないと、他の地域よりも優位性を充分に主張出来るはずです！　心優しき聖女サマをブランド化するにも、うってつけ！　うんうん、これで『セカンドブランド』のコンセプトが立てられる！」

「レ、レイナ嬢？」

「セルヴァン、誰かヘルマンさんのお店に走らせてもらえないかな？　予告済みの、商品の売り込みに行かせてくださいって！」

突然名前を呼ばれたセルヴァンが驚きつつもほとんど条件反射で頷くのを横目に、私は意識を目の前の商品達に戻した。

「あ、そうそう、バーレント卿！　実は数日前に定例報告で公爵邸に来ていたベルセリウス侯爵閣下とウルリック副長にも、この木綿紙の話を通したんです。売り込みに行っていいって許可は貰ったので、生産量と人手と予算の折り合いがついたら、ぜひ行ってください！」

「な……っ!?」

「すみません、手紙をお出ししようとしたところに、お越しになるとの先触れをいただいたので、もう、今日話をした方が早いなと思って」

唖然となったディルクの視線が、ゆっくりと私からエドヴァルドの方へと向けられる。だけどエドヴァルドは僅かに片手を上げただけだった。

「事実だ。私が知らぬ間に、勝手に話が進んでいた。採用のゴリ押しではなく、売り込みの許可をとっただけだからな。問題はないと判断した。採用されるされないは、売り込みに行く代表者の腕次第だ。フェリクス・ヘルマンの店に行くのと同様に、せいぜい励むといい」

「まずはヘルマンさん攻略ですよ、バーレント卿！　一緒に頑張りましょう！」

一緒に、のところで、エドヴァルドとディルク双方がなんとも言えない表情を見せていたけれど、木綿製品プレゼンへの不安だろう。私はそのまま意気込んで言う。

「あ、製品の品質含めた諸々の売り込みは、頑張ってバーレント卿がしてくださいね？　やっぱり、職人さん達の働きを間近で見ている方《かた》の方が説得力も増しますし。私はその代わりに、製品の流通販売の部分で、頑張ってヘルマンさんを説き伏せますから」

それから、もう一つ思い立ってバーレント領の地図を持ってきてもらう。

「バーレント卿、水質の良さが自慢と先ほど伺いましたけど、具体的にはどの辺りで紙を漉《す》いていらっしゃるんでしょうか？」

既に色々なモノが置かれたテーブルの上のかろうじて空いていた場所に、無理やり地図を広げる。

ディルクはわずかに戸惑った様子で、川沿いの一角を指さした。

「大体、この一帯でしょうか。綺麗な水辺に沿って小規模な村がいくつかありまして。木綿紙自体が工程の途中で多くの水を必要としますし、汚れが少ないことも重要な要因ですから」

「なるほど……じゃあ早急に、この辺り一帯の土地の権利者を確認して、欲に目が眩《くら》んで土地や水場を勝手に転売することがないよう、領主様と一緒に動いていただけますか？」

これにはさすがにエドヴァルドも、口を挟まずにはいられなかったようだった。

「レイナ、何故わざわざ『早急に』と念押しをする必要がある。生産農家や職人の保護だけではなく、周辺の土地も押さえさせる理由は」

私は地図からエドヴァルドへと視線を移す。

ヤンネ・キヴェカスの表情は――うん、意図的に見ません！

「もし木綿紙がヘルマンさんのお店と軍本部の両方で採用されれば、この土地の周辺を良からぬ目的で買い漁ろうとする人は絶対に現れます。あと、下手に欲を出して無茶な増産をしたり、水場を増やそうとして水源を枯渇させたり、効率重視で無農薬をやめて他の水場にまで悪影響を及ぼす人とかが出て来たりしても困ります」

私はちゃんとエドヴァルドの目を見て話した。やましくもないから、逸らさない。

原始の農薬は硫黄だ。この国の農薬事情がどうなっているのかはまだ分からないものの、その粉塵は下手をするとアルノシュト伯爵領の二の舞を招きかねないのだ。

「領政の深い部分にまで、口を出しすぎているのかもしれません。ただ、少なくとも今は、領主様が旗を振る形で、周辺の手綱をとっていてほしいと思うんですけれど、それではダメでしょうか？」

私だけではなく、ディルクもエドヴァルドをじっと見つめている。

エドヴァルドの判断を待っている感じだ。

エドヴァルドはしばらく無言で、テーブルの上の地図や木綿製品を見つめていた。

「……ただ、土地を売ってくれるなと頼んだところで、ああいった地域は、よく言えば人を疑うことを知らん連中が多い。放っておけば、全財産を没収されるような書面であっても、巧妙に誘導されて、署名する危険が確かにあるだろう」

やがて口元に手をあてて呟いたエドヴァルドの言葉に、ディルクも大きく頷いた。

「それに、一つ一つの集落はとても小さいし、横の繋がりも強い。例えば一つの家が署名をしてしまい困窮していると分かれば、それを助けようと、集落内の家全てが右に倣《なら》えとなってしまう可能性も否定できません」

「だからと言って集落の域を出て、各々の村が手を取り合って協力しあうとなれば、とても狭い地域の話と片付けることは出来ないだろう。領有化するのは容易《たやす》いが、バーレント伯爵領がイデオン公爵領からの独立を狙っているだのと、国や他の公爵領からいらぬ猜疑《さいぎ》を受ける可能性がある」

「そうですね……」

領有化というのは、現代日本で言うところの国有化に近いのだろうか。

その考え方からすると、エドヴァルド自身が所領を丸ごと買い上げるとなると、それは国に有益な情報を自領だけで囲い込むような、国に弓引く行為と思われかねない。

加えて赤字を気にしなくても、上層部が何とかしてくれるという意識が職人達に根付く可能性があり、内部での切磋琢磨が停滞しかねない。長い目で見た時に、産業として先細りの危険をはらむのだ。

そしてバーレント領の領主は「伯爵」だ。伯爵に対し、侯爵位以上の貴族から、職人や土地の譲渡に関して何らかの圧力がかかった場合、拒否をするのが困難になってくる。

それらを考えると、現時点でエドヴァルドが即決出来なかったのは当然と言えば当然のことだった。

(それでも取れる手段となると……二つ……？)

「レイナ、その二つを具体的に」

うーん……？　と一人で首を傾げていたら、どうやら声に出てしまっていたらしい。

淡々としたエドヴァルドの声に、思わず背筋が伸びた。

「あのっ、私の居た国での話なので、アンジェスの実状に添うかどうかは分かりませんよ？」

「構わない。それはこちらで判断するし、擦り合わせられる部分があった時に擦り合わせればいい」

エドヴァルドはいつも「判断をするのは私だ」と言う。

私が一人で抱え込むことを、ひどく嫌う。夜に一人で泣いたり、倒れて精神崩壊寸前にまでなっていたりしては、そうならざるを得ないのかもしれないけど。

ともかく、今は二人で話している訳ではないので、私もあれこれ前置きをするのをやめた。

「えっと……一つには、土地と建物の所有者を別にすること。もう一つは、会社を一つ作って、その責任者をバーレント卿とすることで、直接的な領有化の印象を薄くすること。……でしょうか」

他国の投資や開発の許可を出す条件として、設立した現地法人の株式を全て譲り渡すことを相手政府から要求されて、外交問題になった話がある。表向きは自国企業でありながら、実際には相手国の政府が事業の全てを専有化しているという矛盾がそこに成り立つことになるからだ。

いずれも表向きの責任者を特定しにくくしている、法の抜け道を利用した実例だ。

私の提案は、そんなことをやれと言っているようなものだから、あまり性質《たち》のいい話じゃない。

「どちらかと言えば、土地だけ領主が権利を持つものとして建築の自由は残した方が、周りから悪辣だと罵られる可能性は低いとは思いますけど……私の国で言うところでの、その『借地権』に相当する法律がないのであれば、周辺の土地や収穫、あらゆる取引への干渉権を持つ会社を一つ、作る方が現実的なのかな――と」

綺麗事だけで領政が成り立つ訳ではないので、私としては、領主であればこそ、こういった泥は率先して被ってほしい。けれど私が思う「君主論」の押し付けでしかないので、そこは口を閉ざす。

「レイナ……」

もっとも初対面からエドヴァルドに「上に立つ者の姿勢」を説《と》いて引っぱたいた私だから、彼には口を閉ざした部分も見透かされていたと思う。

「以上、商法以外まだよく分かっていない、異国民の意見です」

咳払いをして、わざとらしく肩をすくめた私の言いたい内容も、もちろんエドヴァルドは察しただろう。

はい、私からは話を振りませんので、お願いします。

「――ヤンネ。どう思う。どちらが現実的だ」

短いため息と共に、エドヴァルドが口を開く。

叱責もない。私の意見を聞けとも言わない。

その意見を受け止めて、答えを出すのが当然――ある意味、残酷な問いかけ方ではあった。

私もあえてヤンネを見ずに、ディルクが持って来てくれた見本の数々を、矯《た》めつ眇《すが》めつしていた。

今この瞬間、ディルクはめちゃくちゃ居心地悪いだろうなぁ……と思っていたそこへ、家令補佐が、恐縮したように団欒《ホワイエ》の間へと入ってきた。

「旦那様、申し訳ございません。その、アンディション侯爵様の紹介状をお持ちになられた、ヨーン・キヴェカス先代伯爵様が、何か大量の積荷を載せた馬車でお越しになられまして……」

「何？」

「は？」

エドヴァルドとヤンネが、ほぼ同時に声を上げた。

「ご案内して宜しいでしょうか」

その言葉に、エドヴァルドが形のいい眉を顰《ひそ》めた。

「構わん、通せ。こんな早朝から、キヴェカス家前領主が来るなどと、今ここでしている話と無関係ではないだろう。……ディルク、商品見本はそのままでいいが、予算関連書類は念のため、しまっておけ」

頷いたディルクが書類を片付けていると、やがて一人の壮年の男性が、団欒《ホワイエ》の間へと姿を現した。

「このっ、愚か者が——っ!!」

……まさか第一声が怒鳴り声、そのうえヤンネの頭をガッと掴んで、応接テーブルに叩きつけるのが、最初の「ご挨拶」になろうとは、いったい誰が思うだろうか!?

（うわぁ……アレ、絶対痛い……）

うん、ちょっと昔の国民的熱血スポ根アニメでちゃぶ台をひっくり返した、アツいお父さんを思い出したかもしれない。私が法書をぶん投げて出来た傷、絶対今ので上書きされた気がする。

ラッキー……と心の中で呟く私の口角は、きっと内心ダダ漏れで吊り上がっていたことだろう。

エドヴァルドが不自然な咳をしているのも、明らかに私を窘《たしな》めている。

ごめんなさい、根が正直なもので。

とっさのことなので、伝家の宝刀「扇」サマも、持てていませんでした。ハイ。

「王都の店に納品した後、アンディション侯爵閣下と夕餉《ゆうげ》をご一緒させていただいていたのだ。閣下宛の、お館様からの手紙の内容をそこで伺って、寿命が縮んだわ！　おまえ、侯爵閣下さえお認めで、領主屋敷にご招待されている程のご令嬢に向かって、何という真似をっ!!」

情報早っ!?

いや、先代伯爵が王都に来ていて、たまたま一緒に食事をとっていたところに、エドヴァルドのお灸が届いたのか。

アンディション侯爵は、孫の家にいることは基本的に秘密だって言ってたから、それでも会っていたのなら、本当に「茶飲み友達」ってことなんだろう。

「お館様、ご挨拶が後となるご無礼は、平にご容赦を」

ヨーン・キヴェカス先代伯爵は、問答無用とばかりにヤンネの首根っこを引っ掴むと、私とディルクが座っている方のテーブルまで大股に歩いて来て、文字通りに息子の身体を床に投げうった。

エドヴァルドは、片手を上げて「了解」の意を示しただけだ。

多分、止めても無駄だと思ったんだろう。

うん。何か、ちょっとベルセリウス将軍的な体育会系の香りがしてるしね、先代伯爵。

ベルセリウス将軍程の身長はないにしても、かなり体格はいいし、日に焼けた浅黒い肌をしている。

とはいえ、髪からもみあげにかけては既に立派な白髪であるため、元とはいえ生粋の王族であるアンディション侯爵と並んだら、きっと、引退した元ボディガードとかに見えてしまいそうだ。

などとちょっと場違いなことを思っていたら、その先代伯爵サマはいきなり、倒れ込んだヤンネの頭を床に押し付けて、自分は両膝を折って、頭を下げた。――いわゆる土下座だ。

この世界、土下座とかあったのか！

などと感心している場合じゃない。

既に位を長男に譲っているとはいえ、仮にも元伯爵。

私は慌てて先代伯爵の前まで行って、同じように両膝を折って、肩口に手を置いた。

「おやめください！　先代伯爵ともあろうお方《かた》が、聖女の姉と言う肩書きしか持たぬ者に、膝など折らないでくださいませ！」

「ぐっ、しかし……」

「こんなことを申し上げるご無礼はお許しいただきたく思いますけれども、私《わたくし》としましても、不本意を絵にかいたような表情をなさっておられるどなた様かに、無理に謝罪していただきたいわけではございませんので！」

「……っ」

膝を折るキヴェカス先代伯爵、視線が床を向いたままのヤンネ、それぞれの身体が僅かに揺らいだ。

「私《わたくし》のことが気に入らないなら入らないで、こちらも無理に友好を深めようとは思っておりません。ありのままでいらしてくださって結構です。それよりもイデオン公爵領全体のことを考えて、自らの職務に邁進《まいしん》してくださる方が、よほどスッキリいたします。どうかそのように割り切ってくださいませんか？」

どこの職場でも、気の合う者同士だけで成り立ってなんていない。

いけ好かないけど有能な人と言うのは、私のかつてのアルバイト先にだっていた。

私自身の目で、ヤンネ・キヴェカスが有能かどうかを確かめた訳じゃないけれど、エドヴァルドが公爵領の法律顧問を任せているくらいには優秀なはずなのだ。

……多分、為人《ひととなり》がだいぶ残念だっただけで。

「レイナ……」

「レイナ嬢……」

ちょっとでも悪かったと思うなら、むしろ仕事で返せ！　と言っているに等しい私の言葉に、エドヴァルドとディルクが揃って目を見開いている。

「レイナ。いいのか、それで」

私も先代伯爵目線で膝をついた状態なので、応接用ソファに腰を下ろしているエドヴァルドを見上げる格好になっている。

いいですよ？　と、わざと軽く返しながら、そこでちょっと意地悪そうに微笑んでみた。

「土地の悪用を防ぐとか、職人の流出を防ぐとか、特許権以外にも結構課題ってありますよね。これからバーレント伯爵領以外にも、いずれ同じような話が出てきますよね。例のオムレツの話だって――それはもう、きっと自主的に骨を折ってくださるんだろうな、と。であれば、個人的に不快な思いをしたことくらい目を瞑《つむ》ります。そこまで狭量じゃありませんので」

ふふふ。働け、働け！　問題が起きたら、全部丸投げしてやるもの！

手紙のやり取り程度なら、お互いに「大人の振る舞い」だって出来るはず！

――なんて考えは、エドヴァルドに筒抜けだったらしい。

何故なら、彼は顔をそむけて、くつくつと笑いだしてしまったからだ。

「お、お館様……？」

「公爵閣下……」

私とエドヴァルドとの間に何が共有されたのか。とっさに分からなかったらしいキヴェカス先代伯爵やディルクは、驚いたようにエドヴァルドを凝視していた。

そう思うと、やっぱりエドヴァルドは図抜けて優秀な人なんだろうと思う。

「ヨーン、ヤンネを離してやれ」

笑いを収めるように、右の拳を口元にあてながら、エドヴァルドはキヴェカス先代伯爵に向かって、ひらひらと左の手を振った。

「話が途中だったろう、ヤンネ。土地と建物の所有者を別にすることと、会社を一つ立ち上げること。法に照らして、どちらがより現実的と思った」

キヴェカス先代伯爵が手を離し、身体を起こしたヤンネは、私とエドヴァルドを左右に見る形でその場に座り直していた。

うん、昨日からよく床に座らされてるよね。まあ、自業自得なんだけど。

「……法律云々というより、今からオーデの河口周辺の土地を買い占める方が非現実的かと思います」

「それで？」

「そのうえで、領主を責任者としてしまうと、周りが難癖をつけてくる可能性もありますから、バーレント卿が次期伯爵位を継ぐにあたってと銘打って、周辺の土地や収穫、あらゆる取引への干渉権を持つ会社を一つ、立ち上げた方がまだ現実的です。木綿に関する取引を全てバーレント卿の肝煎りとしてしまえば、叛意があるなどとは、誰も言えないでしょう」

なるほど「肝煎り」……と、エドヴァルドは独り言《ご》ちているし、私も同じように、それは納得出来た。

言葉の綾？　建前？　いいんです、対外的に話が通れば、それで。

「会社の立ち上げに関しては……及ばずながら助力させていただきます……」

――よし、勝った。

ぎゃふんとは言わないまでも悔しげな表情を見せたヤンネを見て、私は内心で拍手喝采した。彼から特許権についてどこまで学べるかは未知数になってしまったけれど、そこはもう仕方がない。私自身の目で詳しく確かめられなくなる分、アフターケアでヤンネに仕事してもらえばいい。多分今の流れでいけば、こちらから回す案件全般を、優先的に処理せざるを得ないだろうし。

こうなったら、せいぜいイデオン公爵領発展のため、身を粉にして働いてくださいませ、優秀な法律顧問サマ！


「――改めて、此度《こたび》は愚息がご迷惑をおかけした。キヴェカス領から追加で送らせるよう命じはしたが、王都店舗の在庫分だけでも、まずは我が領の誠意として受け取ってはくださらぬだろうか」

全員が団欒《ホワイエ》の間のソファにそれぞれ腰を下ろしたところで、キヴェカス先代伯爵が、そう言って従者に、中身の詰まった大量の皮袋を運びこませた。

「ヨーン、それは……？」

この場で最も高位にあるエドヴァルドが、代表して問いかける。

「公爵邸でも定期的に王都の店舗から仕入れてくださってはいますが、種類が固定されておりましたでしょう。いい機会ですので、店舗で取り扱っております全ての種類を少しずつお持ちしましたぞ！　ああ、ですがアイスクリームとチーズケーキは、常温で持ち出すワケにはいかぬので、店舗から外へは出せなかったのですが、それはご容赦くだされ」

「ヨーン、それはむしろ売り込みではないのか――」

「えっ、アイスクリーム⁉　チーズケーキ⁉」

呆れたようなエドヴァルドの声と、驚愕した私の声とが、思い切りかぶってしまった。

その場の全員の視線が、私に集中する。

……キヴェカス先代伯爵の目は、何だかとても嬉しそうだったけど。

「おお、レイナ嬢はアイスクリームとチーズケーキがお好きですかな？」

「あっ、そうですね、私の国にもあった食べ物なので懐かしいというか……久しぶりに食べたくなったというか……」

「そうですか、そうですか！　では王都内の店舗には私の方から連絡を入れておきますので、いつでも食べに行ってくださって構いませんぞ！　何、此度《こたび》の詫びも兼ねて、レイナ嬢がお越しの際は、今後もお代をいただかぬよう徹底させておきましょう！」

「えっ、いや、そんな……」

そこまでしていただかなくても――と、言いかけたものの、豪快に笑うキヴェカス先代伯爵サマは、まるで聞いてなかった。

後でエドヴァルドに聞いたところによると、キヴェカス領の乳製品の購入や実食が出来るその店舗は、なんと王都中心街の一等地にあるらしい。

牛乳とか卵とか、日持ちしない物をどうしているのかと思ったら、物資運搬用の小規模な転移扉を置いて、配膳用エレベーターの如く、日々領地から搬入をしているらしかった。

具体的には、人間は通れないサイズの転移扉だとかで、本来は領土が広く、食材の輸出入に難があるケースが多いクヴィスト公爵領下でのみ、特許権付きで使用されている物だったところを、当時わずか十一歳だったエドヴァルドが、産地偽装騒動後の交渉とともに、一式ぶん取ってきたのだそうだ。

特に冷凍庫のないこの世界では、標高の高い山脈に見られるという、魔力を含んだ「溶けにくい氷」を搬入するのに重宝しているとの話だ。

一部領地を接する隣領であったことはもちろん、一度地に落ちた名誉を回復させるには、王都内から地道に本来の味を知ってもらうしかないと考えた末のことだったらしい。とはいえ、食料品以外で必要な物については、今回のようにキヴェカス先代伯爵など、領民が交代で行き来して運んでいるそうだ。

「えーっと……それはもしかして、王都にカフェあるいはレストラン的なスペースもあるということでしょうか？」

途中でふと思い立った私が片手をあげれば、キヴェカス先代伯爵は、大きく首を縦に振った。

「乳製品の販売がメインなので、個室の数もあまりないし、小規模なスペースでの提供にはなるのだがな」

「店舗で働く方《かた》の制服なんかは、ありますか？　乳製品の包装紙やティーマット、カップやソーサーの備品なんかは、どこかと契約されていらっしゃいますか？　新商品の開発なんかに、ご興味は⁉」

「お、おおっ？」

「レイナ」

私が矢継ぎ早に問いかけたため、先代伯爵は、ちょっと引きぎみだった。

落ち着けと言わんばかりに、エドヴァルドが間に割って入る。

「レイナ、ヨーンが驚いているぞ。ちゃんと順序立てて説明してやれ」

ハッと我に返り、机の上の木綿の紙や生地を、改めてキヴェカス先代伯爵に見せた。

「どうせならそのお店で、イデオン公爵領の色々な名産品を実際に目に出来るようにするのもいいかと思いまして。包装紙やティーマット、制服なんかでバーレント伯爵領の商品をアピールして、ティーカップやソーサーでハルヴァラ伯爵領の白磁焼のアピールをして、酒精《アルコール》分抜きのフルーツワインでオルセン侯爵領の葡萄《ぶどう》をアピールして……。あ、もちろんメインはキヴェカス伯爵領の乳製品で構いませんよ？　フルーツにヨーグルトをかけたりしても、充分にメニューとして成り立つわけですし！」

イメージは、王都に置かれた地方のアンテナショップだ。

そんな「アンテナショップ」のなんたるかを、息継ぎはどこだと言わんばかりに一気に説明したところ、エドヴァルドが納得したように頷くと同時に「貴女の国は色々どうなっているんだ……」と驚きつつ、ヤンネとディルクに視線を向けた。

「ヤンネ、ディルク。恐らく早急に会社を立ち上げておかないと、彼女の構想に全く追い付かなくなるぞ」

言われたディルクは、気圧《けお》されたように頷いていた。

「その……会社と、私が代表となる点とに関しては、領主である義父《ちち》の意向を無視する訳にはいきません。今回の件はほぼ一任されておりますので、恐らく否《いな》と言うことはないと思いますが……」

「まあ当然だな。まさか領主に事後承諾をさせる訳にもいくまい。事前の説明は必要だろうよ」

「私がここに来る直前、ギーレン国の王子殿下の外遊に関わる式典と夜会に関して、義父《ちち》に招待状が届いておりましたので、その際こちらにも立ち寄らせていただくと思います」

「分かった。こちらもそのつもりでいよう。ヤンネ、会社設立に必要な書類一式、その時までに用意出来るな？　バーレント伯爵に持ち帰ってもらって、領地で確認をしてもらうのがいいだろう」

「承……知致しました」

ペーパーカンパニーでもなければ、半月以下の日程で会社を立ち上げろとは、普通に考えれば無茶ぶりだ。とはいえ私のためにエドヴァルドがそう言っているのだと分かっているので、そこはもう、何も言えなかった。

だって「頑張って仕事して」以外に、ヤンネに言えることなんてない。

すると話を聞いていた先代伯爵が顎をさすりつつ、私に向かって言った。

「ふむ。そこまで行くと、私の権限を越えてしまいますな……所詮私も、引退した「元」伯爵ですからな。ではどうだろう、レイナ嬢。よければこの後、一緒に王都中心街の店舗へ行きませんかな？　細かい話は店長としてもらうのが一番よいだろうし、ついでにアイスクリームとチーズケーキも提供いたしますぞ」

「えっ、いいんですか⁉　開店前のお忙しい時間帯ですよね？」

「なに、他に従業員もおるし、今回は顔合わせ程度と言うことで如何《いかが》かな？　聞けばまだまだ、裏で詰めねばならぬ話も多そうだしな。今後私がおらずとも、直接話し合いが出来るようになるに越したことはなかろうよ」

「レイナ、ちょっと待て――」

「お願いします、ぜひ！」

そこで完全に、アイスクリームとチーズケーキの誘惑の前に敗北していた私が、エドヴァルドの制止を振り切るように、叫んでいた。

「キヴェカス先代伯爵、私もご一緒させていただいても？　当伯爵領の商品見本があった方が、多少話もスムーズではないかと」

「おお、確かにそうだな、バーレント卿！　では早速参ろうか！　何、お館様、ご心配召されるな！　帰りもキチンと私がお送り致しますぞ！」

「……っ」

そうじゃない――と、エドヴァルドの表情が語っていたみたいだったけど、アイスクリームとチーズケーキに気を取られていた私は、気付いていなかった。もちろん、ちょっと優越感に浸った表情のディルクや、これはマズい……といった表情になったセルヴァンにも気付かず。

多分、場の空気が読めていなかったのは、私とキヴェカス父子《おやこ》だけだったかもしれない。

戻ってから、セルヴァンにチクチクとお小言を言われてしまったのだ。

え、なんで？

＊　＊　＊

当たり前だけど、宰相であるエドヴァルドは王宮へ出仕しなければならず、ヤンネの方も高等法院へ係争中の裁判のために赴かねばならない時間というものがある。

結果、私とキヴェカス先代伯爵、ディルクの三人だけが王都の中心街にある「カフェ・キヴェカス」へと向かうことになった。

「店長は私の一番下の弟だし、他にもキヴェカス家の関係者が従業員の多くを占めておる。今後特許をとったレシピの内容などが、無闇に外に漏れる可能性は低いと思うがな。まあ、その目で色々と見て、判断してやってくれ」

右手をディルクに、左手をキヴェカス先代伯爵にとられて馬車を降りるのはかなり恥ずかしかったけど、なんとか羞恥心を抑え込んで、私は店舗の中へと足を踏み入れた。

「うわぁ……！」

カントリー調だ。

わざとレンガ造りを表に晒《さら》しつつ、開放的な空間の中に木の家具やドライフラワーの飾りつけやアンティーク風の食器や棚を配置して、可愛くも甘すぎない空間を完成させている。

この内装を手掛けた人、お世辞抜きにめちゃくちゃいいセンスをしていると思った。

「素晴らしいですね！　キヴェカス伯爵領に行ったことはありませんけど、素朴でステキな領っていう印象を与える内装だと思います！」

今度シャルリーヌを誘ってみようと思った。きっと喜ぶ。

「そうかそうか！　よければまた来てやってくれ！　店長を呼んでくるのでな、そちらに座っていてくれるか。アイスクリームとチーズケーキも、すぐに運ばせる！」

キヴェカス先代伯爵も、私の絶賛に気を良くしたように、店舗の奥へと姿を消した。

私はぐるりと店を見渡しながら、ディルクへと声をかけた。

「バーレント卿、これだとティーマットとか包装紙とかデザイン次第で合いそうですよ。あと制服も！」

カントリー風のカフェに、オーガニックコットン素材の制服は、コンセプトから言っても、いい組み合わせのはずだ。

「そうですね……店長にも受け入れていただけるといいのですが」

ディルクも興味深げに、店舗内を見渡している。

「ところでレイナ嬢、今日は『マーナ』ではありませんが、良ければ公爵邸の外では、同じようにディルクとお呼びくださいませんか？」

「え？」

「せっかくこうして、外出の機会を得られたのですから——ぜひ」

視線を店舗内から私へと移したディルクがニッコリと微笑む。

……何だろう。ディルクの微笑みって、意外に圧が強い。

「えーっと……ディルク様」

「はい」

「その、もしも店長さんから好感触が得られれば、制服の件は、ヘルマンさんにお願いしてみませんか」

私が、圧力に屈しているのを取り繕うように実務的な話題を振れば、ディルクはちょっと苦笑混じりに小首を傾げた。

「そうですね……ただ、ドレスにするというだけではなく、具体的な完成イメージ、納入先の確保が見通せるとした方が、より説得力は増しそうですね」

「考えているのは貴族ではない一般富裕層にも受け入れられるデザイン、商品な訳ですから、今のヘルマンさんの店舗でドレスを作ってもらうより、かなり価格は抑えられると思うんです。店長さんもそれで興味を示してくださったらいいんですけど」

そんなことを二人で話していると、キヴェカス先代伯爵が一人の男性と、アイスクリームとチーズケーキを載せたトレイを持った女性を連れて、店舗の方へと戻ってきた。

「うわぁ……！」

何なら感嘆の声だけじゃなく、目だってキラキラと輝いていたかもしれない。

バニラアイス添えチーズケーキとか、何たる鉄板!!

いや、白いだけでバニラかどうかはまだ分からないけど、それでも！

向かいでクスクスと笑うディルクに、私もハッと我に返った。

「す、すみませんディルク様……お恥ずかしいところを」

「いえいえ、とんでもない。あれほど堂々と、公爵閣下やキヴェカス卿と渡りあわれていた姿を思えば……レイナ嬢が私よりも年下だと、ようやく今、思い出しました」

「あのヤンネをねじ伏せたご令嬢と、同一人物とは思えぬな！」

豪快に笑うキヴェカス先代伯爵に、ちょうど現れた男女二人が「何と！」「まぁ」と言った感じに、目を丸くする。

いやいや、物理的にねじ伏せたのは、先代伯爵サマですので！

もちろんこのタイミングで現れたのが、関係ない人であるはずもない。私が立ちあがると、二人はにっこりと微笑んで貴族の礼の姿勢をとった。

「話は兄から少し。私はこの『カフェ・キヴェカス』を預かっております、トニ・キヴェカスです。隣におりますのが、妻のマーリン。本日はようこそお越しくださいました」

そう言って頭を下げる店長夫婦に、私とディルクも礼を返した。

「バーレント伯爵家長子ディルクです」

「レイナ・ソガワです。今は縁あってイデオン公爵邸に滞在させていただいております」

「ご丁寧に有難うございます。私共が申し上げるのも面映《おもはゆ》いのですが、こちらの店舗では、お越しになられる皆様に心地良く過ごしていただけたらと思っておりますので、どうか身分を忘れてお寛ぎください」

照れたように顔を見合わせているトニ&マーリン夫妻には悪意がなく、私もディルクも思わず口元をほころばせてしまった。

「……素晴らしい経営方針だと思います」

「ええ、私もそう思いますよ」

これがキヴェカス家の家系だというなら、十八年前産地偽装事件に巻き込まれて、誰も反論らしい反論が出来なかったのも、ヤンネ・キヴェカスが、キヴェカス家の異分子となって矢面に立たざるを得なかったのも、無理からぬことだったのかもしれない……とは思う。

ヤンネの立場を理解は出来ても、共感はしないけど。

「さあどうぞ、アイスが溶けてしまう前にお召し上がりください。話は、そのままでも出来ますでしょうから」

「ありがとうございます！　ではお言葉に甘えて——」

一応断りを入れてから、私はまずアイスから口に入れる。口に入れると予想していたよりもさっぱりとした甘みが口の中に広がった。

「んーっ、美味しいです！　そうか、乳製品がメインですものね、ミルクアイスですね、コレ！」

ケーキは、パッと見たところ、レアチーズケーキに見える。

「ああっ、これも私の国のレアチーズケーキによく似てます！　そうですよね、クリームチーズもバターも生クリームもあって、アイスの要領で冷やすなら、こうなりますよね！」

マーリンさんが「……お詳しいですね」と、感心したように私を見ていた。

私もさすがにはじけすぎたかと、ちょっと反省する。

「すみません、今度プライベートで、知り合いの伯爵令嬢とこっそり来ますね」

マーリンさんの耳元で私が囁けば「はい、ぜひ」と、柔らかい微笑を返された。

とりあえずアイスを食べ切ったところで、私はディルクの荷物の中から、花柄模様の薄紙やら、木綿の生地やら、和紙風の厚手の花柄紙やらを出してもらった。

そこで、公爵邸で話したのと同じ『アンテナショップ』構想を夫妻に伝える。

「細かいことは、これから各領の担当者と、法律の専門家であるヤンネ・キヴェカス卿との間で詰めていってもらったらいいと思うんですけど、まずはぜひ、同じイデオン公爵領内の他領の方々と、それぞれの商品の良さを生かしつつ、手を取り合ってみるのはどうかと思いまして……」

今、各備品を含めた、キヴェカスの乳製品以外の契約先を固定していないのであれば、尚更。

何より、より多くの領地と結びつきを深くすることで、十八年前のように自領だけが孤立するリスクを減らすことが出来る。

そう言った私に、キヴェカス家の人々は、しばらく黙って、顔を見合わせていた。

私の本音は、シナリオの強制力が働いた時のために、一領でも多くエドヴァルドの味方を増やして「防波堤」を作っておくところにあるのだけれど、それは私の胸の中だけに留めておけばいい話だ。

キヴェカス伯爵領にとっても、悪い話ではないはずなのだから。

その後、アンテナショップに関しては、店長夫婦を含めたキヴェカス伯爵家預かりということで、ディルクらと再びイデオン公爵邸に戻って来ると、セルヴァンがヘルマンさんの仕立て屋の時間が明日ちょうど空いたと伝えてくれた。

「いいタイミングでしたね、ディ……んんっ、バーレント卿。あまり長くは王都にいられませんしね」

「そうですね。明日ちょうど、マダム・カルロッテのドレスも受け取りに行く訳ですし。あまりここで粘って、使用人一同の反感をキヴェカス卿の如く買いたくはありませんから、今日は大人しく引き下がりますよ」

元の「バーレント卿」呼びに、ちょっと残念そうな表情を見せながらもディルクはあっさりと公爵邸を離れた。

……手の甲に口付けて帰ることだけは、忘れなかったけど。

エスコート文化さえ非日常だった私からすると、手の甲に口付けての挨拶も、エスコートと同様のジャンルで一括りにされていた。なので実際にはそれが私へのアプローチであると同時に、エドヴァルドを思い切り煽っていたのだと知ったのは、かなり後になってからのことだった。

鈍い？　習慣の違いです。断じて。

帰宅したそんな私を微妙な表情のセルヴァンが迎えた。

「その……レイナ様、今日、バーレント卿やキヴェカス先代伯爵といった、非戦闘要員の方々とのみお出かけになられたが故と申しましょうか、旦那様が静かにお怒りのご様子でした。お戻りになられましたら、ある程度は覚悟いただいた方がよろしいかと」

「……え」

何、セルヴァンのその物騒な予告！　非戦闘要員？　いや、それ以前に覚悟って⁉

言っている意味が分からないと、思っていたのは夜までのことだった。

帰宅したエドヴァルドが纏っている空気が、なるほどいつにも増して絶賛氷点下だったのだ。

自分の意志では自由に使えないものの、内包している魔力が多いと最初に聞いた気はする。この、ダイニングが凍り付くような冷ややかさは、セルヴァンの「予告」をいやでも私に思い起こさせた。

それはもう、現実逃避したくなったほどに。

と、とりあえず夕食を食べる前に「アンテナショップ」計画の進捗報告をしてしまおう、そうしよう！

「ああのっ、エドヴァルド様！　午前中、キヴェカス先代伯爵に店舗にご案内いただいた件ですけどっ」

どうしよう、舌が上手く回らない。

頑張れ、私！

「……ああ」

「お店の店長さんが、先代伯爵の末弟だと仰って。ご夫婦で経営されているんですね」

「そうだな。従業員のほとんどがキヴェカス家と何らかの縁故があるはずだ」

「エドヴァルド様は、店舗の方には行かれたことはおありですか？」

「まだ店舗の形にもなっていない、空っぽだった頃に一度、仕上がりの確認には行った」

淡々と私の問いかけに答えるエドヴァルドが……淡々としすぎていて、怖い。

「そのっ、今は素朴というか、のどかな田舎風というか、素材を活かした、温かみのある、凄く居心地のいいお店になってます！　あの内装を手掛けたのは、物凄い才能がある方《かた》だと思うんです！」

「……ヨーンのすぐ下の弟の奥方が指示していたと、聞いた気はするが」

残念ながら、もう亡くなってしまわれたのだという。

「そうですか……なら尚更、あの方向性は崩しちゃダメですよね。きっと、キヴェカス家の皆さんにとっても、心の拠《よ》り所ですもんね」

うんうんと、私は頷いた。

「だが、そこをアンテナショップとやらにしたいんだろう」

「大丈夫です！　少なくともバーレント伯爵領の花柄の紙や、ハルヴァラ伯爵領の白磁は絶対にあのお店の雰囲気を損ないません！　制服もデザイン次第だと思いますし」

実務について話し始めると、気まずさはどこかへ消え去った。私はいつもの調子で言葉を続ける。

「バーレント伯爵領の花柄の紙は、ご夫妻からも好感触を得ました。制服はデザインを見てからなんですけど……あ、それとハルヴァラ伯爵領の白磁に関しては、今でも無地のティーカップとソーサーをお使いだったんで、いずれ模様入りの新しいデザインが出来たら、見ていただけるそうです」

日本にいた頃、カフェで自分で好きなデザインのカップを指定してお茶が飲めるという、なかなかに粋なシステムがあった。出来ればあれを踏襲したいのだ。

「オルセン侯爵領産のジュースに関しては、これは特許が取れてから一度試飲していただくという形で……あとはマーマレードでも作れたら、ヨーグルトとかに合いそうな気はするんですけど……あ、これは、一緒に商品開発してみましょうかって話になりました！」

結果としては、どれも前向きに検討していただけることになりました！　どうですか!?

と、ちょっと喰いぎみにガン見したこともあってか、それまで不機嫌極まりないと言った空気を醸し出していたエドヴァルドが明らかにドン引き――とまでは言わないものの、対応に困ったように、顔を痙攣《ひきつ》らせていた。

「……卵はいいのか」

「卵？」

「あの店で仕入れている卵は、キヴェカス伯爵領に隣接しているケスキサーリ伯爵領産の卵だ。ケスキサーリは特に養鶏場を多く抱えていて、キヴェカスとはよくお互いに物資のやりとりをしている。なんならそれも、何か考えてやるといいんじゃないか」

どういう反応をしたらいいのか分からなかったエドヴァルドが、今思いついたといった感じでそんなことを説明してくれたものの、卵というその単語は明らかに私のテンションを上げた。

「そうなんですか!?　あ、じゃあ、プリンを作ってフルーツソースなんかかければいいのかな？　有難うございます、エドヴァルド様。参考になります！」

「……プリン？　オムレツではなく？」

卵を使うならと、とっさに浮かんだんだろう。けれど私はゆるゆると首を横に振った。

「主食にまで手を出してしまうと、色々と不足が出てきちゃいます。せっかくチーズケーキとアイスクリームもあるので、甘味系特化で割り切った方が上手くいくと思うんですよ」

「……なるほど。あくまで今の経営方針は維持したい訳か」

「内装を手掛けられた、その奥様の思いを無にするようなお店じゃ意味ないですしね」

ふむ、と呟いたエドヴァルドの冷ややかな空気は、既にすっかり霧散していた。

「そう言えば、近いうちにユルハ伯爵領からシーベリーという果実も届くはずだ。今、収穫期とあって税の報告はアンディション侯爵が代理報告を担《にな》っていたが、式典と夜会は余程のことがなければ出席必須だ。遅れて本人も来るだろう」

「果実ですか？　あ、私がマーマレードの話をしたからですよね。分かりました、届いたら厨房で試作をお願いしてみます！」

新たな可能性に目を輝かせた私に、エドヴァルドは少し戸惑ったように見えた。

「レイナ……何故そこまで？　もはや『一宿一飯の恩』どころではなくなっているだろう」

「そうですか？　ある程度までの先払いとでも思っておいてくだされば」

わざとおどけたように私がそう言えば、エドヴァルドが僅かに眉を顰《ひそ》めた。

——舞菜《いもうと》の話が決着しない以上、私は踏み込んで来ようとしているエドヴァルドに、線を引かざるを得ない。

それはお互いが分かっていて、口にしない。私は今までの空気を少しだけ引き締めるように、エドヴァルドを見上げた。

「ちょっと、真面目な話をしますけど」

続けろ、といった風にエドヴァルドも軽く頷いた。

「以前、エドヴァルド様は一人で色々と背負い過ぎだって言ったじゃないですか。バーレント、オルセン、ハルヴァラ、キヴェカス……イデオン公爵領内に横の繋がりが出来れば、例えば数ヶ月、エドヴァルド様が公務から離れたとしても、協力しあって領民の日常生活を回せると思うんですよ」

私の言葉を咀嚼し、エドヴァルドの目がゆっくりと見開かれた。

「…………レイナ」

「それにベルセリウス侯爵家は防衛特化、万一の際はアンディション侯爵に臨時に責を担《にな》っていただけたなら、仮に残りの領主が不穏な意志を持ったとしても、抑え込めると思いませんか」

少しずつ、種は蒔《ま》いた。

エドヴァルドは視察旅行のための伏線と思ったのかもしれない。けれど、私にとっては――〝蘇芳戦記〟のシナリオ補正が起きた場合に、エドヴァルドを守りきるための、伏線だ。

これなら万一のことがあっても、エドヴァルドが亡命を選択肢として残してくれるだろう。

自分がいなくなれば、領地の民が困窮しかねないという不安を、一時的であれ取り除くことが出来るのだから。

「キヴェカス家のあのお店が『アンテナショップ』としてさらに軌道に乗ったなら、きっともっと楽になるはずです。残りの領も、今回は無理でも、いずれ何かしらの形で加われば理想的ですし」

上に立つ公爵がいなくなっても領地が回せるのであれば、生き延びてなお領地を守る方法を考えようとする。

エドヴァルド・イデオンとは、そういう人物であるはずだった。

「どうですか、少しは肩の荷が下りたりはしませんか？」

レイフ殿下主導による、エドベリ王子の謀殺、あるいは辺境に追いやられた元第一王子《パトリック》と共謀しての二国同時クーデターが起きたとしても、自らの首を差し出しての幕引きは図らずにすむはず。

「……っ！」

言葉にしなかったその部分まで、恐らくエドヴァルドは正確に読み取っていた。

ガタンッと、座っていた椅子を倒しかねない勢いで立ち上がったのが、いい証拠だった。

「貴女は……っ」

「エドヴァルド様？」

そのまま大股でこちらへと歩いてくると、エドヴァルドはいきなり私の左の二の腕を持ち上げて、

その場に立ち上がらせた。

「無自覚なのか？　私の未来を閉ざすまいとするのであれば、その未来が続く限り、貴女にも私の隣に居続けてもらうことになるぞ⁉」

「⁉」

「ディルクになど渡しはしない。いや、誰にも渡しはしない……っ」

「ん……っ⁉」

左手が腰に回り、二の腕を掴んでいた手が肩の後ろに回って——唇が奪われるまで、あっという間だった。

え、ここでなんでディルクの名前⁉

って言うか、コノヒト使用人達がいるのに何してるの⁉

何ごとだと思う以前に、長い口付けの末、真っ白になっていた私の頭では、なぜそんな苦しげにディルクの名を吐き出したのかを推し量ることが出来なかった。

私はただ、いざという時に率先して断頭台の露に消えないでほしいと思っただけだったのに——⁉

——言うまでもなく、その夜更に「痕」は増えたのである。

第四章　青の中の青

「よお、久しぶりだな！　しかしまぁ、何というか……」

翌日。訪れたヘルマンさんの店舗では、そのまま真っすぐ二階の応接用書斎に案内された。

そして入るなり、挨拶もそこそこに私の首あたりからデコルテラインにかけてを、しげしげと眺め始めたのだ。

「……アイツの本気をこれでもかと見せつけられている感じだな」

「え？」

首を傾げた私に、むしろ隣に立っていたディルクの方が、苦笑いを浮かべている。

「……申し訳ありません。私が煽ったせいだと思います。渾身のデザインを霞《かす》ませてしまうつもりはなかったのですが」

「ほほう、そういう立ち位置なのか」

「そうですね。そう思っていただければ」

「ははっ、そいつぁ面白い！　鉄壁の仮面にヒビが入ったか？　貴重な瞬間を見てみたかったモンだ！」

私にとって赤い痕《キスマーク》は「ご令嬢除け」だった。だからまさかエドヴァルドが、今日約束をしていたディルクを煽り返そうと痕を増やしていたなどとは、思いもしていなかった。

食堂で既に充分恥ずかしい思いをしていたため、昨晩はいったん、今日のプレゼンの最終確認を口実にして書庫にこもった。気付けば日付が変わっていたのは、三日徹夜したばっかりの「前科」を考えれば、まずかったんだろう。

それでもエドヴァルドが『貴女の辞書には「懲《こ》りる」と言う単語はないのか……!』と、書庫に怒鳴り込んできて本を取り上げた挙句、ソファに押し倒すまでしたのは、明らかにやり過ぎだ!

『今度同じことをやったら、もう貴女に選択肢は渡さないから、そのつもりで』

怒っているのか、熱を孕んでいるのか、よく分からない声で囁かれた後——我に返ると首筋に痕が増えていた。

外国ではキスは挨拶代わり、なんて風潮もあるようだけれど、どう贔屓目にみたところで、コレは当てはまらない。

宰相閣下《あのひと》、既にちっとも自分を抑えていない。

ヘルマンさんがドサリとソファに腰を下ろしたその音で我に返るまで、私はグルグルと愚にもつかないことをそうやって考えていた。

「エドヴァルドには『俺を納得させられるだけの物を持って来い』って言ってあった。じゃあ、まあ、見せてもらおうか?」

結局ヘルマンさんもディルクも、さっさと本題へと移行している。

ディルクは、その言葉に花びらの散る最薄の紙と和紙に近い厚手の紙、白紙の紙それぞれと、紙製のコサージュと木綿製のコサージュ、最後に木綿の反物状の生地を目の前の机の上に全て並べた。

「へぇ……手に取るが、いいか?」

「どうぞ、ご存分に」

ヘルマンさんが最初に生地を手に取ったのは、職業柄だろう。

すかさずディルクが、無農薬栽培の綿花を原料としていますと口添えした。続いてヘルマンさんはコサージュを両方手に取って、重さや手触りを比べながら、矯《た》めつ眇《すが》めつしている。

「コサージュに関しては、エドヴァルド自身も見たことがないから説明出来ないと言っていたが、なるほどな……紙は確かに、薄い方は包装紙に、白紙の方はデザインの下書きなんかで使えそうだ」

淡々と商品を評したヘルマンさんは「それで？」と私の方に厳しい表情を向ける。

「〝セカンドライン〟と〝聖女ブランド〟とやらを作りたいとエドヴァルドに言ったんだって？」

普段の性格がエキセントリックでも、自らの仕事が絡んでくると、さすが口調から軽さも抜ける。

私も頷きながら、思わず背筋を伸ばしていた。

「印象として、木綿は絹に対抗出来ません。ですが売りたい顧客層を明確に出来れば、むしろ裾野は広がる。当代聖女はこの国の貴族層の出じゃありませんから、今から同じ土俵に上がって対抗しようとするよりも、分母の大きいその下の層を味方につける方がいいと思ったんです」

「セカンドラインって、要は本流より一段階落ちるってコトだろう？　それじゃ聖女本人が不満を持つんじゃないのか？」

「自分の名前のブランドが立ち上がるっていう、オメデタイ部分以上のコトは考えないと思いますので問題ありません」

妙にハッキリ言い切る私を訝しんだのか、ヘルマンさんが僅かに片眉を上げている。

「双子ですから分かりますよ」

とも付け加えたところ、それはそれでヘルマンさんの中で納得がいったようだけれど。

「まぁ……この花をちょっと象徴的に使って、どこかに意匠として入れるとでも条件を付ければ、複数のデザイナーの卵が取り掛かりやすくなるだろうことは確かだな」

「なるほど、さすが本職の方《かた》のアイデアは違いますね。あっ！　じゃあ案件第一号として、とあるカフェの制服を作製――なんていうのは、どうでしょうか？」

「……何？」

いきなり何を――と言う表情をしたヘルマンさんに、私は身振り手振りを交えて補足をした。

「王都の中心街にある、キヴェカス伯爵領の乳製品を提供している店舗に、ちょっと手を加えられないかなと、今動いているところで。併設されているカフェに制服でも作ればいいんじゃないかと。そんな話も出ているんです」

「出ている……と言うよりは、出したんじゃないのか？」

「あはは……鋭いですね。でも、聖女ブランドとセカンドラインの立ち上げを記念して、ヘルマンさんが認めている従業員さん達の間で試合《コンペ》形式とかにしたら盛り上がりませんか？　ヘルマンさんはあくまで『監修』だって立ち位置も明確になりますし」

ヘルマンさん自身のブランド価値を下げないためには、本人は監修の域を出てはいけない。そこは明確にしておかないと、彼がこの企画に関わることはデメリットしかなくなってしまう。

いつか本ブランドを買いたいという、憧れを持たせるための〝セカンドライン〟だ。

「例えば新しい店舗にトルソーの見本を置いて、顧客からの投票とか受け付ければ、話題性も出ますよ。採用されたデザインに投票した人の中から抽選でコサージュをプレゼント！　とか『カフェ・キヴェカス』でケーキセットご提供！　とかにすれば、さらに」

ついでに初回記念で、制服は大幅値引きしてくださるのが理想です――

人差し指を軽く唇にあてて、片目を閉じてみたら、ヘルマンさんは一瞬だけ目を瞠《みは》った後、やがて弾かれたように笑い声をあげた。

「いいだろう！　生地にしろ紙にしろ、この品質が安定供給出来るようになった暁には、本格的に手を貸してやるよ！　何、大量生産の必要はねぇよ。ほどほどの量の提供が出来れば、それでいい」

「ホントですか!?」

「ありがとうございます！」

私とディルクも、顔を見合わせて、お互いにグッと拳を握りしめた。

そんな私達を見て、ヘルマンさんが指を三本立てた。

「初回はこの店の従業員全員に、デザインのチャンスをやる。まずは参加者一人あたり三枚程度の白紙の紙を揃えてもらおうか。その後、俺がデザインを精査して、トルソーに着せて競い合わせる人数と必要な生地の量を知らせる。最初の紙の費用はいったん切り離して先に払っておこう。生地に関しては、今後の定期的な取引も見据えた契約書をおいおい作成したいと思っているが……それでいいか？」

もちろんです、とディルクが頷いている。

「新しい店舗の候補地に関しては、エドヴァルドに上手いコト伝えておいてくれ。あとそれらの特許権も独占販売権も、そっちでちゃんと整えておいてくれよ。ここは、仕立て屋だ。服で勝負をするところだからな」

「わ、分かりました！」

気圧されながらも、ぶんぶんと首を縦に振った私に、ヘルマンさんはニヤリと口の端を歪めた。

「まあ、せいぜい事業を軌道に乗せて、エドヴァルドにひと息つかせてやることだ。あいつは十歳で公爵位を継いだ上に、途中からは宰相位まで引き受けさせられて、ここ何年も、一日だって休みをとっちゃいないはずだ。既に貴族籍を抜けた俺がしてやれることなんざ、そう多くない。新たな店舗を運営するくらい、多少の年月採算が取れなかろうと、引き受けてやるさ」

「ヘルマンさん……」

何だかんだ、上辺だけじゃない本当の「エドヴァルドの友人」なんだと、ちょっとだけ羨ましくなってしまう。仕事以外のところが、かなり残念仕様な人だとは思うんだけど。

そこで、ヘルマンさんがふと首を傾げた。

「そういや、もうすぐギーレン国の第二王子が外遊に来るんだろう？　ウチにもバタバタとドレスの依頼が入ってきているが、お嬢さんはいいのか？」

さすが王都有数の仕立て屋、夜会に関しての情報に詳しい。どうやらエドヴァルドの気がそこまで回っていないんじゃないかと心配してくれたようだ。

「あっ、ハイ！　その夜会は王子と聖女がそれぞれ主役ですから、私が『青い服』を着て、目立つ訳にはいかないんです」

まさかこの後、マダム・カルロッテの店に行くと言えない私とディルクは、とりあえず微笑《わら》って話を誤魔化しておいた。

さすがにヘルマンさんに、茶髪ツインテール＋毛先カールの〝聖女《マナ》仕様〟の私を見せる訳にもいかなかったので、ディルクには申し訳ないと思いつつも、一度公爵邸へと戻った。急いでイチから着替え直し、髪の毛も即席で染め粉を馴染ませてもらう。

そうして姿を整えて、ディルクの前に再度姿を現すと、彼はまた麗しく微笑んだ。

「やはり私は普段の貴女の方が好ましいと思いますが……致し方ありませんね。ではマーナ、愛しい婚約者殿、参りましょうか」

あくまで貧乏子爵令嬢が伯爵家に嫁ぐ体《てい》なので、胸元にロードライトガーネットのペンダントを付けて、婚約者《ディルク》からの贈り物として見せておく仕様だ。

「まあまあ、バーレント卿にマーナ嬢、ようこそお越しくださいました！　どうぞ、こちらへ。実際に着用いただいての、裾や袖周りの最終確認をさせていただきますわ」

店に到着すると、マダム・カルロッテが笑顔で迎えてくれる。ここのドレスは、一目でカルロッテ製であることを理解させるロリータ系のリボン使いが特徴だ。

トゥーラ・オルセン侯爵令嬢や、カロリーヌ・アルノシュト伯爵夫人の衣装を思い出すと、どんな出来上がりになるのか、ちょっと及び腰になってしまうのは仕方がないと思う。

ただ、この日通された奥の部屋でトルソーが着ていたドレスは、いい意味で予想を裏切るドレスだった。全体としてディルクの髪色である濃い紫色《バーガンディー》を配しつつも、ちゃんと「カルロッテ」の象徴であるリボン使いが随所に活かされている。

トゥーラ嬢とアルノシュト伯爵夫人との間をとったような「控えめゴシックワンピース」レベルにちゃんと着地していたのだ。

私の反応を見て、マダム・カルロッテが誇らしげに微笑む。

「前から見た時にはマーナ嬢のご希望に添うように仕立てつつも、バックスタイルはバーレント卿のお色一色にして、多少大きめのリボンを配しました。ご年配の方々にも好ましく映るかと思いますわ」

ディルク用の衣装に関しても、ドレスと同じ濃い紫色に合わせたコート、スラックスに、襟の端やフロックコートは、一見すると黒に近いダークブラウン、胸元には片結び風にブラウンダイヤモンドをあしらったリボンブローチを配して、ちゃんと男性向けに「カルロッテ」の「マーナの色」が挿し込まれていた。

元は調査で来ていたのを忘れて、二人で思わず顔を見合わせてしまったくらいだ。

さすがは、王族も利用するプロの職人だと感心してしまった。

「思った通りに、お二人ともよくお似合いですわ！　そうですわね……ご婚約式当日は、首元の痣に関しては、ない方が無難かとは思いますけれども」

試着の後半、声を潜めるように囁いたマダムに、すっかり痕の存在を忘れていた私が、思わず赤面してしまった。

「ああ、いえ、もちろん最低限の節度は守っているのですが……彼女がかなりモテるので、私としても気が気ではなく、ちょっとした『虫除け』のつもりで、つい」

ニコニコと笑いながら、しれっと答えるディルクさん、お見事です。

こっそり耳元で「公爵閣下がされたんでしょう、それ」などと囁くものだから、私はますますいたたまれなくなった。実際にマダムや周りのお針子さん達は、初々しいカップルに生温かい視線を向けている——と言った感じなので、もう私は、どうしていいやら分からない。

「では、お届けではなくこのまま領地にお持ち帰りになるとのことですから、お二人の分とともに、お袖のレースの長さだけ少し調整させていただいた後で、お渡しいたしますわね。そうそう、お待ちの間にお支払いと……チョコレートカフェ、ぜひお行きになってらして。あのお店には、私どものお客様専用の個室がありますのよ？」

「それは有難い！　マダムのオススメでしたし、今日はぜひ行こうと彼女と話していたのですよ」

王都で今大人気と言う、噂のチョコレートカフェ「ヘンリエッタ」は、確かにお店の目と鼻の先にあった。

聞かずとも、既に表には行列が出来ているのだ。

そんな中、ディルクが入口でドレスの注文書を見せたところ、マダムの言っていた通りに、奥の個室へとすぐに案内をされた。なるほど「ドレスを買われたのね」「羨ましい」と言った声は聞こえるけれど、横入りなどといったネガティブな声はまったく聞こえない。既に顧客にまで周知されているやり方ということなんだろう。

やがてブラウニーやタルト、一口サイズのチョコレート等々、女性は確実に目移りをする商品の数々を、ウェイターの男性がトレイに載せてやってくる。

ドリンクに関しては、看板メニューがスティックについたショコラをホットミルクに溶かして楽しむホットチョコレートだそうなので、迷わずそれを頼むことにした。

「気になる物があれば、全て頼んでくださって構いませんよ。食べきれなかった分を私がいただきますから、どうか遠慮なさらず」

視線がトレイに釘付け状態だった私に、そう言ってディルクが微笑んだ。

「あの、オススメはありますか？」

私がウェイターの男性に聞くと、今日はなかなか流通しないフォルシアン公爵領の特別なカカオ豆を使った商品がいくつかあると指さしてくれたので、とりあえずそれを頼んでみた。

どうやらこの世界では、カカオ豆をすりつぶしたドロドロした飲み物＝チョコレートとされているようで、それにとうもろこしの粉を加えたり、香辛料で香りづけをして楽しんだりするのがデフォルトらしい。

その後、キヴェカス領のように、溶けにくい氷がフォルシアン公爵領管轄のいくつかの山でも掘削されるようになり「冷やして固める」チョコが開発されたんだそうだ。

その最初の店舗がこのお店であり、この店の店長はフォルシアン公爵一族の男性、経営者は公爵自身ということだった。

「そっか……じゃあ、チョコを使った何かをキヴェカスの乳製品と合わせるのは難しいんだ……」

イデオン公爵領の特産品を宣伝したいのに、フォルシアン公爵領産として有名な商品が相手では、コラボしづらい。いずれそんな商品が出てもいいのかもしれないけれど、少なくとも今じゃない。

店員に聞こえない程度のため息をついた私に、ディルクが軽く目を瞠《みは》った。

「もしかして今日、何か参考になれば――と考えて、こちらに？」

「はい。でも、権利がフォルシアン公爵領に帰属しているなら企画方針には反しますね。今日はもう、普通にチョコを楽しむことにします」

「そう……ですか」

そうこうしているうちに注文の品が運ばれてきたため、ディルクが唖然とこちらを見ている理由が、私には分からずじまいだった。チョコの美味しさはどこでも同じだと実感して口元を綻《ほころ》ばせていたため、意識がそちらには向かなかったのだ。

これはぜひ買って帰らないと！　と内心でいくつもピックアップしていたにもかかわらず、実際には高位貴族の不当な買い占めを防ぐ意味もあって、一切のテイクアウトを拒否していると聞いて、膝から崩れ落ちそうになってしまった。

「スティックチョコ、買って帰りたかった……」

公爵邸でミルクだけ温めてもらえば、この味がまた楽しめると目論《もくろ》んでいただけに、ちょっと、いやかなりガッカリしてしまった。

もちろん、考え方としては素晴らしいし、理解も出来る。ただただ落胆したのだ。

「これからも、木綿製品のことでちょくちょく王都に来るでしょうから、また来ましょう」

ご一緒してくださいますよね？　と、微笑むディルクには多分、私がこのお店の商品の多くを気に入ったことを見透かされている。

気付けば私がセルヴァンから持たされていたお小遣いを使う隙もなく――カフェの費用はディルク持ちとなっていたのである。

❃　❃　❃

夕食の時間。

王宮から戻って来たエドヴァルドに、ヘルマンさんに合格を貰ったことと、店舗探しや特許権の件は自分達でちゃんとしておけと言われたことを報告すると、エドヴァルドは苦笑ぎみだった。

「では、レイナ……この後一緒に王都商業ギルドに行ってみるか？」

「えっ⁉」

外はとっくに日が暮れている。

今から？　と意外な言葉に目を瞠《みは》っていると、特許や独占販売権の登録は早い者勝ちなところがあるし、商売上のトラブルも夜中に起きがちなせいで、基本的にはギルドは休みなく稼働しているのだと説明された。

「土地物件の空き状況くらいなら、今からでも確認は可能だ。何もすぐに決める必要はないし、一応、公爵家の後ろ楯《だて》付で王都に店舗を出す予定がある――その根回しのため、くらいに思えばいい」

「……なるほど」

とはいえ、国内に五人しかいない公爵の一人であり、宰相でもあるエドヴァルドがそんなところへ行ったら、ギルド長だってパニック起こすんじゃ……と思った私を見透かしたように、こっそりとセルヴァンが私に耳打ちしてくれた。

「今でしたら、ちょうどディルク様が王都においでですから、関係者として共に行かれるのが本筋でしょう。ですが今日、既に半日もディルク様とご一緒だった訳ですから、この時間なら自分がと、思ってらっしゃるんですよ」

これ以上、ディルク様と出かけさせたくないのではないかと——そうも言われてしまい、うっかり返す言葉に詰まってしまう。

付き合ってあげてくださいと、セルヴァンどころかヨンナにまで視線で懇願されては、ノーなんて言えない。既にすっかり日は暮れていたにも関わらず、エドヴァルドに加えて、護衛のファルコ付きで王都商業ギルドへと向かうことになったのである。

王都商業ギルドは、公爵邸『南の館』に向かう途中、中心街を少し外れ、王都と地方とを結ぶ街道の道なりにあるとの話だった。

ことゲームの〝蘇芳戦記〟に関しては、いわゆる「冒険者ギルド」が存在しない。

そのため、創設されているギルドは「商業ギルド」と製造業ごとの「生産職ギルド」のみ。実際には「生産職ギルド」も基本的に「商業ギルド」の管轄下にあるとかで、王都商業ギルド長が全ギルドの頂点に立っていると言っても過言じゃない状態にあった。

既にとっぷり日が暮れているため、外観はあまりよく分からなかったものの、聞けば濃いグレーの煉瓦をメインとしたゴシックスタイルの外観が重厚な印象を訪問客に与えているのだそうだ。

ファルコが先導する形でそんな王都商業ギルドの中に入ると、中ではそれなりに職員以外の人間も、行き来をしている。

空いていたカウンターの受付の男性にファルコが声をかけると、あっという間に私とエドヴァルドは建物の二階にある部屋へと通されることになった。

「エドヴァルド・イデオン公爵閣下！　ホンモノ……っ」

多分驚いて、執務机に膝をぶつけて、書類が床に散らばった――と想像するに難くない音と共に、隣の部屋から、濃い緑色のロングコートを羽織り、剣を腰に下げて、左腕に片籠手《かたこて》を付けた壮年男性が飛び出してきた。

まぁ、そうなるよね……同情します、ハイ。

「失礼しました！　自分は王都商業ギルドに属する自警団の団長ハリアン・ランナーベックです！　この時間、ギルド長も副ギルド長も既に帰宅しており、自分が現在ギルドの責任者となります！」

背中に長い定規でも挿し込んだように、カチカチになってその場に立った男性に、エドヴァルドは鷹揚に片手をあげる。

「承知した。こちらも、通常のギルドの業務に則《のっと》った話をしに来ただけだ。そのつもりで対応してもらって構わない。しかし……自警団と言ったか」

「はっ！」

「そうか。先日の当公爵領関係者の内輪もめの件に関しては、多少の影響があったかもしれんな。今日の本題とは別に、詫びさせてもらおう。すまなかった」

内輪もめ――あ、どこぞの子爵様の襲撃事件の件ですね。

お上《かみ》から、何か圧力があったんだったら、ごめんなさいと。そういう話ですね。

圧力が実際にあろうとなかろうと、その一言があるのとないのとで、後の印象だって変わるのだから、必要なやりとりだとも言える。

ハリアン団長がその言葉にぴんと背筋を伸ばして、頭を下げる。

「と、とんでもない！　公爵閣下自らそのように仰ってくださらずとも！　王都警備隊担当者から、一応の顛末書は受理しておりますので！」

一応、と口にした彼は、貴族社会における「建前」の重要性を多少は分かっているんだろう。

極度に緊張しているせいか、敬語はところどころおかしかったけど。

「ええっと……それでその、当ギルドの通常業務内での御用がおありとか……？」

ただ、エドヴァルドも、多少の敬語の乱れはスルーすることにしたようで、彼の言葉に僅かに頷いただけだった。

「ああ。近々、当公爵家が援助をし、責任を持つ、服飾関連の店を王都内に持つつもりだ。本格的に動くのはもう少し後になるだろうが、現時点で空いている土地や店舗の情報を、参考までに見ておきたくて来させてもらった」

「イデオン公爵家が後ろ楯《だて》となる店舗ですか……！」

それまでひたすら恐縮していた表情が、あっという間にギルド職員としてのそれに変わった。

「商業ギルドにも当然、守秘義務はあるだろうが……特許権も絡む案件となる可能性が高いため、仔細は未だ明かせん。土地と物件の情報だけをまずは知りたいんだが、それは可能か？」

「え、ええまあ。時折、情報だけを掠め取って不当な取引を持ち主に強要しようとする輩《やから》がいますので、そうではないとお示しいただけるのであれば——特には」

意外に難しいことを、団長は口にしている。

商業ギルドは基本的に、身分を強調しての圧力が通じない。つまり具体的な出店計画を明かさずに、ひやかしではないと彼を納得させなくてはならないということのようだ。

「ふむ……」

そうと察したエドヴァルドも、軽く考える姿勢を見せている。

そこへ、入口の扉が軽くノックされる音が聞こえた。

「ちょいと失礼。その話の続きは、アタシも聞いてもいいかい」

朗々とした女性の声と共に、扉が開かれる。

「ギルド長……！」

そこには、「美魔女」がいた。昔どハマりした漫画の海賊の女頭領に似ている。

顔周りに、後《おく》れ毛というには多すぎるほどの髪を残しつつ、頭の高い位置でお団子状に髪を結いあげている。キリリとした目をしていて、唇には朱《あか》いルージュがひかれている。

思わず「姉御！」「姐《あね》さん！」などと呼びたくなってしまうような、いで立ちだ。

「ギルド長！　もう帰っておられたのでは――」

「ロヴネルが、アンタに知らせた足で家まで来たんだよ。まあ、普通は用があっても代理が来るモンであって、高位貴族本人が来るコトはないからね」

聞きようによっては厭味《いやみ》と取れなくもない。

ただこの程度で、エドヴァルドが動じるはずもなかった。

「自宅から引っ張り出してしまったのは申し訳ない。王宮の謁見の間で、顔くらいは見たことがあったと思うが。イデオン公爵家当主エドヴァルド。一応本人だ」

「いち公爵家当主ならともかく、この国の宰相閣下の顔を知らないとは言わないよ。改めて、王都商業ギルド長リーリャ・イッターシュだ。すまないが、同席させてもらうよ」

王都商業ギルドは国王直属とされており、頭を下げるのも基本的には国王陛下に対してだけでいいとされている。そうでなくとも貴族におもねるのを良しとしないのか、ギルド長の口調はエドヴァルドに対して対等だ。

「この際前置きは省かせてもらうが、早い話、王都に店を持ちたいと？」

エドヴァルドもギルドの立ち位置をよく分かっているからか、とりたてて無礼だの何だのと、咎めだてせず、その問いに頷く。

「ああ。さっきも言ったように、仔細はまだ伏せておきたい。不愉快に思うだろうことは承知の上で、どこに目や耳があるか分からないからだと、あえて付け加えておく」

「まあ、ギルドだって一枚岩じゃないからね……」

ギルド長も、心当たりがあるのかそこは否定しなかった。タメ口を咎めないエドヴァルドと、お互い様ということなのかもしれない。

「服飾関連とは明かしてもらった訳だし、代理ではなく宰相サン本人が来てるって言うんであれば、アタシの権限で今回は特別開示をしてもいいけどね。ただし、公爵の名前じゃなく宰相としての名誉にかけて、後で持ち主に不当な取引を強要しないと誓ってもらうのが大前提になるが――」

どうする？　とギルド長が半ば挑戦的な眼差しでエドヴァルドを見やる。けれど当の本人は「構わない」と、あっさり首肯した。

「今、立ち上げにあたって必要な書類は、公爵家の法律顧問たるヤンネ・キヴェカスに整えさせている。開示要請書類に関して私の宣誓書が必要と言うのであれば、出してくれれば署名はしよう」

へぇ、と声を上げたのはむしろ自警団団長の方で、ギルド長はなぜか、嫌な話を聞いたとばかりに片眉をはね上げた。

「ああ、まあ、キヴェカス家のお坊ちゃまであれば、確かに不正はしないだろうさ。だけど宰相サン、それならいい機会だから、お願いしとくよ。あのお坊ちゃまが来る都度副ギルド長を置いとかなきゃならないのは、こっちも大概負担なんだよ。本人に説教するか、今更修正がきかないってんなら、もう一人くらいギルド担当者を付けといちゃもらえないかい」

何度も「お坊ちゃま」を連呼しているあたり、含みがありまくりだ。

ぐっ……と、エドヴァルドが言葉に詰まるのも、なかなかに珍しいことだった。

ギルド長も、そんなエドヴァルドの態度の変化には、どうやら気が付いたらしい。

「心当たりがあるようで良かったよ。これで『何のことだ』だなんて言われたら、宰相サンまで、ギルドの全女性職員を敵に回すところだったからね」

むしろ自警団団長の方が「ギルド長？」と、首を傾げていたくらいだ。

「おまえさんは男だから、分かりゃしなかっただろうけどね、あのお坊ちゃま、いつ来ても副ギルド長の話しか聞かないんだよ。アタシのことも高位貴族と伝手《つて》のあるお飾りかなんかだと思ってそうだ。歩く法律書とでも言わんばかりの知識を持ってなきゃ、とっくの昔に出禁にしてるよ。女嫌いにしたって、限度ってモンがあるだろう。個人としては好きにすりゃいいけど、公の場でまであからさまにはしてほしくないもんだね」

いちいち、ごもっともなことをギルド長様は仰っている。

エドヴァルドも、大きく息をついて「……すまない」と返すことしか出来なかったほどだ。

「ただ内輪の話で悪いが、ヤンネについてはつい最近、鼻っ柱を叩き折られる出来事があった。今後は多少態度が軟化するはずだから、あと何度かチャンスを貰えると有難いのだが」

そう言いながら、チラと私を見るエドヴァルドに、ギルド長の方も何やらピンときたらしかった。

「……え？」

「なるほど、ただ恋人を同伴させたってワケじゃなかったと」

「こ……っ⁉」

「ヤンネ・キヴェカスと一緒に動くことはないが、今後彼女が店舗責任者となる予定の者と、ここに来る可能性はある」

動揺した私が口を開くよりも早く、エドヴァルドが「恋人」という言葉を肯定していると言わんばかりのタイミングで口を挟んできた。

「顔合わせだけのつもりだったが、そういうことなら、今後のヤンネと一緒に、彼女についても見極めてみてくれ」

え、ちょっと待って⁉　確かに、ディルクやヘルマンさんなんかと、お店のオープンに向けて、行動を共にする予定がないとはいえないけど！

「こちらのお嬢さんは、名義上のオーナーなワケじゃないのかい」

ああっ、否定する前に話が進んでいく……！

「私がただ、女性の歓心を買いたいがため店を与えようとしていると思われるのは、甚だ不本意だ。彼女はむしろイデオン公爵領の将来のために店舗を持つことを提案してくれて、私が当主としてそれを是とした。そちらこそ、妙な偏見は早々に取り除いてもらえまいか」

そこで険悪な空気になるかと思いきや、ギルド長は「これは一本取られたね」と、逆に笑った。

「そういうことなら改めてご挨拶だね。初めまして、お嬢さん。王都商業ギルドのギルド長、リーリャ・イッターシュだ。以後よろしく。——で、いいのかい？」

話を振られた私は、慌てて椅子から立ち上がるとカーテシーをした。

「レイナ・ソガワと申します。当代の『聖女』は私《わたくし》の妹にございます。この国で独り心細い思いをしているであろう妹の支えとなってほしいとの、宰相閣下の懇願を受け、異国よりこの地に参りました」

自分で言っていても歯が浮く。だけど多分聞かされるエドヴァルドの方が、より拷問に近い心境だろう。そんな私と、顔を顰《しか》めているエドヴァルドを見比べていたギルド長は、やがて面白そうに口の端を歪めた。

「くくっ。宰相サンを見てたら、何やら武勇伝がありそうだねぇ……宰相サンから一本取るとか、なんならキヴェカスのお坊ちゃまに一泡吹かせたりとかしたかい？　いや、お坊ちゃまのことはアタシの願望かもしらんがね」

「一泡……」

「分厚い本をヤンネの顔面に投げつけて、何十分も『説教』を喰らわせたのを、一泡と言うならそうかもしれんな」

私が何か言うよりも早く、エドヴァルドの方が取り繕うことなく真実をぶちまけていた。

確かに目の前のこの女性には、その方がいいのかもしれないとは思ったけど。話の前半、自分の

ことはしれっとスルーしましたね⁉

そしてある意味私やエドヴァルドの予想通りに、ギルド長は「アッハッハッ……！」と豪快に笑いだして、私の所まで来ると、バンバンと肩を叩いた。

「いいね、斬新な『説教』だよ、それは！　こっちの職員連中にも見倣《みなら》わせたいモンだね！」

果たして本を投げ、商法の法書を諳《そら》んじたのを「説教」と呼んでもいいのだろうか。

それより何より、アレはまだ、途中だったのに！

「か……エドヴァルド様、そういえば私まだ、消化不良なんですけど」

閣下、と言いかけたら思い切り冷ややかな空気をぶつけられて、反射的に「エドヴァルド様」と言い換えつつ、暗誦が消化不良だったことを伝えると、エドヴァルドが顔を顰《しか》めた。

「頼むから勘弁してくれないか……」

そんな私とエドヴァルドの様子も、どうやらギルド長のさらなる爆笑を誘っている。

「へえ、お説教はまだ途中だったのかい？　いいともさ、なら、キヴェカスのお坊ちゃんがそうだねぇ……その店舗の開業までに改心してなかったら、お嬢さんにこの部屋を提供してあげるから、お説教の続き、してやんな！　ギルドの全女性職員が後押しするよ！」

「ハイ、ぜひっ！」

エドヴァルドが制止しようとしたのをキレイに無視して、私はギルド長の手を、両手で握りしめた。

エドヴァルドが何と言おうと、ヤンネ・キヴェカスは私の中で既に「敵」認定されているのだ。

「面白いね、天下の宰相サンも形無しかい。――ま、世間話はここまでにしておこうか」

そう言ったギルド長が表情を引き締め、傍にいたハリアン団長に、該当書類をまとめて持って来るように指示をした。

ややあって、分厚い書類の束がテーブルの上に置かれる。ギルド長は綴じ紐を解くと、その中から五枚ほどの羊皮紙を抜き取って見せた。どうやらそれが各物件の紹介書面のようだ。

設計図だけとかだったらどうしよう、とは思ったものの、よく見れば意外に情報量が多い。素人の私が見ても、工房や倉庫のスペースが足りない物件や、敷地内あるいは徒歩圏内に馬車を停めておけないようなところ、貴族向け個室を確保出来ない物件なんかは、すぐに判断出来たのである。

「まだ決めないですよ？　決めないですけど……気になるのは、ここですね」

五枚の中から、一か所を指さす。

するとギルド長に「理由を言え」とばかりに無言で続きを促された。

「そうですね……立地を見る限り、このギルドと王都の中心街を結んでいる道沿いですよね？　ギルドに来る人なら、特許を取っているような珍しい商品にはいち早く興味を示しそうですし、来店してもらいやすいんじゃないかと」

ついでに、川があり、山も見えて、中心街に比べて「カントリー風」店舗として、似合いそうな地域だ。私がそう述べると、ギルド長は少々意外そうに目を見開いた。

「お嬢さんの頭の中には、思い描いている店があるってコトかい」

「イメージは持ってます。ただ、実際に店長となる方《かた》との摺り合わせは必要でしょう。職人目線での動線もまた違うでしょうし、あくまでも、私が今、思い描いているお店に合いそうな場所の候補――と、いうことで」

ふうん……と呟きながら、ギルド長は私が見ていた羊皮紙をひょいと取り上げた。

「なら、宰相サンの重要な公務とやらが終わった後もまだ売れていなければ、こいつは改めて紹介する。そういうことにしておこうか。その時、追加で空き物件が出ていたりしたら併せて紹介するよ。宰相サンも、それでいいかい？」

私が、採点を待つ生徒のような表情で見たせいかエドヴァルドは一瞬怯んでいたけど、ちゃんとその場で答えは聞かせてくれた。

「ああ。必要なスペースが確保出来ないとなると、店舗としての候補地には入れづらい。加えて、より王宮寄りの中心街に店を構えるとなると、キヴェカスの店とある程度近くなければほとんど意味はない。今回、これだけが残ったのは必然と言えるだろうな」

よかった！　実際ここにするかどうかはともかく、判断基準は間違っていなかったっぽい。

思わず胸を撫で下ろした私に、ギルド長も柔らかい笑みを浮かべた。

「そうだお嬢さん、異国から来て公爵邸に厄介になってるってんなら、身分証とか持ってないんじゃないか？　申請書類は渡しておくから、次に来た時には身分証の作成をしたらいい」

商業ギルドに今後出入りするのであれば、身分証があった方が話は早い。

なるほど、とは思ったものの、その言葉にエドヴァルドはなぜか眉を顰《ひそ》めていた。

経験上、ここでそれ以上の返答は控えた方がいい。そう思った私は、もうギルド長との会話を続けることをそこで諦めたのだった。


翌朝の朝食の席。

食事を置く前にセルヴァンがコトリと、アンティークな懐中時計のような物を私の前に置いた。

「えっと、これは……？」

この世界、確かまだ時計は作られ始めたばかりで精度もあまり良くなく、貴族の邸宅にある時計や、こういった懐中時計は分針さえ付随しておらず、工芸品としての意味合いの方が強いと聞いていた。

「昨日、王都商業ギルドで『身分証』の話が出ただろう」

じっと時計を見たままの私に、そんな風にエドヴァルドが話しかけてくる。

「あ、はい、そうですね。せっかくなんで申請しようかとは思ってますけど」

異世界物語の王道を行くなら、商業ギルド発行の身分証は商売を始める権利を得るだけではなく、王都から外へ出る時の通行証代わりにもなるのではなかったか。

昨日はあれ以上詳しく聞けなかったので、この世界で皆が王都の外に出る時どうしているのかすら、私は知らない。

ただ現状、平民以外のナニモノでもない私には必要な物じゃないかとは思うのだ。

「必要ない。それを持っていればいい」

けれど、考える余地もないといったくらいの早さで、エドヴァルドにはそれを却下されてしまった。

聞けば爵位持ちの貴族には、表側に王家の紋章、裏側に各家の紋章を配した懐中時計を所持しておく決まりがあるらしい。それが身分と後ろ楯《だて》を保証することになるのだという。

「貴女用の時計は改めて作らせる。それまでは、私が持っている時計の予備を渡しておく」

青のエナメルっぽい金属をベースに、表の蓋には王家の紋章、裏側にはイデオン家の紋章を、それぞれ彫り込んであるのではなく張り巡らせてある。

紋章やケース、リュウズの部分は明らかな金細工なのだから、完成品のお値段を聞くのが怖い。

「今の貴女は、国から託されたイデオン家の賓客だ。むしろ、それは持っているべきだろう」

……上手く言い含められている気が、しないでもないんだけど。

朝食が運ばれてきたので、私は「分かりました」と、とりあえず頷いて、懐中時計をテーブルの端に寄せた。

私が文句を言わずに受け取ったことに満足したのか、エドヴァルドがふいに口を開いた。

「そうだ。フィルバートとボードリエ伯爵令嬢との、夜会でのダンスの件だが。国王本人からの了承を得た。貴女も近い内に、令嬢に伝えてくれ」

「えっ、本当ですか!?」

「ああ。令嬢はエドベリ王子が死ぬほど嫌いらしいと言ったところ、腹を抱えんばかりに大笑いしていた。翌日多少騒がれたところでいっこうに構わん、引き受けよう――と」

「やっぱりというか何というか……」

さすがのサイコパス様だ。言えないけど。

「退屈が何より嫌いな方《かた》だからな。ただ夜会の前に、貴女と念のため話を擦り合わせる時間が欲しいと言っていた。すまないが、少し陛下との時間をとってもらうことになると思う。夜会の間、聖女がボードリエ伯爵令嬢に対していらぬ誤解をしないか、心配がないとも言えないしな」

ああ……と、答える私の表情は、ちょっと能面のようになっていたかもしれない。

「私がマダム・カルロッテで仕立ててもらったドレスは、最終的には妹《マナ》のモノになるよってコトと、『聖女ブランド』も立ち上げますよと、それとなく彼女の耳に入れてもらえば適度に機嫌はとれると思いますよ。加えてボードリエ家はあくまで出資者、その令嬢の機嫌を損ねるワケにはいかないとでも囁いてもらえれば、そこで話は終わるでしょうね」

「そ……ういうものなのか……？」

「ええ、そういうものです。妹の場合は、自分の承認欲求さえ満たされればそれでいいんですよ。間違ってもそこで私やシャルリーヌ嬢個人を褒めないようにだけ、気を付けてもらえたら充分です」

ほぼ他人事として言い切る私にエドヴァルドの方がかえって何か言いたげに眉を顰《ひそ》めていた。

何か——それも予想がついた私は、気付けば思わず半目になってエドヴァルドを睨んでいた。

「……適当に手綱が取れているんだから、今のままでもいいんじゃないか——なんて、そこで仰るんでしたら、今すぐ公爵邸《ここ》を出て行きますすよ」

「……っ」

十九年近く「家族」を演じていれば、否が応でも対処の仕方くらい分かってくる。それだけのことなのだ。それも「自分が傷つかずに済む」ための、後ろ向きな対処でしかない。

これ以上、誰がそんな後ろ向きに生きたいものか。

「……すまない」

そう言って、視線を落としたエドヴァルドに、私は「許す」とも「許さない」とも返さなかった。

こういう時は、さっさと別の話題にいってしまうのが最適解だ。

「今日にでも、ボードリエ家に手紙を出します。シャルリーヌ嬢をキヴェカス家のお店にお誘いしますけど、構いませんよね？」

多分、あえて話題を変えた方がかえって堪《こた》える。分かっていて、私もそうしたのだ。

「……どちらかの邸宅で、話をするのでは？」

「あのお店のアイスクリームとチーズケーキは、シャルリーヌ嬢にも味わってもらわないといけないモノなので」

日本で味わっていたようなアイスやケーキに比べると、かなり素朴な感じだ。

けれどきっと、それでも、シャルリーヌは泣いて喜ぶ。

本当は、私をあまり外へは出したくないんだろうけど、今のこの流れで私を抑えつけることは出来ないはずだ。エドヴァルドもそれを察したんだろう。絶えず〝鷹の眼《たかめ》〟の誰かを傍に置いておくのと、キヴェカス家の店舗以外にはどこも立ち寄らないのを条件に、最後は折れた。

アイスクリームとチーズケーキのレシピを取り寄せて、公爵邸の料理人達にも覚えさせるか……？　なんて呟きが洩れているのは、聞こえないフリだ。

たとえ公爵邸でアイスやチーズケーキが出てこようと、あのお店でシャルリーヌとお茶することは今後も続けるつもりなのだから。

――少し気まずくなった空気を最後まで払拭出来ないまま、エドヴァルドは王宮へと出仕して行った。

朝ちょっとギクシャクとしたので、気まずい夕食になるかも……と思っていたら、エドヴァルドは「ヘルマン・アテリエ」、つまりはヘルマンさんの店に立ち寄ってから戻るとかで、夕食は共にとれなくなったとの言付けがセルヴァンから伝えられた。

「……そうなんだ」

もしかしたら木綿関連の契約とか、あれこれと話をしに行ってくれたのかもしれない。けれど本音を言えば、ちょっとホッとした部分もあった。

じゃあ……と、夕食の後私は書庫に向かい、新しい本の棚をしばらく眺めていた。

息抜きになるような、娯楽性の強い本が欲しい。

「何冊か、部屋に持っていこうかな――」

そう言いながら、本棚の上の方を見上げていると、扉が開いた音も、こちらに歩いて来る音もしなかったはずなのに、気付けば後ろから抱きすくめられていた。

「――レイナ」

「ぴゃっ⁉」

「……良かった……貴女なら、本気で出て行きかねないと思っていた……」

苦しげで、感情を押し殺そうと必死に自制している――そんな声が、耳元で聞こえる。

「エ……ドヴァルド様……？」

「今朝は……すまなかった。私が貴女に甘えすぎていた……」

(バックハグ！　ソファドンの次はバックハグって‼　ナニコレ謝罪？　謝罪になってます⁉　私の心臓がもう、ウサギレベルなんですけどぉっっ⁉)

何故ウサギ。いや、ウサギの心拍数はヒトの約三倍と前に習った。

いやいや、そんな場合じゃなくて。落ち着け、私！

「フェリクスと……聖女ブランド、セカンドラインの話を少ししてきた。なるべく貴女の負担が最小限に留まるよう、私も気を付ける。だから……」

黙って出ていくことだけはしないでくれ――

「……っ」

うっかり膝から崩れ落ちてしまいそうだった。

実際には、ウエスト周りをエドヴァルドの腕にがっちりと押さえこまれているような状態なので、何が出来る訳でもないのだけれど。それでも。

「レイナ……受け取ってほしい物がある」

そう囁いて、エドヴァルドの腕の力が少し緩んだ。

右手が私の胸元辺りにまで引き上げられ、その手がそっと開かれる。――そこには、袋口を細いリボンで結んである、絹製の小さな袋が載せられていた。

「あの、これは……？」

「開けて、見てほしい」

腕の力はちょっと緩んだだけで、とても抜け出せそうにはない。私は諦めて、エドヴァルドの手のひらの上から、袋を持ち上げて、開けた中身を自分の手のひらの上へと滑らせた。

「えっと……ネックレス……？」

小指の爪ほどの、小さな、角の丸い三角形の青い宝石。角の一つに、葉っぱのような小さな白い宝石が二つ付いていて、その裏側でチェーンを通していた。

スワロフスキーとか、存在したところで天下の公爵家が使うまい。

たとえ米粒以下のサイズだろうと、間違いなく葉の方はダイヤモンドだろう。

「貴女がドレスや宝石に、ほとんど興味がないと分かっている。興味があるとしたら、それは自分のためじゃなく、公爵領にとってメリットがある時だけだと」

……読まれている。

なら――と、思わず言いかけたところで、腰に回っていた手に、また力が入る。

「これは〝青の中の青〟とまで言われているブルーサファイアの希少石だ。元々はフェリクスの所に偶然持ち込まれていて、いつか私に売り込むつもりで、しばらく保管していたらしい」

宝石の加工は専門の職人がいるとはいえ、元々ヘルマンさんは、ドレスだけではなく、全身トータルコーディネートが基本のデザイナーだ。

店の奥には、宝石店も驚くような原石《ルース》が取り揃えられているのだという。

「あー……ヘルマンさんだったら、やりそうですね」

上品で落ちついた、こくのある彩度の高い青。

まさしく〝エドヴァルドのための宝石〟だ。

思わず苦笑した私の隙をつくように、私から腕を解いたエドヴァルドがそのネックレスを素早く私の首へと付けてしまった。

「ちょっ……エドヴァルド様!?」

チェーンが少し短めで、胸骨の上の方にペンダントトップがあるせいか、自分ではまるで見えない。

喉あたりから指を滑らせて、何となく位置が掴めたくらいだ。

「チェーンが長いとドレスの下に隠れて見えなくなる場合もあるから、あえて短めにして、首回りを隠すデザインのドレス以外、周りから見えるようにしたと、フェリクスが言っていた。……が、なるほど、こういうことか」

すっと私の前に回ってきたエドヴァルドが、納得したように頷いている。

「後で部屋の姿見で確認してくれ。これなら派手でも下品でもないと、フェリクスも太鼓判を押してくれたんだ。……日常使いに、受け取ってくれないか」

木綿製品の話ももちろんあったけど、実際には今朝ダイニングで私を怒らせたと思ったエドヴァルドが、何かしらお詫びの気持ちを示したくてヘルマンさんの店に相談に行った――とは後日、ニヤケ顔全開のヘルマンさんから聞かされたことだ。

実はこのサファイアが、ブルーサファイアの中でも図抜けて最高品質であり、鉱脈もほぼ枯渇していて手元に仕舞い込むコレクターも多いために、ダイヤさえも目じゃない値段で、チェーンにしても台座はプラチナ製だ――と聞くに至っては「どこが日常使い――！」と叫んでしまったほどだ。貰った時点では「確かにこのくらいのサイズだったら、身に付けていても下品には見えない」くらいの感覚だったのに。

「レイナ」

この時私は、無意識に胸元の宝石をずっと撫でていたらしい。

エドヴァルドの声に、ハッと我に返る。

「えっと、その……ありがとうございます……」

そもそも、もったいないと拒否出来るような空気じゃなかった。

更にその後しばらく、朝、付けていないところをさりげなく指摘される日々を繰り返す羽目になり——

いっそ寝ている時も身に付けておくべきなのか、しばらく悩まされることになったのだ。

# 第五章　シナリオの足音

「チ、チーズケーキ……アイスクリーム載せとか……うう……っ」

そして、淑女の作法からは程遠いとヨンナに苦言を呈《てい》されながらもシャルリーヌを呼びつけた午後。

予想通りに、相手が私ではそんなことは気にしないとばかりにシャルリーヌも嬉々としてキヴェカス家の店舗へと駆けつけてきた。むしろ今にも泣き出しそうな程に感動している。

「でしょう？　キヴェカス先代伯爵に聞いた時に、もうこれはシャーリーと来ないと！　って。まだ、スフレとかベイクドとかニューヨークとかは、技術的に無理そうなんだけどね」

「いいわよ、レアでも！　食べられただけでも！　素晴らしいわ、キヴェカスの乳製品！　ボードリエのお義父《とう》様にも推しておくわ！」

小声で聞こえないように気を付けていたにしろ、お年頃の女子二人が絶賛しているのは耳に届くんだろう。個室に案内してくれたマーリンさんが、私達を見てニコニコとしている。

ケーキと紅茶を置いて、マーリンさんが部屋を出て行ったのを見計らって、私はシャルリーヌに、もう一つの「用件」を告げることにした。

「シャーリー、例のエドベリ王子の歓迎式典と夜会の話なんだけどね？」

言いかけて、ふと我に返った私は、ここから日本語にしてくれと頼んだ。

どうも言語認識に補正がかかっているらしい私からは、相手の話す言語に合わせてしか変えられないからだ。

『……私は歓迎してないんだけど』

シャルリーヌは、少し頰を膨らませながらも、ちょっと咳払いをして、そこから言葉を切り替えてくれたようだった。

『ありがとう。ちょっと真面目に話を聞いてくれる？　私達、式典でエドベリ王子との接触は避けられるとしても、夜会の間にダンスにでも誘われたらおしまいじゃない？』

『……そうね』

私が言えば、シャルリーヌも、それはそうだと思ったのか、私の方を見て軽く首を傾げた。

それで？　とでも言いたそうだ。

『夜会はまぁ、フリートークがあって、国王陛下とエドベリ王子の挨拶があって、その後、聖女と陛下がファーストダンスを披露した後、皆さんも踊って楽しんでください――という流れになるらしいの。余程でないと、最初の一曲しか踊らないんですって』

『そうなのね。私は陛下が踊っている間、壁の花になって気配消してようかと思ってたけど』

ファーストダンスの間に話しかけられでもして、そのまま「踊っていただけますか」と誘われては、たまったものじゃないと、シャルリーヌは言い切った。

『シャーリー、淑女の外面が剝がれ落ちてるけど』

『いいじゃないのよ、ここでくらい』

『そうなんだけど……まぁ、いいわ。ただ、今回どうやら陛下の気が変わった、とかで』

『気が変わった？』

『ええと、二曲目、聖女にエドベリ王子へのおもてなしで踊らせて、自分はシャーリーと踊る——みたいな？』

シャルリーヌが事態を把握するのに、やや間が空いた。

そして空いた後の動揺が、凄まじかった。

『ええっ⁉　何それ、どう言うコト⁉』

そんなスチルイベントはないって？　うん。なかったと、私も思う。

『シャーリーがエドベリ王子を死ぬほど嫌ってるっていうのを聞いて爆笑したうえに、じゃあ聖女と王子が踊っている間、自分とシャーリーとで踊って、エドベリ王子煽ってみようか……的な』

『何それ、娯楽扱い⁉　それ絶対、面白がってるよね⁉』

『むしろ娯楽でしかない……だってほら、退屈嫌いなサイコパスだし……』

ぼそぼそと私が呟けば、シャルリーヌもゲームの設定を思い返したらしく、茫然としていた。

『あとね、その……もう一つお願いがあって』

『まだ何か⁉』

『ああっ、こっちは大したことじゃないの！　夜会の場にいる「私」とは、接触しないでほしいってだけだから』

『……はい？』

実はこちらから陛下にダンスを依頼したことは秘密だ。多分当日、色々気が付きそうな気はする。それでも今は、こちらから口にする訳にはいかない話だ。いくら日本語の保険をかけたとはいえ──聖女の身代わりなんて、外交問題間違いなしの物騒な話は尚更に。

エドベリ王子とシャルリーヌが二人でギーレンに戻らないのであれば、当然ギーレンルートのハッピーエンドは崩壊だ。そうなると仮にクーデターが起きて、私がエドヴァルドをギーレンに亡命させるしかないとなったところで、無事にギーレンに辿り着ける保証がない。アンジェスルートにおけるバッドエンド回避さえ、あやふやになってしまうのだから。

それでもある程度の理解は出来たんだろう。シャルリーヌは少しの間考える仕種を見せていたものの──やがて『オッケー、分かった！』と、それ以上深く聞くことなく、テーブル越しに私の方へと身を乗り出してきた。

『レイナばっかり、私がエドベリ王子と接触しないよう、協力してくれているのも悪いしね。私も万一の時に備えて、レイナに「保険」をあげるわ！』

『保険？』

『ベクレル伯爵家への紹介状を書いておくわ。シナリオの強制力が働いて、宰相閣下の亡命ルートに入っちゃったりした時には、エドベリ王子に頼らなくとも、一時の避難先に使えるように』

『シャーリー……！』

『大丈夫、お父様とお母様なら、きっとレイナを気に入るから。私がどれだけアンジェスでお世話になっているかも、多少盛って書いておくからね！』

『多少盛って――のところで、感動が台無しよ⁉』

思わずツッコミはしたけど、シャルリーヌの本来の好意まで台無しにしたい訳じゃない。

『……でも、そうしてくれたら、もの凄く助かるかな』

だから私も柔らかく微笑み返した。

『分かったわ、任せて！　でもぶっちゃけ、紹介状使うような展開になると思う？』

『もちろんそれを使わずに済めば、それに越したことはないんだけどね』

『まあ、それはね……でも〝転移扉〟の情報が漏洩しなかったんだとしても、その次のシナリオである、クレセンシア姫の降嫁というシナリオはもう動いてるんでしょう？　結局、宰相閣下は何らかの形で巻き込まれるってコトじゃ……？』

『……否定しきれないところが、なんとも……』

『ちなみにレイナが今、考えてる可能性は？』

ああ本当にシャルリーヌは、舞菜《いもうと》よりも余程話しやすいし、私の頭の中も整理出来る。私は頭の中で考えをまとめながらも、思わず口元を綻《ほころ》ばせていた。

『まず、レイフ殿下はエドベリ王子一派が、アンジェスの先代〝扉の守護者《ゲートキーパー》〟の掠奪と国の乗っ取りに失敗したと言う情報を掴んだんだと思ってるわ。もしかしたら、フィルバート陛下が持つ求心力を削ぎたくて、同じようなことを企んでいたが故に、比較的早い段階から気が付いていたのかもしれない』

『ああ……うん、下手をすると、私がボードリエの義父《ちち》の話を立ち聞きしていなくても、誰か目撃くらいはしているかもしれないしね』

『陛下は陛下で、エドベリ王子にもレイフ殿下にも隙を与えず新しい〝扉の守護者《ゲートキーパー》〟――つまりウチの妹を手の内に囲い込んだ。そりゃ個人の性癖として『監禁エンド』も考えてたのかもしれないけど、一番の狙いはエドベリ王子とレイフ殿下それぞれに手を引かせるところにあったんじゃないかな』

『……サイコパスさまの考えなんて、深く追及しない方が世の中平和だけどね』

シャルリーヌも、暗に「監禁エンド」を考えないようにしているのかもしれない。

『で、最初の計画に失敗したエドベリ王子は、今度は陛下の方からの逆襲を警戒して、シャーリーをしっかり囲い込まなきゃと思っていた。ところが、まさかの婚約破棄騒動』

『えっ、ちょっと待って⁉　当時はまだ第一王子だったパトリックに美人局《つつもたせ》を送り込んだのって、エドベリ王子よ⁉　なのに婚約破棄騒動が「まさか」なの⁉』

『うん、そこなんだけどね。多分、パトリック「元」王子がやらかしたタイミングっていうのが、エドベリ王子が考えてていたところから外れていたんじゃないかと思うのよ』

『タイミング……そう言われれば、そうかも。エドベリ王子から、婚約破棄騒動の後ベクレル伯爵家に連絡が入ったころには、さくっとギーレン出ちゃってたわ。修道院になんて入ってたまるか！　って焦りもあったし』

さすがギーレンサイドの主人公《ヒロイン》。その行動力は、半端ない。

『庶子とはいえアンジェスの王族として認知されているクレスセンシア姫を降嫁させる方が、元王子を抱き込むには説得力があるだろうから……シャーリーとの復縁話はまぁないとしても、エドベリ王子にギーレンに連れて帰られたら元も子もないから、何とか宰相閣下に取り入らせて、陛下の下からも引き剥がせないかと考えたんじゃないのかな』

シャルリーヌは本気でイヤそうに顔を顰《しか》めていた。

『えぇ……エドベリ王子との結婚もナイけど、第一王子《パトリック》との復縁も、もっとナイわぁ……』

『王家側が望むのであれば光栄、泣いて喜ぶ――くらいの勘違いはあったんじゃないの？　エドベリ王子にしろレイフ殿下にしろ、ガチガチの王族だもの。あり得ないって断言する、シャーリーの「鋼の意志」こそが想定外で』

私としても、そこは苦笑を浮かべるしかない。王族がどうというより、シャルリーヌが〝蘇芳戦記〟のギーレンルートのシナリオを問答無用で破棄しようとしていることこそ、実は一番の想定外なのだ。言えないけど。

『加えて今、イデオン公爵邸には〝聖女の姉《わたし》〟と言う不確定要素がある。シャーリーが宰相閣下に取り入るのが無理なら、私をレイフ殿下側に引き込めないか――それくらいのことは考えていそうよ』

『えっ、それはそれで無理でしょ！　だってレイナと宰相閣下――』

『……っ、ヘンな誤解しないで!?　まだ、どうともなってないから！』

『……まだ』

シャルリーヌは何か言いたげだったけど、最後の一線を越えていない以上は、それでいいの！

……と、自分自身に言い聞かせている、今日この頃。

『ま、まあ、だからね？　そのうち、レイフ殿下側から裏での探りが入ってくるんじゃないかと思うのよ。例えばイデオン公爵邸に誰か忍び込んでくるとか、シャーリーの方に、それとなく私との関係を誰か聞いてきたりとか』

『そっか……ちょっと探れば、こうやって外で会っていることやら、アンディション侯爵との繋がりがあることくらいは、すぐに分かるわよね』

『近々エドベリ王子に付いてる子飼いとか、誰かが外遊前にこっそり入国してくる……とかも、あるかもね。シャーリーに〝扉の守護者《ゲートキーパー》〟としての能力があることを、誰がどこまで知っているのかを探りに』

自分が将来国王となるにあたっての足場を固めたいだろうエドベリ王子にとっては、今はシャルリーヌを取り戻すことこそが、外遊にかこつけての最重要事項なのではないかと私はまだ疑っている。何せシャルリーヌは、ギーレンでの王妃教育をほとんど終わらせていたはずだ。粘着質であろうとなかろうと、普通に考えて国の外には出したくないだろう。

全力で拒否している本人の前で、さすがにそこまでは言わないけど。

『……あれ、じゃあ、ある程度の人達には私の能力について周知させてしまった方が、私がエドベリルートのエンドに引っ張り込まれる確率は減る？』

とはいえシャルリーヌも、どうやら私と似たようなことは考えたらしい。

ハッピーとあえて言いたくないらしいところには気が付かないフリで、私も軽く頷いておいた。

『多分ね。一番いいのは、ダンスの時にでも陛下に話すことじゃないかな』

エドヴァルドから多少は聞いているだろうけど、本人の口添えがあるに越したことはない。

『レイナ、でもそれって……』

『うん？』

『例えば私が、陛下に「どうか私の代わりに今の聖女サマをエドベリ王子に差し出してもらえませんか⁉」とかって、うるうる涙目で直談判なんかしたりしたら、どうするつもりなの？』

『妹を人身御供にってコト？　別にどうもしないいけど』

『え⁉』

うるうる涙目ってなんだと思いながらも、心の底からの本音を言ったはずが、シャルリーヌには思い切り目を見開かれてしまった。

『だってエドベリ王子から本気で逃げ切りたいなら、シャーリーがそういう選択肢を取るのもアリだろうし、舞菜《いもうと》だって、自分の地位が脅かされる可能性を考えるべきよ？　だいいち、実際にシャーリーがそう言ったとしても、おいそれとあの陛下が頷くとは思えないわ。ただのものの例えじゃない』

『お姉サマ、シビア……』

『ああ、でも、そうね、そうよ』

私はむしろ、今のシャルリーヌの直談判の内容に、ちょっと心を動かされていた。

『レイナ？』

『直談判の内容を、何も本気で実現しなくてもいいじゃない。シャーリーがそれを狙ってるんだと、周りがそう思いさえすれば、話は成立するんだもの』

私がじっとシャルリーヌを見れば、私が言いたかったことが分かったらしく、ポン、と手を叩いた。

『そっか。実際はどうであれ、私がアンジェス国の王妃の座を狙っていると周りが思えば、まだ次期王位継承者でしかないエドベリ王子は、強くは出られない可能性があるのね』

『そういうこと。特にシャーリーはギーレンの王妃候補でもあった訳だから、さほどの教育も必要としないと見做《みな》されるわ。少なくともレイフ殿下の派閥貴族からはそう見えるように振る舞っておけば、ボードリエ伯爵や奥様の身に危険が及ぶこともないいんじゃない？　せいぜい、頑張って陛下を堕とせ！　って、下世話なハッパをかけられるだけで』

なんてこと！　と、シャルリーヌの目はむしろ輝いていた。

『表向きは王妃の座を狙う『悪役令嬢』風に装いながら、陛下には、お慕いしています！　じゃなくて、ボードリエ家と私の身の安全のために、お名前貸してください！　って言えばいいのよね』

『まあ……そんなところ？　更に私が「取り巻きその一」とかで近くにいれば、勝手に宰相閣下の意向でそこにいるかのように思って、物騒な連中も、手を出して来ないんじゃないかな』

『悪役令嬢と、取り巻きその一？』

『例えばよ、例えば』

レイフ殿下の配下には、イデオン公爵家が抱える〝鷹《たか》の眼《め》〟に相当する、特殊部隊が存在している。

ファルコ達の実力を疑ってはいないものの、相討ちになる危険性は無視出来ないので、出来れば対立はしないでほしいのだ。

『ううん、それ、やるわ！　冗談抜きにして、妥当なやり方だと思うもの！　いいじゃない、悪役令嬢！　ねぇねぇ、やっぱり髪型は縦ロールに変えた方がいい!?』

どうやら私とシャルリーヌの思考回路は、同じところに落ち着いていたらしかった。

『……アンジェスに、思ったほど〝縦ロール〟のご令嬢はいないわ、シャーリー……』

あはは、と軽い笑い声をあげたシャルリーヌは、それから両手の人差し指で、軽く×のジェスチャーをしてみせた。

どうやら、日本語はここまでということみたいだった。

「ところでレイナは、夜会で宰相閣下と踊るの？　その、独占欲の塊のようなネックレスをお披露目するいい機会じゃないの？」

「……っ！」

危うく紅茶のカップを取り落としそうになっても、シャルリーヌの口撃は止まらない。

「ボードリエのお義母《かあ》様からは、閣下の小さい時くらいしか、誰かと踊っているのを見た記憶がないって聞いてるもの。それこそ、国王陛下が踊られるのに匹敵するくらいの大騒ぎになると思うんだけど……？」

「わ、私のことはいいのよ……っ。今まで通り、誰とも踊らないって聞いてるし！」

公爵邸内で練習台になってもらうとは、とても言えない空気がそこにある。

盛大に冷やかされる未来しか見えない。

「ええっ、つまらない！　それ、一見小粒だけど見る人が見たら目を瞠《みは》る一品よ？　あっという間に社交界の話題を攫えるわよ？　ね、レイナがその気になったら言って？　壁の花からフロアに引っ張り出すくらいの協力はするから」

「ホントお願いだから、今回は何もしないで……！」

私は、そう懇願するのが精一杯だった。

聖女《いもうと》の身代わりで踊ることが決まったのと同時に、国王陛下直々に「講師を貸してやる」と、エドヴァルドは言われたらしい。

断ろうとしても「踊らないおまえのどこに伝手《つて》がある」と一刀両断されて、ぐうの音も出なかったとか。

❀　❀　❀

そうしてイデオン公爵邸にやってきたのは、ヘダー・マリーツ。高位貴族の子女や王族に嫁ぐことが決まった令嬢の教育係に相当する王宮の部署に属しているという、初老の男性だった。

前にテレビで見た社交ダンス映画のハリウッド版の主人公みたいな瀟洒《しょうしゃ》な雰囲気があり、若かりし頃は彼と踊りたいご令嬢が夜会の度に列をなしていたのだとか。

「動きを文字で解釈して、足を出す順番やターンするタイミングをただ暗記して覚えようとするから、上手くいかないのです。実際には身体全体が動く訳なんですから」

この短期間で、ステップやターンの順番を全て覚えたまでは、大変よろしいのですが……と、足と音楽が一致していない私に、カリスマ講師・マリーツ卿は実に的確なダメ出しをしてくださった。

私がメモしていたターンやステップの順番を書いた紙は、一度忘れなさいとの助言とともに。

右回りのターン、左回りのターン、そしてそれを切り替えるステップのみで構成されて、主に右回りにフロアをくるくると目まぐるしく踊り続ける。

その間約一分半。

聞いただけだと短時間に思えるのに、これが半端なく体力を消費するし、目も回る。

これをデビュタントで踊るとか、存外お嬢様も大変なんだなと思う。

すっかり息があがって座り込んでいる私に、マリーツ卿は見本でヨンナと踊る動きをそのまま頭の中に叩きこむようにと言った。

え、ヨンナ踊れるの⁉

私が愕然としたようにヨンナを見れば「公爵邸侍女長としての嗜みでございます」とあっさり言われてしまった。

安定のハイスペックです、ヨンナさん。

視覚的に丸ごと覚えろと言われ、多分私の休憩も兼ねて三度も踊ってくれて、それでも息もあがらないマリーツ卿もヨンナも――凄すぎでした。

「私が受け持つ以外の時間に関しては、基本の立ち方と歩き方を常に意識してください。身体に変な力は入れず、顎は引きぎみに。歩き方に関しては、少し大股に。ダンスの場合あまりに小股だと、見た目にも良くありません」

初心者の社交ダンスの成否は、技術や体系的なことよりも姿勢の良さがモノを言うらしい。どんな種目を踊ろうと初心者だというフィルターに加えて、姿勢の美しさがカバーしてくれるんだとか。

太腿の裏側とかがピリピリすると正直に言ったら「大変良《よ》い傾向です」と微笑《わら》って頷かれたので、どうやら匙《さじ》は投げられなかったようだ。良かった。

そもそもの体力のなさをどうカバーしたものか、そこが悩ましいところだった。

――そんなこんなですっかりバテてしまい、ここのところの睡眠不足も加わって、侍女さん達にエステ店もかくやと言うマッサージを受けている途中で寝落ちをしてしまった。

ヨンナの「旦那様がお戻りですよ」と言う声でようやく起きたほどだ。

ネックレスを確かめるように、一度首元に手をあててから慌ててダイニングへと向かう。

案の定、エドヴァルドはまず私の首元にじっと視線を投げて、そこで満足したと言わんばかりに口元を綻《ほころ》ばせていた。

席について、テーブルに並べられていく料理を見たエドヴァルドが、ふと思い出したように口を開いた。

「レイナ。そう言えば〝コルカノン〟がかなり好きらしいとセルヴァンから聞いたが」

「そう……ですね。私が居た国で食べていた料理に似ていたので」

異世界での食事情に不安を抱いていた中、ダイニングテーブルに登場したキャベツとネギっぽい野菜が入ったポテトサラダ――もとい、コルカノン。感動のあまり涙目でおかわりを要求したことは、ずいぶん厨房を驚かせていたらしい。

それが？　と私が首を傾げれば、エドヴァルドが教えてくれた。

次はそろそろエッカランタ伯爵領から領主が報告に来るので、十中八九、馬車いっぱいのスヴァレーフが食糧庫を占拠するだろうとの話だった。

どうやらスヴァレーフがこの世界でのジャガイモの名称らしい。かつ、スヴァレーフとはあくまでジャガイモの品種の一つだそうで、男爵とかきたあかりとかそういうイメージになるんだろう。

その年の出来を報告するために、領主と共に毎年大量に運ばれてくるらしい。

いくつか調理法を頭に思い浮かべる。ちょっと楽しみだ。

「……よほど好きなんだな」

多分、うっかり想像して口元が緩んでいたからだろう。

エドヴァルドが、ちょっと苦笑していた。

「そうかもしれませんね。その時は厨房に、いくつか食べたい料理をリクエストしてもいいですか？」

「厨房は喜ぶだろうな。以前は公爵邸で常に食事をとっていたわけではなかったから、毎年どうやりくりすべきか悩んでいたと聞いている」

毎年途中でレパートリーが尽きて、使用人にそのまま配るといったことも多々あったらしい。

「エッカランタ伯爵領の主要農作物なんですね」

「そうだな。コンティオラ公爵領と地続きでの、いわばスヴァレーフ大国だ。軍に納品したり、軍本部以外の二侯九伯の領土とも取引をしたりしているから、今ではそれなりに領地の経営は回っている」

「今ではそれなりに……」

今度は何の問題があるのだろうと視線を向ければ、料理を並べながらセルヴァンが追加情報をくれた。

「あの領にいた適齢期の姫は既に全員輿入れ先が決まっておりましたから、今では静かですよ」

なるほど、今回は「女除け」は必要ない、と。それにしてもセルヴァンさん、何げに後半のセリフが、ちょっと物騒です。それは、少し前まで問題があったということなのでは……？

「領主も何年か前に代替わりをしている」

しかもエドヴァルドは、私の内心の疑問が聞こえたのかというタイミングで、しれっとそれを肯定していた。明らかに、そこに絡んでの交代があったということだ。

「報告書類自体は先んじて送られてきていて、既に目を通した。後で見れば分かることだが、現領主の兄が作った借金があるために、今はまだ領地は赤字だ。ただ現領主自身はそれなりに有能な男だから、よほどのことがない限りは在任中にその借金はなくなるだろうと私は見ている」

後は到着を告げる使者が来たら、とりあえずは報告のための日時だけを伝えておけばいいということらしい。

「今年はギーレン国の第二王子の歓迎式典と夜会の日時に時期を合わせたい――ということになっての、この時期だ。エッカランタはこの王都からもっとも遠い伯爵領であり、妥当な話だとこちらも判断した」

「なるほど……」

そして夕食が一段落したあたりで、エドヴァルドがカトラリーを置いて、こちらを向いた。

「レイナ、エドベリ王子の歓迎式典と夜会のスケジュールについて、とりあえずは外枠が決まった」

「……えっと」

歓迎していないが、という副音声が聞こえた気がするのは、シャルリーヌとのお茶会の影響だろうか。

さらにエドヴァルドが珍しく何か言い淀んでいる。なんだろう、と思ったところで見かねたセルヴァンが「旦那様」と、声をかけた。

「宜しければ、この後『ホールド』の確認だけなさってみてはいかがですか。音楽抜きで」

え、まさかその複雑そうな表情は、ダンスの練習の話を持ち出されたくなかった、とかですか？

無言で目を瞠《みは》る私をよそに、この機会を逃してなるものか！　とばかりに、セルヴァンがにこやかに「圧」をかける。

「レイナ様の復習と、食後の運動程度にはちょうどよろしいかと」

「…………」

「それでしたら、私とヨンナでも充分にご説明が出来ますので」

それはヨンナだけじゃなくて、セルヴァンも踊れるのだと、そういう話？

そんな私の遠い目を、セルヴァンは「公爵邸家令としての嗜みでございます」と、にっこり受け流した。

何か言いかけたエドヴァルドも、団欒《ホワイエ》の間のテーブルやソファをてきぱきと動かされるに至っては、抗議を諦めたらしかった。

さて、社交ダンスにおいては、姿勢と同様にホールドも重要だ。

ただ手を組んで踊っていればいいわけではなく、二人で組んだ時でも地に足がついた重心移動が行えて浮ついた不安感を感じさせないようにするためには、組み方一つ疎《おろそ》かにしてはいけない。

とはいえ、コートやウェストコートを脱いで、白シャツとスラックス姿になったエドヴァルドの姿は――駄々洩れる色気に、立っているだけでも、私の心臓に悪い。

困った。

マリーツ卿と練習していた時のような、平常心が保てない。

「旦那様、まず左右の肘を、身体の前で、同じ高さまで上げてください。腕には適度の緊張感をこめていただきつつ、肩が上がらないように。身体は真っすぐに伸ばしていただいて――左手は、レイナ様の方に向けつつ、右手はレイナ様の左の肩甲骨に添えますから、今の段階では、包み込むような形をとってください」

どうやら「知識として」覚えていたというのはエドヴァルドも同じだったようで、早々にセルヴァンから修正されている。

「レイナ様は、旦那様の右腕に左手を添えてください。右手は旦那様と親指の付け根同士を合わせるようにしながら――はい、そのままお互いに三本の指を、手の甲に添えてください」

セルヴァンに言われて、私もその通りに「ホールド」の復習はしたけど……

今までエドヴァルドにされていたエスコートよりも断然恥ずかしいのは、何故だろう。

この日は結局、基本姿勢と部屋の隅からホールの中央に移動して、手を組みつつ音楽が始まるのを待つ――という、最初の流れを重点的に繰り返すのに終始した。

「レイナ。その……マリーツに習っていた演目が一曲目になりそうだ。二曲目は、もっとゆったりとしたリズムでジグザグに踊るのが基本らしいが……詳しくはマリーツに今度聞いてくれ」

「……分かりました」

いやホールドだけで心臓がうるさいんだけど、私、エドヴァルドと曲の練習とか、ホントに大丈夫かな……

＊　＊　＊

そしていよいよ、エッカランタ伯爵本人がやってくると聞いた日の朝。

朝食の席でソワソワとしている私に、エドヴァルドも苦笑していた。

「食べたい料理があるんだったか」

「そうですね。伯爵サマじゃなくて、ジャガイモの到着を待っている状況です。すみません」

日本と異世界のジャガイモがまったく同じとは言い切れないのだけれど、コルカノン――ポテトサラダを食べている限りは、ジャガイモという認識でも問題はないはず。

私はそう思って、料理をお願いする気満々だった。

「ジャガイモ……ああ、貴女の国ではスヴァレーフをそう呼ぶんだったか。今までだって、食卓に出されたことはあっただろう。厨房に言えば良かったんだ」

「規定量しか買い入れていないところに、厨房に馴染みのないような料理を作れとか言えませんよ。どうやって消費しようか毎年頭を悩ませてるって聞くからこそ、試作をお願い出来るワケで」

確かに、言ったところで公爵家の身代が今すぐ傾くものでもないだろうけど、料理人には料理人の矜持があり、厨房にだって、そんなにしょっちゅう足を踏み入れていいものでもないはずだ。

一線は必要ですよ、と言った私に、エドヴァルドも「……レイナらしいな」とだけ答えた。

「エドヴァルド様でも食べられそうな料理が完成したら、夜、出してもらいますね」

「逆に、私が食べられそうにない料理と言うのが気になるな」

そう微笑みながら、エドヴァルドは王宮へと出仕していき、私はそこからマリーツ卿の社交ダンスレッスンを今日もこなした。

帰り際ホールドがスムーズになりましたね、と褒められた。

どうやら死ぬほど恥ずかしかっただけの成果はあったらしい。

「レイナ様、エッカランタ伯爵がお見えになられました」

昼食後まもなくセルヴァンにそう声をかけられ、私は身支度を軽く整えてもらってエッカランタ伯爵を玄関ホールに出迎えた。

「レイナ・ソガワ嬢……だったかな。ここへ来る前に、防衛軍に立ち寄って納品もしてきたのでね、色々と聞き及んで来たよ。エッカランタ伯爵ラウーノだ。以後宜しく」

焦茶色の髪に、翡翠《ひすい》のような色の瞳が、目尻の皺との相乗効果で、とても穏やかな為人《ひととなり》を窺わせている。

というか、なかなかにダンディなオジサマではなかろうか。

ジャガイモ農家の人とはとても思えない――いや、栽培地が広範囲にわたっているから、キヴェカスさん家《ち》と違って、領主自らが栽培にはタッチしていないのか。

石油成金ならぬ、ジャガイモ成金。とはいえ、悪い意味での「成金」ではなく、赤字が解消された後には得た収入で領地を上手く回しつつ、医療・教育・農業作物の品種改良や研究促進なんかを目的とした施設を作りたいとの相談を持ち掛けられているのだと、エドヴァルドは言っていた。

アメリカの実業家、石油王と呼ばれた男を輩出した財閥を彷彿とさせる話だ。将来に向けての心意気のあるオジサマ、という話なのかもしれない。

領防衛軍本部にも顔が利いているということなら、識字率の向上と言う点で木綿製の紙にもいずれ興味を持ってくれそうな気がした。

「防衛軍――ベルセリウス将軍と、ウルリック副長ですね。何をお聞きになっていらっしゃったのか、むしろ怖いのですが……改めまして、私《わたくし》がその、レイナ・ソガワでございます」

そう言って私が〝カーテシー〟をとると、エッカランタ伯爵の目が好意的に細められたようだった。

おもむろにこちらへと歩いてくると、私の両手を掴んで、いきなりギュッと握りしめた。

「以前より公爵閣下にお伝えしている教育機関の件については、貴女とも話をするのが良かろうと言われていてね。何でも異国で相当にレベルの高い、男女の差別のない機関で学んでいたとか。ぜひ今後の参考にしたい。落ち着いたら時間を貰えるだろうか」

それ、痛みを感じるくらいに手を握りしめてまで言うことだろうか――そんな風に不審を覚えた私の勘は、間違ってはいなかったらしい。

〝すまない。この場に偽者が一人いる。――狙われているよ〟

かろうじて、声になったかどうかと言った声量だけれど、近付いて、手を握られたからこそ聞こえた。

答える代わりに――私は黙って、眉根を寄せた。

第六章　エッカランタの刺客

「ああ、なるほど！　これがエッカランタ流のご挨拶の仕方なんですね？　分かりました、宜しくお願いします！　ええっと、後ろにいらっしゃるのは……あれ？」

護衛と思われる六人の内、三人に、どうにも見覚えがあった。

「……その、将軍と副長から、更なる修行に出されたと言いますか……」

内一人が、恐縮したように頭を下げる。

やや居心地悪そうにそこにいたのは、先だってベルセリウス将軍らと王都に来ていた、今年入隊した新人三人組だ。王都に来て、ハルヴァラ領への護衛にも付いて行き、ようやく本部に戻ったかと思いきや、今度はエッカランタ伯爵に付いての王都行きを命じられる。

なかなかにハードだ。

もしかして、この前王都で見張りを失敗したことと関係しているんだろうか。

当然、この三人はエッカランタ伯爵の言う「偽者」には当てはまらないことになる。

私は何気なさを装いながら、伯爵の後ろにいた、家令か執事かといった男性ともう一人若い青年、残りの護衛三人それぞれに「初めまして、よろしく」と言いながら、握手をして回った。

向こうの片手をとって、私が両手で握りしめる形で。

「甥のソランデルに、当家の家令補佐であるニールンド、残りの護衛は当家が雇用している者だ」

「今年は、次男のトーシュ様はおいでになられなかったのですね。ぜひレイナ様に、スヴァレーフの地元料理のレシピを伝授いただきたかったのですが」

セルヴァンがそんな風に声をかければ、エッカランタ伯爵は「ああ……」と、やや残念そうに視線を落とした。

「私も例年通り連れて行く予定ではあったが、トーシュの妻が、もうすぐ子供が生まれるのでね。なるべく傍にいたいんだそうだ。戻る頃には、私も『お祖父ちゃん』だ」

「それはそれは。無事に誕生されますことを祈念しております」

「ありがとう」

……うん？　新人三人組の表情が、ちょっと動いたかな？

え？　って、不思議そうな雰囲気を漂わせてる。

腹芸の出来ない子達なんだね、まだ。

そういうことなら、もう少し探りを入れてみようかな。

「じゃあ伯爵は、スヴァレーフ料理を何かご存じでいらっしゃいますか？」

私は、そこでちょっと食い入るように、エッカランタ伯爵を見つめてみた。

察してほしいと思ってガン見していると、顔を上げた伯爵が軽く頷いた。

「ああ。トーシュほどのレパートリーは持っていないがね。新たなレシピ、活用方法を常に探ることこそ、栽培や収穫を行わない、領主一族の役割と私は思っているからね」

「良かった！　あの……毎年、スヴァレーフを公爵邸にも届けてくださっていると聞いたのですが、今年も……？」

一瞬刺客の話を忘れて真面目に聞いてみれば、エッカランタ伯爵は気圧されながらも「ああ、もちろん」と肯定してくれた。

「今、玄関先に馬車を停めさせてもらっている。挨拶が済んだところで、護衛達に食糧庫へ運ばせるつもりだったんだが」

「有難うございます！　私、スヴァレーフが好きで、楽しみにしていたんです。じゃあすみません、全員で手分けして、袋ごと厨房の勝手口まで運んでもらっていいですか？」

「……うん？　全員？」

「はい。伯爵だけじゃなく、甥御さん、家令補佐の方々も、全員。何かレシピをご存じだったら伺いたいですし。あと、早速試作してみたいメニューもありますので、どうせだったら試食会も兼ねて、皆で厨房に集まろうかと。あ、公爵邸の料理上手も二人ほど追加参加でお願いします」

一般的な令嬢は、自ら厨房に出入りしないからだろう。エッカランタ伯爵がちょっと不思議そうな表情を浮かべたけど、はい、そこは間違ってません。

「大丈夫です。私が厨房に時々出没して、各領の素材をアレコレ試してみているのを、厨房の皆さんも知ってますし。今日も多分予測して、待機していると思いますので。あ、セルヴァン。そんなワケだから、ファ、ファルコとイザクも呼んで？」

「ファルコとイザク……ですか？」

「そう、料理人顔負けの腕を持つ二人を――」

別に嘘は言っていない。

そこに何らかの思惑があると、セルヴァンなら察してくれるだろう。なんなら多分、ファルコとイザクも、わざわざ呼ばなくたって、もう、どこかにいる。

非論理的だけど〝鷹《たか》の眼《め》〟はもう「そういうもの」だと、近頃は思うことにしている。

「――そうね、二人は荷物運びに直接馬車の方に行ってもらった方がいいかな？」

言いながら私は、エッカランタ伯爵の右腕を掴むと、グイっと自分の方へと引き寄せた。

「ね、そこのニセモノの甥御さん？」

そして左手を持ち上げて、伯爵の後ろにいた男を指さした瞬間――予想通りに、ファルコとイザクが短剣を片手に飛び込んで来てくれた。

「セルヴァン！　多分馬車に人質がいるはずだから、見張り叩きのめして救い出してあげて！」

「なっ……!?」

己の首筋と心臓のある位置に、それぞれあっという間に短剣を突きつけられた男は、驚愕の表情を浮かべたまま立ちすくんでいる。

あ、思わず言っちゃったけど、今のはセルヴァンに頼んでいいことだったかな……と、私が首を傾げるよりも早く、セルヴァンが無言で片手を振っていた。

玄関の扉が風もないのに勝手に開いて――というか、目にも止まらない早さで、誰かが外に飛び出して行ったのは、私にも分かった。

ああ、代わりに〝鷹《たか》の眼《め》〟の誰かが、合図を受けて出て行ったんだ、なるほど。

いいな、いつか私もあんな風に指示してみたい。

「エッカランタ伯爵……これは一体……」

私に腕を引っ張られた伯爵が、自分の目の前によろけてきたのもあっただろうけど、私に何かを問うよりも、伯爵に問うべきと、セルヴァンも思ったのかもしれない。

少し乱れていたコートを直すように、体勢を立て直した伯爵が、視線を私の方へと向ける。

「……すまなかった」

「……合ってますよね？」

何がとも誰がとも言わないまでも、伯爵も察してくれたようで、ゆっくりと首を縦に振った。

「私も、イチかバチかだったよ。ただ防衛軍本部で貴女が絶賛されていたことに、賭けてみたいと思ってね。無茶をしてしまった。本当にすまなかった。それで馬車の方は――」

そんなコトを言ってるのは、絶対ベルセリウス将軍だろうなぁ……と、ちょっと私が遠い目になっていると、玄関から〝鷹《たか》の眼《め》〟の配下二人に肩を貸されて、歩くのもままならないと言った体《てい》の青年が、中に入ってきた。

「トーシュ様……!?」

驚きの声をあげて玄関を見たセルヴァンに、私もハッと我に返った。

え、次男さん、領地に残ったって話だったんじゃ……？

「……ったく、何が『公爵邸の料理上手』だ。無茶振りすんな」

「……まったくだ。俺は卵を混ぜたことしかないはずだが」

ファルコが短剣の柄の部分で男を後ろから殴りつけたのと、イザクが同じく柄の部分で強烈な一撃を腹部にお見舞いしたのが、ほぼ同時の出来事だった。

確か現実でそんなコトをしたって、普通は気絶しない。フィクションだファンタジーだと書いてある本もあったはずなんだけど……コノヒト大丈夫？　生きてる？

「レイナ様、ひとまずトーシュ様に団欒《ホワイエ》の間のソファで横になっていただきませんと……！」

床に崩れ落ちた男を呆然と見ているところに、慌てたセルヴァンの声が聞こえて、私もハッと我に返った。

「ああ、そうよねゴメン！　えっと医師に誰か連絡お願い！　その男と、馬車の見張り役は――」

「それはこっちで話聞いといてやるから、そっちはそっちで出来ることをやっておけよ」

「ありがと、ファルコ。……その前にごめん、イザクと二人、ちょっと耳貸して」

今はまだ、内密に。二人は床に倒れた男を引っ張り上げようとしている途中だったため、ちょうど聞けるなら、聞いておいてほしいことがある。

「……多分、この襲撃してきた人はとある王族がお持ちの特殊部隊の下っ端じゃないかと思うの。自害とか道連れとか、注意しながら探りを入れてくれないかな」

どいい高さまで、自然に耳が近付いていていた。

「「!?」」

二人が思いきり目を見開いている。特殊部隊を持つ王族なんて一人しかいないはずだし、同じ裏街道を走る者同士、それで充分に通じるだろう。

「結果は、後でこっそり私だけに」

私が小声でそう言って人差し指を唇の上に乗せれば、ファルコもイザクも顔を顰《しか》めていた。

「……アンタも懲《こ》りねぇな」

「私の辞書には『懲《こ》りる』と言う単語が欠けてるって、エドヴァルド様も言ってた」

「そこは、自慢げに語るところじゃない。コイツの目的は伯爵じゃなかったろう、どう見ても」

私がそれぞれにそう答えると、物凄く不本意といった表情を、二人共が見せた。

「そこがハッキリしたら、ちゃんとエドヴァルド様には伝えるから。ね？　多分、今日は探りを入れに来ただけだと思うの。どうせ雇い主なんて吐かないだろうから、何をしに来たかくらいの確認が取れればイイかな、って」

「……まあ確かに、そのあたりが情報引き出せる限界だとは思うがな」

「特殊部隊って言うのが本当なら、薬で情報を抜かれることも警戒して、そもそも大した任務は持たされてないだろう」

……何かアヤシイ薬が公爵邸にあるんですね、イザクさん。詳しく聞くのが怖いけど。

「分かった、一応アンタの話は頭に入れておく」

「後でちゃんと、お館様にも話をすることが条件だからな」

かしこまりましたー、と軽く敬礼する私にため息をこぼしながら、二人は二言三言セルヴァンにも何か言ったようだったけど……「地下牢」って言葉は、聞かなかったことにしておこうかな。

公爵邸の全体図って、どうなってるんだろうホントに。

そんなひそひそ話をしている間に〝鷹の眼《たかめ》〟の他の人達が、ぐったりとしたままの伯爵令息を団欒の間《ホワイエ》に運んだり、公爵家お抱え医師を呼びに行ったりと、色々テキパキと動いてくれていた。

スヴァレーフも、厨房の人達と手分けして運んでくれるらしい。

とはいえ、ポテチもポテサラも、すぐには取り掛かれそうになかった。

まずは、どうしてこうなっているのかを、聞かないことには始まらない。

「エッカランタ伯爵……医師が来るまでの間、少しお話を伺っても？」

ソファに腰を下ろしつつ「もちろんだ」と、伯爵も頷いたのだった。

どうやら話を聞いていると件《くだん》の偽の甥は、王都に入る直前に泊まった街の宿に、いきなり現れたとのことだった。

領主の乗る馬車には軍の新人三人組が、後ろのスヴァレーフが積まれた馬車にはエッカランタ家の護衛三人がそれぞれ付いていた。ところが、最後の宿泊地を発つ時に問題の青年が甥だと名乗り、「公爵邸に付きそうために来た」として、領主の馬車の方に乗り込んできたらしい。

実際は夜中の間に、領主の部屋に現れた「偽の甥」が、次男を楯《たて》に自分を公爵邸の中まで一緒に連れて行くように脅しをかけたということだった。

エッカランタ伯爵も、新人三人組に知らせてしまうと公爵邸ですぐにバレてしまいそうな空気を感じたらしい。家令補佐と自家の護衛達だけに、夜の間にこっそりとことの次第を話して、公爵邸の中に入るまで口を噤《つぐ》むように言っておいたんだそうだ。

私とエッカランタ伯爵との間の話で、壁際に待機しながら、軽くショックを受けているらしい三人組に、私はひらひらと片手を振った。

「ああ、でも、貴方達のおかげでニセモノが私にも分かったから、落ち込まないで！」

貴女は彼らと近い年代のはずでは――というエッカランタ伯爵の視線は無視です、無視。

「伯爵がセルヴァンの問いかけに『次男は奥様の出産に付き添うために、領地に残った』って仰った際、彼らちょっと怪訝そうだったんですよ。ただニセモノが紛れ込んだだけなら、伯爵もあんな小声で私に警告される必要もない訳ですし、ああコレは、途中で何かあったな――と」

「……っ」

私がそう答えれば、新人三人組は、愕然としたように自分達の頬にそれぞれが両手をあてた。

そんなに分かりやすいのか、とでも言いたげだった。

「その前に、新人クン達以外と伯爵流の握手をしてみた時、あのニセモノの手、優男な見た目に反して、エッカランタ家の護衛の手と同じくらいにゴツゴツとしてたんですよね。彼、ホントに領主一族の人かな？　って」

ガックリと膝から崩れ落ちている新人三人組を、何故かエッカランタ伯爵家の護衛達が、まあまあ……とでも言いたげに、肩を叩いて慰めている。

「……ここまで、私が仄《ほの》めかしたことを汲み取ってくれていたとは思わなかったよ」

小声で囁いたことも——わざと両手で強い握手をしたことも。

目を丸くしているエッカランタ伯爵に、私はふふ……と微笑《わら》っておいた。

「非常事態と思えたなら、こちらも一挙手一投足見逃すワケにはいきませんしね」

「だが、助けてもらっておいて言うのも何だが……私の腕を引いたのは感心しないな。いくら護衛に信を置いていようと、あの至近距離では、あの瞬間、貴女が刺されていてもおかしくはなかった」

……あ、ちょっとセルヴァンが目を剥いてる。

いやいや、そこはちゃんと根拠があったから！　伯爵も、そこは気付かないでいてほしかった！

「ああ、いえ、そこは大丈夫と言いましょうか……私を暗殺したいなら、こんな明るいうちから堂々と公爵邸内部に入ってこないですよ。多分、実際の〝聖女の姉〟がどれほどのものか、探りを入れたかっただけだろうと思いますよ？　だから、後はここの護衛に任せようかと」

「……貴女には、心当たりが？」

「公爵、あるいは宰相としてのエドヴァルド様の弱みを探したい勢力、ということくらいなら、聞かずとも分かりますので」

弱みになんてこれっぽっちもなるつもりはないけど、それは目の前の伯爵は知らなくてもいいことだ。

とりあえず伯爵には落ち着いてもらおうと、私はそのまま淑女の笑みを貼り付けておいた。


その後、現れた医師は迅速な治療を伯爵令息に施してくれた。とはいえ、頭を強く打っていたと聞いて、私はエッカランタ伯爵に向き直った。

「あの、エッカランタ伯爵、今日のお宿は……？」

「ああ、ここに来る前に、川沿いの貴族用の宿を押さえてはきているよ。それが？」

「いえ、ご子息が気が付かれるまでは、せめて公爵邸の来客用の客室で様子を見られては如何《いかが》かと」

一見大丈夫そうではあるけれど、確信が持てない以上、これ以上の馬車の振動は悪影響だろう。

私の言いたかったことに、伯爵も気が付いたようだった。

「そうか、今は無理に動かさない方がいいということか……」

「そう思います」

「すまないね。では、息子が気が付くまで、貴女の言葉に甘えさせてもらおう」

セルヴァンを見れば、納得してくれたのか小言を諦めたのか、黙って頷いた後、侍女さん達に来客用客室を整えるよう、すぐに指示を出してくれた。

「大丈夫そうでしたら、明日のエドヴァルド様への定例報告に関しては、予定通り午前十時で宜しいですか、伯爵」

「ああ。息子を連れてくるにしろ、来ないにしろ、私自身はピンピンしているからね。予定通りで構わないよ」

恐らく彼らが狙われることは、もうないはずだ。

そう察している私も伯爵も、だからこそ明日は「予定通り」と確認しあっている。

「じゃあ……気が付かれるまでの、この時間を利用して、ちょっと試作してもらいますね」

じゃあ、の時点でニッコリと笑った私に、エッカランタ伯爵は「え？」と、軽く目を瞠《みは》った。

「早速〝スヴァレーフ〟で、試作したい物がありまして……あ、実際に作るのは料理人達で、私は横からやり方を説明するだけなんですけど。せっかくですからお味をみていただこうかな、と」

私も別に、ただ食べたいからと、言いだしたワケじゃない。

一応、主たる目的はちゃんとある。

スヴァレーフが届いたということで目隠しをして、作った料理を「とある手紙」と共にボードリエ家に届けるのが、実は一番の目的なのだ。シャルリーヌにも食べさせたいというのも理由の一端だけれど、何よりレイフ殿下側からの探りが入ってきたようだと出来るだけ早くシャルリーヌにも伝えておかなくちゃいけない。

まあ、今は周りから見れば、えらく暢気《のんき》なことを言っているようにしか受け取られないかもしれないけど。

大事なコトなので、もう一度。

ただ、食べたいからと言うワケじゃありません。ええ。

「ちょっとどうしても、一品は今、作る必要があるんです」

念を押すようにそう言葉を足すと、伯爵とセルヴァンは顔を見合わせただけで、口を噤《つぐ》んでしまった。

私の意図するところが読めないにしろ、現状、拒否する理由はない――と言ったところだろう。

「セルヴァン、伯爵や護衛の人達は、団欒《ホワイエ》の間に居てもらった方がいいのかな？　厨房にまで入ってもらうのはまずいの？」

「え……ええ、そうですね。旦那様にそこまでまだ話は通っておりませんし、どうしても今……ということであれば、皆さま方にはここでお待ちいただいた方が宜しいかと」

本当は揚げたてを食べてもらいたいのだけれど、厨房からここまでだったら、今日は妥協すべきか。

「しょうがないか。スヴァレーフの皮をむいて薄く切って、素揚げして塩を振るだけなので、そんなにお待たせしないと思います。じゃあセルヴァン、ここは任せるけど、いいかな？」

「……承知いたしました」

セルヴァンが頷いたのは条件反射だろう。

エッカランタ伯爵の方は、とっさに私が何を言ったのかを聞き取り損ねたのか、目を丸くしている。

あれ、ということは、エッカランタ領でも知られてないのかな、ポテトチップス。

まあ、今はいいか……と、私は団欒《ホワイエ》の間から厨房へと駆け足ぎみに移動した。

「ラズディル料理長、こんにちは――！」

「お、おぅ……やっぱり来たのか」

どちらかと言えば体育会系が集まる厨房は、明るく元気よく入っていくに限る。

中からは、ちょっと引いてるような、困惑気味の声が返ってくる。料理長は、国から託されている賓客が厨房にフラリと現れることに未だどうにも馴染めないらしい。

「スヴァレーフでとりあえず一品、試作お願いしたいな、と」

「とりあえずって……」

「はい。今は急いでいるので、最短で出来る分だけを。残りはまた後からってコトで」

ったく、困ったモンだなぁ……と言いながらも、料理長は手では届いたばかりのスヴァレーフを一袋、作業台まで持ってくるよう指示を出してくれた。

根はイイ人なのだ。私が「お願い」には来ても、実際の作業にまで手は出さないところが、多分、料理長にとってもギリギリの妥協点なんだと思う。

麻の保存袋の中からゴロゴロと、スヴァレーフが作業台の上に滑り出た。うん、どう見てもジャガイモだ。

「……で、何するって？」

「皮をむいて、向こう側が透けて見えそうなくらいに薄切りにして、その後は、塩水でちょっと滑《ぬめ》りをとってもらった後、水分を拭き取って、焦げないように素揚げしてもらって、塩を振る――

そんな感じで」

「は？」

「あ、途中でもう一回言うんで、まずは皮をむいて、薄ーく、薄ーく、切ってもらえたら。量はとりあえず、この袋の半分ほど、試食用でどーんとやっちゃってほしいかな」

「はぁ!?」

どうせすぐに追加でやることになると思いつつ、まだ見慣れないだろうから半分と言っておく。

料理長は、ため息交じりにスヴァレーフを一個手にとると、あっと言う間に皮をむいて、何枚かスライスぎみに切ってくれた。

「……このくらいか？」

「あっ、はい！　向こう側が透けて見え……てるかな。じゃあ、それで」

薄切りになったモノから、さっと塩水洗いをして、木綿の布巾で水分をとってもらう。

水分が残れば残るほど、油はねが大変なので、そこは注意をお願いする。

「出来た分から素揚げで。薄いからすぐに焦げるので、様子を見てひっくり返したりしながら……」

素揚げの終わった分は、ステンレスバットもキッチンペーパーも存在しないので、新しい木綿の布巾で油を吸わせるしかない。

「最後は、その深皿の中に入れて塩を振って、それを揺すりながら塩をざっくり混ぜてもらって——はい、そこまで」

薄切りしたり素揚げしたりと、一連の作業は続いているけれど、とりあえずボウル一個分の、第一弾は完成した！

私はドキドキしながら、まずは一枚、口に入れる。

「ん——！　出来てる、出来てる！　これこれ！　団欒《ホワイエ》の間にも持っていくから、とりあえず味見は一人一枚ね！」

私が満足していることにホッとしつつも、料理長としても、味見しないワケにはいかない。

私に続いて、料理長もボウルの中から一枚を手にして口に入れ——無言で目を見開いた。

料理長が頷いたことで、副料理長以下、厨房の料理人達が次々と試食しはじめる。

「……あ、これ団欒《ホワイエ》の間の分足りない、絶対」

「……とりあえず、一袋分は使うか」

どよめきとともに、ポテトチップスの奪い合いが起きているのを見た料理長も、私の呟きに賛成してくれた。

(異世界でポテチって、やっぱりベタにウケるんだ……)

「あの……作りたい料理がほかにもあるんで、さすがに馬車一台分、まるっとコレって言うのは勘弁してほしいかなと……」

「……おぉ、注意しとく」

器三つ分ほどのポテトチップスを団欒《ホワイエ》の間用に、小さめの麻袋にシャルリーヌ用を詰めて避けてから、とりあえずトレイにそれらを載せて、私は団欒《ホワイエ》の間へと戻った。

「お待たせしました！　……って、あれ、エドヴァルド様!?」

「レイナ、無事か!?」

「えっ？　何が——あッ、ポテチが散乱するんで、ちょっと待ってください！　話はコレを置いてからさせてください！」

　二階から下りてきたエドヴァルドが、そのままこっちに走り寄ってきそうな勢いだったので、私は慌ててそれを遮って、トレイを応接テーブルの上に置いた。

「エッカランタ伯爵、これ――って、ちょっ⁉」

　トレイを置いた傍からエドヴァルドに腕をとられてしまい、何ごとかと私も目を見開いたけど、そのまま耳元まで顔を寄せると、私にしか聞こえない程の小声で囁いたのだ。

「――王宮で、レイフ殿下が私のところに探りを入れに来た。貴女のことだ」

「……っ」

　傍から見るとタダのイチャイチャなのに、話の中身がもの凄く物騒だ。

　というかレイフ殿下、まさかの直球ですか。

　天下の宰相閣下が、気付かないとでも思っているんだろうか。

　私は小声で「……その話は夜に」とだけ返しておいた。

　今なんともないからいいでしょ、と言外に主張しておいて、エドヴァルドがちょっと怯んだところで、さっとエッカランタ伯爵の所に戻った。

「すみません。あらためて、前に置かせていただいたそれが伯爵に味を見ていただきたい料理――というか、おつまみですね。ちょうどいいんで、エドヴァルド様も試食していってください」

　テーブルの上のポテトチップスをガン見していたエッカランタ伯爵が「……初めて見る」と、ポツリと呟いた。

「そうなんですか？　さっきも言いましたけど、皮をむいて薄く切って、素揚げして塩を振ったくらいなので、ありそうなものですけど。あ、厨房では既に奪い合いが起きている程なので、出来栄えとしては及第点かと」

言いながら一つを手に取って、エドヴァルドにも「はい」と差し出す。

公爵や伯爵に食べさせる物なのかと言うツッコミは、さておき。

無言の空間に、パリパリと音が響いた後――二人の高位貴族の表情が、微《かす》かに変わった。

「私の国では庶民向けの、お酒が飲めるお店のおつまみメニューって感じですね。値段も手ごろに設定されてます。だから今、厨房では『エール飲みたい！』って皆が絶叫してます」

「エールと合うのは……間違いない……」

そう言いながら、伯爵の手が再び器に伸びている。

そうなんですよ、続けて何枚も食べたくなるんですよ、ポテチは。

「あれ、エドヴァルド様はダメでしたか？　もしダメだったら、改善点などをぜひ」

「ああ……いや、私はまた王宮に戻るから、あまり細かい屑や塩を、手や服につけるのもな」

さすがだ。食べかすや、手に塩や油が付いてくるのは、やはり気になるらしい。

「そこはまだまだ改善の余地アリなんですけどね。手順は簡単なんですけど、口で言うほどには上手く出来上がらない。意外に腕が必要なんですよ、コレ」

「……レイナ」

あっ、イヤな予感！

「言っておきますけど、私には出来ませんよ!?　だから今日厨房に頼んだんですから！　っていうか広めるにしたって、料理人とお店決めるか何かしないと、粗悪品が出回ってかえって評判落としますよ⁉　まさかまた特許権申請案件とか仰います⁉」

悲鳴交じりの私の叫びに、エドヴァルドは獲物を見つけたかのように、意地悪い笑みを垣間見せた。

「……だ、そうだが、エッカランタ伯。やる気はあるか」

話を振られると思わなかったのか、まだ食べていたエッカランタ伯爵の手がピタリと止まった。

――気に入ったんですね、伯爵。挨拶を忘れているくらいには。

「そうですね……申し訳ありませんが、一度持ち帰って、息子と相談をしても構いませんか。やるのなら私の代ではない方がいい。本人に判断させたいと思うのですが」

「ああ。そう言えば、今日は次男《トーシュ》の姿が見えないな」

「その件は……後でレイナ嬢からお話があるかと」

私の表情を読んでくれたのか、エッカランタ伯爵はそれだけを答えた。

エドヴァルドも、何かは察したのだろう。そうか、としかこの場では返さなかった。

「エドヴァルド様、今作ったコレ、ボードリエ伯爵家にも渡しますので。シャルリーヌ嬢が喜ぶので、お手紙付で。今のところはこの邸宅《やしき》でしか作れないって、彼女には伝えておきます」

手紙を埋もれさせるための〝ポテトチップス〟だと、エドヴァルドも分かったはずだ。

「……夜、キッチリと聞かせてもらうぞ」

ちょっと怖いコトを言いながら、エドヴァルドはすぐに王宮へと戻っていったのだった。

結論から言うと、トーシュ・エッカランタ伯爵令息は、気が付いた後、ちゃんと会話を交わすことが出来た。父親似の穏やかな容貌の青年ではあるけれど、やっぱり殴られた傷が痛むようなので、塗り薬を持って、今日泊まる予定の宿へとすぐに戻っていってしまった。

ポテトチップスも一枚食べて興味を示してはいたものの、なかなか今すぐにはアレコレ考えられなかったらしい。

やっぱり、軽く当て身……とかで気絶するのは難しいのだと、私はしみじみ思い知った。

宿で食べて検討出来るように、シャルリーヌに渡したのと同じサイズの袋にポテトチップスを詰めて渡しておいたけど、むしろエッカランタ伯爵の方が嬉しそうだった。

今晩、宿の部屋でエールでも飲みながら食べてください、はい。

玄関ホールでエッカランタ伯爵ご一行様をお見送りしたところで、ふと、背後にファルコが姿を現した。

こんな時くらい普通に出てきてほしい。心臓に悪い。

「さっきとっ捕まえた二人、ある意味アンタの予想通りだった」

とはいえ、配慮はしてくれているんだろう。背中越しに、あまり周囲に響かないよう小声で教えてくれている。

「雇い主は吐かずじまいだ。ここに来た目的に関しては、アンタとお館様との関係性を確認してくるよう命じられていたところまでは、何とか聞き出せた。だが、それ以上は無理だな。やろうとしても、多分アイツらが壊れて終わりだ」

「……そっか。ありがとファルコ。雇い主に関しては、さっきエドヴァルド様が直接接触を図られたらしいから、もうそのまま、某特殊部隊の長《トップ》が犯人ですってコトでいいと思うわ」

「マジか？　隠す気ゼロだったのかよ、結局」

「うーん、どうだろう……もしかしたら、この事件の雇い主が不明で終わるのを予測した上で『黒幕に関して何か知っているのか!?』からの『教えてほしかったら自分達の言うことを聞け』的な展開を考えていたのかも？」

「は？」

「怖い声出さないでってば。黒幕になんか辿り着けないだろう……って、そりゃ大分、エドヴァルド様とか〝鷹の眼《たかめ》〟の皆とかをバカにしたやり方だとは思うけど、王族とその直属部隊なんて、見るからにムダにプライド高そうだから、そこはもう気にしちゃダメなのよ」

「いや、だけどなぁ……」

「大丈夫、昼間チラッとエドヴァルド様がここに来た時、もう既にかなりお怒りモードだったから」

何が大丈夫なんだ、とは私もファルコも思わない。

ガツンとやっちゃってください、と思うだけだ。

「ただ問題はね……」

レイフ殿下の派閥の総意としては、国王陛下《フィルバート》を孤立させた上で、玉座から追い落としたいはずだ。

そうなると、最大の障害は、誰がどう見たってエドヴァルド。

「私を楯《たて》に取った時に、エドヴァルド様に言うことを聞かせられる可能性——っていうのを、彼らは絶対に探りたいはずなんだよね。だから多分、その小手調べとしての『偽者の甥』だったんじゃないのかな」

「……っ」

背中越しにも、空気が変わったのが分かる。

分かってる。……それが、答えだ。

「やっぱ、そうなるよねー……」

――私は弱点になり得てしまう。

「いや、待て待て、何かおかしな方向に考えてねぇか!? そもそも楯《たて》になんて取らせねぇからな!?」

「――ええ、まったくです」

「ぴゃっ!?」

「うぉっ!?」

ひそひそ話をしていたはずの私とファルコの横に、いつの間にかセルヴァンが立っていた。

……〝鷹《たか》の眼《め》〟をビックリさせる家令って、一体。

「先ほどのことは、私《わたくし》も迂闊でございました。いずれの手の者にせよ、もう、この公爵邸内部には一歩も足を踏み入れさせません。邸《やしき》の外は〝鷹《たか》の眼《め》〟がおりますし、内部の使用人も皆が護身術を習得しておりますので、きちんとレイナ様をお守り出来ます」

「えっ、じゃあホントに私だけが足手まとい!?」

「違います、レイナ様。この邸《やしき》の主《あるじ》である旦那様や、旦那様の大切なお方《かた》であるレイナ様を、刺客と向かい合うような事態に陥《おちい》らせることこそ、我々、お仕えする側にとっては、あってはならないのです。それが、領を運営し、発展させようとしてくださるお二方に、我々がお返し出来ること――我々の矜持です」

足手まとい、と言ったところに、むしろ言葉をかぶせるように、セルヴァンが強い言い方をした。

ファルコも「ま、そうだな」と、片手で頭を掻きながら頷いている。

「何もかもを全て己で背負い込まれる必要などございません。先日、ミカ様も仰っていらっしゃいましたでしょう。自分は身体を鍛えるよりも、そちら方面は信頼できる人をこれから探して、任せるようにしたいと。レイナ様も、それと同じように考えてくださればよろしいのです」

適材適所。

六歳のミカ君を手本にしろと、セルヴァンに言われる日が来ようとは。

「……そっか、私、ミカ君に負けてるのか……」

「他人をあまり頼りにされないという点では、そうだと思います」

「う……胸に刺さる」

「エッカランタ伯爵に限らず、この後はギーレン国の第二王子歓迎式典と夜会に参加されます領の領主が、随時王都にお越しになります。そうすると、完全に邸宅《やしき》の中でレイナ様を囲い込ませていただくことに関して困難が予想されるのです」

「いや、素で監禁みたいなこと言わないで⁉　あぁ、でもそうか……王都に来られたイデオン公爵領内の領主とか奥様とか招いて、お茶会すれば、ガチガチの警戒は一回で済む……？」

何だか怖いコトを口にしたセルヴァンに慌てて代案を示せば、思いがけず刺さるところがあったのか、少し考える仕種を見せた。領主が来る都度、普段より警戒を厳重にしなければならないとなると、使用人達だって負担が大きいだろう。

「……左様でございますね」

国王陛下のお膝元なだけあって、高位貴族であっても、一定の決まり事はあるということなんだろう。

私が頷くと、セルヴァンが頷きつつ言葉を続けた。

「恐らくこちらから何もせずとも、レイナ様とお会いになりたいと仰る方《かた》は一定数でてくるでしょう。それをまとめてお茶会あるいは昼食会、晩餐会形式にでもすれば、多少急な招待であろうと、皆さまにもご納得いただけるような気はいたします」

「あ、いや、昼食会とか晩餐会とかは、だいぶ大げさな気が……式典のある時期にそんなことをしたら、王宮側に余計な勘繰りをされるかもしれないし――」

「その辺りは、夜、旦那様が戻られたら伺ってみましょうか」

えっと、セルヴァンさん？　何故そんなに「いいことを聞いた」的な表情されてるんでしょう？

「……何か知らんが、やっちまったっぽいな」

ファルコの一言に反論する術《すべ》を、私は持たなかった。


その後、王宮から戻って来たエドヴァルドの表情は、かなり、いや大分、疲れていた。

「エドヴァルド様？　式典と夜会の準備、大変ですか、やっぱり……？」

「ああ、まあ、それもあるが……レイフ殿下に探りを入れられた分、どうしてやろうかと色々手を回していたら、必然的に忙しくなった。ただ、己で分かっていてやっていることだから、そこはあまり気にしていない」

何の探りかと思っていたら、やはり私とシャルリーヌの関係や、私が公爵邸でどういう扱いになっているのか、何なら自分が後見してもいいとか、そう言ったことを遠回しに尋ねられていたらしい。

「売られた喧嘩は高く買うつもりだ」

どのあたりがエドヴァルドにとっての「喧嘩」なのかが私には分からなかったものの、前提が高値買取なのは、さすが宰相閣下というべきなんだろう。

「上手くいけば、貴女の初めからの希望を、ようやく叶えられるかもしれないしな」

「え？」

――妹と、関わらない人生。

私とエドヴァルドを隔《へだ》てている、最大にして唯一の壁。

それが、今回の件がうまく片付けば何とかなるということなんだろうか。

「上手くいかせたいものだ」

僅かに表情が緩んだエドヴァルドに、こちらの心臓がドキリと跳ね上がってしまう。

これでは、無茶をするなとも言えない。

「それで」

そんな私の動揺を、面白そうに見つめながらも、エドヴァルドは主題の方を忘れてはいなかった。

「エッカランタ伯一行が来た時、何があった」

「あ……はい」

聞かれて困る内容ではないつもりだったので、私は「甥」を名乗る偽者が公爵邸内部に探りを入れようとしていたことを、そのまま話した。

「エッカランタ伯爵が小声でこっそり教えてくださらなかったら、しばらくは甥なんだって、信じていたと思います。度胸も覚悟もある人格者だと思いますよ、エッカランタ伯爵」

オルセン侯爵だのアルノシュト伯爵だのコヴァネン子爵だのと、爵位を名乗る者として如何《いかが》なものかといった人達を多く見てきたせいか、余計にエッカランタ伯爵の常識人ぶりが際立っているように思える。

エドヴァルドも、私の評価を聞いて頷いていた。

「ラウーノ自身は当時の風潮からすれば珍しく、妻を一人しか娶《めと》っていないまじめな男だ。本人が清廉なせいか、息子二人もまともに成長したようだ。ただスヴァレーフで一定の収入があるとは言っても、長男――代替わりする前にラウーノの兄が作った借金は、まだ残っている。多分、貴女が作った料理に関しては、彼らも飛びついてくると、私は見ている」

「えぇ……」

「特許権申請が一件増えたところで、ヤンネの仕事が増えるだけだろう。貴女も願ったり叶ったりなんじゃないのか」

「……そう言われてしまうと『確かに』としか」

うっかり本音で答えた私に、話を振ったエドヴァルドも苦笑を浮かべることしか出来なかった。

「まあ特許権に関しては、明日改めて彼らから結論を聞けばいいだろう。それよりもレイナ、その、エッカランタ伯の甥を騙《かた》った男がレイフ殿下麾《き》下《か》の特殊部隊からの回し者だと、なぜ思った？ファルコからは、その男は依頼人を吐かなかったと聞いたが」

純粋に「疑問だ」という表情を見せているエドヴァルドに、私はゆっくりと説明を始めた。

「レイフ殿下がやりたいことって、結論この国――アンジェス国の乗っ取りじゃないですか。そのための資金として、アルノシュト伯爵を巻き込んで、銀を使おうとした」

その話を聞いて、ファルコが顔を歪める。私は彼を一瞬見てから、言葉を続けた。

「で、ギーレン国でパトリック王子に婚約破棄をされたシャルリーヌ嬢が出てくるわけです」

銀の資金洗浄をどうしようかと考えた時にでも、情報を得たのかもしれない。そうでなければ、何故クレスセンシア姫を輿入れさせたのかという、合理的な理由が見当たらない。

「シャルリーヌ嬢は利用できる。できれば、アンジェス国内に残しておきたい。かと言って、引きずりおろしたい国王陛下《フィルバート》に嫁がせるのも、もってのほか。陛下は、外戚が好き放題するのを許容される方《かた》じゃないでしょうから」

何しろ、以前の婚約者をあっさり処刑した前科持ちだ。

エドヴァルドも、無言で眉根を寄せただけで否定をしてこない。

「だから次は、陛下の右腕であるエドヴァルド様につけこめないかと、まず軽く様子を見るつもりで、アルノシュト伯爵夫人経由で、シャルリーヌ嬢の釣書を混ぜてみた」

少し前の話とはいえ、記憶には新しい。きっとレイフ殿下は、万が一にでもエドヴァルドがシャルリーヌに惹かれればと思ったに違いない。

「……舐めているのか、としか言いようがないな」

「まあ、正攻法で、エドヴァルド様が陛下を裏切らないことくらいは、誰にでも分かりますからね。そして釣書が突っぱねられて、シャルリーヌ嬢に色仕掛けをさせるのも難しいと分かった。なら突っぱねさせた相手——〝聖女の姉〟は、シャルリーヌ嬢経由で、殿下の派閥に付いてくれそうか？　エドヴァルド様が〝私〟を楯《たて》にされた時に、自分達の方に付いてくれそうか？　——その可能性を探ろうとしてくるんじゃないかって、話になったんです」

そうして差し向けられてきたのが、あの「偽者の甥」だ。

案の定でした、と答えた私に、エドヴァルドが短く息を呑んでいる。

「シャルリーヌ嬢もちょっと調べれば互いが親しくしていることくらいはすぐに分かるだろうって言っていたんです。だから私とシャルリーヌ嬢をすぐにどうこうするのは得策じゃないって、よっぽどじゃなきゃ分かるはず——と、思って」

「……つまり今日も、せいぜい探りを入れられるくらいで、他に実害はないだろうと、『偽者の甥』の前に平然と立っていた訳か」

「そうですね、そんなところです」

エドヴァルドはすぐには答えず、代わりに大きなため息を吐き出した。

「これが貴女でなければ、正しい判断だと、一も二もなく同意はするが……」

「エドヴァルド様？」

「その前に一つ言っておく。公爵邸にいる限り、貴女は楯《たて》にされる心配をしなくてもいい。ここの皆は、レイフ殿下の特殊部隊に大きく劣るような鍛え方はされていない」

言い切るエドヴァルドに、給仕している使用人達も、どこか誇らしげだ。

「その上で、だ。貴女を楯《たて》にされてしまうと、私は正直、公爵家当主として、あるいは宰相としての、取るべき態度を貫き通せる自信はない。もう、宰相室で初めて会った頃のように振る舞うことは――出来ない」

それは「エドヴァルド・イデオン」個人としての声であり、想いだった。

「私は――」

「もう遅いんだ、レイナ。今更貴女が私から離れようとしても……もう遅い」

遅い、を二度繰り返すエドヴァルドの目が一瞬、熱と欲を孕んだように見えた。

私は続ける言葉を失くしてしまい、思わず身体を強張らせた。

「そもそも殿下の牽制に、私は『貴女を手放す気はない』と返したからな。恐らく今日みたいな探りは、もう入って来ないだろう。それにアルノシュト伯爵夫人が殿下の正妃と交流があるようだから、私がどれほど貴女に溺れているか、妃殿下経由でさぞや針小棒大に語られていることだろう」

「溺れて……」

そう言えばアルノシュト伯爵夫人は、シャルリーヌに対してがっつりエドヴァルドが私を自分のものとして主張していた姿に背筋が凍ったと語っていたとか……

同じようにレイフ殿下の奥様に語っているだろうことは、想像に難くない。

っていうか、それ以外のところでも、知らない間に外堀埋めてません⁉

「レイナ。貴女が私の弱点と思う連中がいることは確かだろうが、ならば誰に喧嘩を売ったのかを、思い知ってもらうだけだ。――貴女もそろそろ、私がどうあっても貴女を手放す気がないことくらいは、理解しておいてくれないか」

「……っ！」

勘弁してください、宰相閣下の「圧」が怖すぎです――‼

「ああそれと、探りというか、私が何を言われたかと言う話の続きだが」

一応まだ、追い詰められてビクビクしている状態の私を、見守ろうとはしてくれるらしい。もう、歓迎式典と夜会まで大した日にちはないわけだから、ここまでくれば無理に「捕獲」はすまいと思っているのかもしれない。

無駄な足掻きじゃないかと、呆れるシャルリーヌの顔が目に浮かぶ。

「最初は『当代の聖女殿は、王宮で遊んで暮らしているともっぱらの噂だが、姉君とやらの教育の方は順調なのか』という話から入ってきていた」

「遊んで暮らしてる……」

会話をオブラートに包むことが多い王侯貴族の発言からすれば、直球もいいところだ。

本人の性格なのか、あるいは舞菜《いもうと》の行動がそれだけ目に余るのか。

私は思わず「はは……」と乾いた笑いを洩らしてしまった。

「基本的に聖女あるいは聖者に選ばれた者には、相応の後見貴族を付けて、教育を受けさせる。そして〝扉〟の維持が必要になった時のみ、王宮に出仕させるのが慣わしなんだ。だが今回は急な代替わりかつ、召喚先がこの世界ではなかったことが重なって、貴女の妹は王宮住まいとなった。予定では、ある程度のこの国の常識が身に付いたところで、慣例に沿わせるはずだったのだが」

「……当人が勉強しなければ、いつまでたっても王宮の居候扱いってことですよね」

いくら〝扉の守護者《ゲートキーパー》〟としての力があろうと、生粋の王族であるレイフ・アンジェス殿下からすれば、あまり好ましい状況ではないのかもしれない。

「聖女を味方にして王宮内での勢力を拡大しようとしたところで、本人が社交界にとても出せないような状態であれば、そうそう利用も出来まい。ある意味聖女の方も、無意識だろうが、有象無象の貴族どもにおいそれと利用されない状況を作り上げている訳だ」

「ああ……私の状況を聞くのと同時に、妹を利用出来ないかどうかも探りたかったんですね」

「こういう言い方もおかしいが、貴女の妹は、自分の耳に心地いいことを囁いてくれる方に靡《なび》きやすい。一見扱いやすいようで、だがそれは逆に、次から次へと宿主を変える可能性もあるということだ。手に入れた途端にギーレン国に持って行かれたりしたらどうする？　ただの道化だろうが」

確かに。何もしないことでかえって王宮の政治の道具にされずに済んでいるのか。

……大した皮肉だ。

そして、だからこそ、国王陛下《フィルバート》は妹を王宮でそのまま飼い殺しておきたいのかもしれない。

裏事情満載。お花畑要素ゼロ。それでいいのか、妹よ。

「すまない……そもそもが、身勝手な理由で喚《よ》んでしまった我々に言えたことではないな」

流石に言い過ぎたと思ったのか、エドヴァルドが、バツが悪そうに私から視線を逸らした。

この場では「いえ……」としか、私も答えようがないのだけれど。

日本で暮らそうが異世界で暮らそうが「働かざる者食うべからず」の論理は変わるまい。

本当に、日々やっていることが〝扉〟の維持だけなら、王宮で好き放題しているのは赤字を垂れ流しているも同然なんじゃなかろうか。

「教育は順調だが、姉妹でのまとめ売りは、ありえぬと心得てもらおう。少なくとも〝姉〟を手放すつもりは、私には毛頭ない。引き剥がしたいのであれば、相応の覚悟を――そう答えて帰って来たことだけは、貴女にも伝えておこう」

「……っ」

私はハイ⁉　と、思いきり目を見開いてしまった。

それ、どう考えてもレイフ殿下に喧嘩を売って帰って来てますよね――⁉

「言っておくが、公爵であるならばともかく、一国の宰相は国王以外の王族と同等、王子王女世代であれば、上ですらある。心配せずとも、不敬罪には当たらない」

「いや、そういう問題じゃ……エドヴァルド様が自分達の側に付かないと分かった時の、向こうの出方とか……えぇ……」

「貴女は私の与《あずか》り知らぬところで、自分の手で騒動の芽を潰したかったのかもしれないが、生憎だったたな。貴女の目の前にいるのが、どういう男なのか――もう一度よく考えた方がいい」

「……っ」

多分エドヴァルドは、自分の手で、レイフ殿下の叛乱計画を潰す気だ。

それも私が手を出せない、王宮と言う場において、法と倫理に反しないスレスレのところを突いて――これ以上ないくらいに、粉微塵に。

私が考える程度の小細工で、どうにか出来るとはとても思えなかった。

ものすごく長い溜息をついて肩を落とした私に、エドヴァルドが呆れたような視線を向ける。

「普通は、楽が出来ると喜ぶところだろう、そこは」

「すみません、根っこのところでは他人《ひと》任せに出来ない性格をしているので。そこはいち早く、適材適所を己で悟ったミカ君を見倣《みなら》えと、さっきセルヴァンにも言われたところです」

「……ミカ・ハルヴァラか」

私は真摯な反省の弁を口にしたはずなのに、何故かエドヴァルドの声色は、複雑そうなそれに変わっていた。

「……あれから自領に戻ったところで、式典と夜会の招待状が届いているのを見たらしい。自分一人で行くと、駄々をこねた——いや、違うな、自力で周囲を説き伏せて、ベルセリウスと一緒に王都に向かって再出発したそうだ」

「ええっ⁉」

ハルヴァラ家に関してはお家騒動のこともあり、今回は欠席であってもやむを得ない。むしろそうした方がいいだろうとさえ思っていたのに、まさかの参加連絡。

それも、ミカ君だけで参加とか。

気分は某「はじめての◯◯」的な子供を見守るテレビ番組。

……そうじゃなくて。

「え、いくら次期伯爵予定とは言っても、六歳の子供が式典とか夜会なんて参加していいんですか？」

「女性の〝デビュタント〟と違って、男性には明確な決まりがない。私のように早々に爵位を継げば、何歳だろうと参加せざるを得ない場合もある。ただ流石に、一人で家名を背負ってとなるとな……」

エドヴァルドでさえ、九歳か十歳、それも第三王子時代のフィルバートが同年代として参加していたために、目立つ要素が分散されていた部分があったのだと言う。

「まあ、ベルセリウス『侯爵』と行動を共にしている限りは、いらぬ誹謗中傷に晒《さら》されることもほぼないだろうが……」

普通なら誰かの入れ知恵を疑うところだ。けれどこの状況から言えば、いくらチャペックと言えど家令として反対の立場に回っていたはずだ。

だとすれば、ミカ君が一人で考えて、ベルセリウス将軍を口説き落としたことになる。

今回の騒動で心を痛めている母親のためにも、一人で公務をこなせるところをアピールしたいんだということらしい。

なんて健気な——いや、その前に。

「ミカ……本当に将来が侮れなくなってきたな……というか、私もチャペックに一言言いたくなってきたぞ……」

そうでしょう！　そうでしょうとも!!　ミカ君の子供らしさが薄れていっていること、分かってもらえて何よりです！

今度一緒に、チャペックをぶん殴りましょう！

## 第七章　これって社交《だんらん》ですか？

「昨日のことは、邸宅の者やレイナから聞いている。トーシュ、体調に不安が残るようなら、話の途中でも遠慮なく申し出てくれて構わない」

翌日午前、再び公爵邸へとやって来たエッカランタ伯爵と次男トーシュに、エドヴァルドもさすがに気遣わしげな声をかけていた。

伯爵の目配せを受けたトーシュが、静かに頭を下げる。

「ご無沙汰しております、公爵閣下。お気遣いいただき有難うございます。昨日頂戴しました塗り薬がことのほか効いたようでして、痛みは随分と治まってきております。父と共に、このまま話を伺わせていただきます」

話し方にも不自然なところはないので、本人の言う通り最低限のケガで済んだのだろう。よかった。

エドヴァルドも、見ていてそれが分かるのか「そうか」とだけ言葉を返すと、それ以上その話題に触れなかった。

「定例報告に関しては、事前に預かっていた書類で問題はない。不測の事態が起きなければ、あと数年のうちには、借金を返しきれるだろうと、私も推測している」

「有難うございます、公爵閣下。そう聞けば、領地の者も励みになろうかと存じます」

「ただ、昨日持ち帰った料理の件はどう思った。私は活用次第で、借金返済を早められると思っているが」

料理……ああ、エドヴァルドはきっと、ポテトチップスのことを言っている。

アレは料理なのか？　と思うのは、元を知る私かシャルリーヌくらいなんだろう。

話を受けたエッカランタ伯爵父子《おやこ》は一瞬顔を見合わせ、そしてやがて伯爵の方が、重々しく頷いてみせた。

「あの料理、ぜひレシピ化と特許権の取得を図らせていただきたいと、決断いたしました。ただ昨日も申し上げましたように、私ではなく、このトーシュと領地におります長男のオットー、二人で取り組ませたく思っております」

「ほう。独占販売権までは狙わないと？」

少し意外そうなエドヴァルドに、エッカランタ伯爵は「ええ」と気負うことなく答えた。

「スヴァレーフは当領地だけではなく、隣り合わせている領地とも土壌、栽培方法などを共有しております。固有のレシピを持つだけでも充分に利益が出ると見ておりますし、それ以上を望むといずれ閣下とコンティオラ公爵との間に、いらぬ火種を生みかねません」

なんでもエドヴァルドが生まれる以前に、エッカランタ伯爵領と隣接するコンティオラ公爵領下サンテリ伯爵領周辺で作物が疫病で死滅してしまい、大飢饉となった年があったらしい。

その際に、エッカランタとサンテリの領主がいがみ合うことなく手を組み、新たに天候に左右されにくい作物を――と苦心して育てたのがスヴァレーフ、つまりジャガイモだったそうだ。

つまり、実は既に「スヴァレーフ」の名称と栽培方法自体は、双方の領の領主連名で特許権があり、保護されているとのことだった。

いわば「ブランドジャガイモ」だ。

だからこそ今も、エッカランタ伯爵領は順調に、過去の借金を返せているのだ。

「そうか……それなら、コンティオラ公爵経由でサンテリ伯に話を通してもらって、サンテリ伯爵領にだけは無償でレシピを渡すくらいはした方がいいのか……」

「閣下のお手を煩わせてしまうことになりますが、出来ましたらそのようにお取り計らいいただきたく。私共も先祖代々の友好関係にヒビを入れずに済みます」

「ああ、それは構わない。そういう話であれば、むしろそれは公爵として、私がすべきことだろう。しかしコンティオラ公爵か……」

エドヴァルドが口元に手をあてて、少し考える仕種を見せたので、隣で私は首を傾げた。

「なにか問題のある方《かた》なんですか？」

「ああ違う、逆だ。国内五公が集まる場でも、あまり我先にと発言をされる方《かた》ではないんだ。サンテリ伯爵含め、どういった出方をされるのかが、正直読みづらい。だが、そんなことも言っていられないな。コンティオラ公爵とサンテリ伯爵を、昼食会後に個別に招くとしよう」

「え」

思わぬことを口にしたエドヴァルドに、私は目を丸くした。

「いいんですか？」

「昼食会は予定通りに、イデオン公爵領下の領主だけを集めて開けばいいだろう。そうすれば、特許権取得前の料理についても洩れはしない。その後で、エッカランタ伯とトーシュには残ってもらって、邸内の団欒《ホワイエ》の間で、別途試食と話し合いを別にするのが一番話が早い」

昨晩、レイフ殿下に関する話が一段落した頃、セルヴァンが、私宛に個別に面会申請が何件か来ているとエドヴァルドに告げていた。

どれも式典出席にあたって王都に行くので、会っておきたいというものだった。

特にオルセン侯爵夫人やキヴェカス当代伯爵などは、間違いなく今までの話を身内から聞いてのことだ。ならいっそ、まとめて一回、お茶会なり昼食会なり夕食会なりに招いてしまいたいと、私が望んだ話の行方が、各領の料理を、特許権申請前のものを含めて取り揃えての昼食会――ガーデンパーティーを開くところに落ち着いたのである。

昼食であれば皆、大抵予定は空きがちだからという話らしい。

各領主あるいは式典出席予定者が泊まる予定の宿は、あらかじめ公爵家で把握しているため、宿の方に招待状を出しておくことになった。返事もすぐに出せるからだ。

そもそも伯爵位以上の領主がほぼ揃う機会というのが滅多にない。国王の践祚《せんそ》や誕生日、王族の結婚、葬儀といった公式行事くらいのものなのだ。多少作法に則《のっと》っておらずとも、皆が顔合わせをする機会があるのならそちらを重視するだろうと、エドヴァルドも言った。

『まさか旦那様の方から、そのようなことを仰ってくださる日が来ようとは……』

などと、夜、感涙にむせぶセルヴァンやヨンナをエドヴァルドは見て見ぬフリを通していた。

今回のパーティーの主役は料理。食材よりも物が主要な産出物となる領は、それらを使った別の演出を考えればいい。いずれにせよ試食や使用感想を聞くのが主目的であり、各領主にもそれぞれアピールさせれば、余計な話を聞かせようとする馬鹿も、その場では湧いて出ないはず——公爵家当主としての顔で、エドヴァルドは言ったのだ。

それは確かに……と、私も納得した。

この期に及んで、自領の特産品のアピールよりもエドヴァルドへのゴマすりを優先するようなら、下手をすれば領主交代を命じられかねないだろう。

純粋なビジネスの場として、どの領の代表者も考えるはずだ。

ただ、もちろんエッカランタ伯爵にそれを説明はしていない。彼は不思議そうな表情で首を傾げた。

「恐れながら閣下、昼食会というのは……」

「ああ、今から説明する。各領の特産品を集めた試食会および商品の試用会を、式典前日の昼に公爵邸の庭で行うつもりだ。第三者の意見を聞いて、改良するいい機会だろう。無論、エッカランタ領のスヴァレーフを使った料理も何種類か厨房に作らせて、提供したいのだが」

「「え⁉」」

エッカランタ伯爵父子《おやこ》が、同時に声を上げて目を丸くした。

「不都合はあるか？」

「いえ、とんでもない！　式典前日の昼でしたら、特に予定もございませんし――」

「ああ、口頭で聞きはしたが、改めて招待状も届けるから案ずるな」

「その……昨日いただいた、新しい料理についても、お出しになる予定ですか？」

「そのつもりだ。我が公爵領内だけの会であれば、誰も外へは洩らすまいよ。それをやったら私がどう出るか、分からないような連中もいまい」

確かにエドヴァルドの不興を買ったらどうなるかなんて、皆さんきっと私以上によくご存知のはず。

アルノシュト伯爵だって、それは例外じゃないだろう。

「コンティオラ公爵には、後で私から伝えておく。そのうえでサンテリ伯爵を邸宅《やしき》へ招待しよう。エッカランタ伯とトーシュには昼食後も残ってもらい、スヴァレーフの新たなレシピの件は、そこで話し合えればと思っている」

急に色々と忙しくなりそうだとは思ったけど、公爵邸の使用人達は皆、嬉しそうだ。

社交能力の欠如を疑われていた自分達の主《あるじ》が自主的に動いてくれるとあって、張り切っているに違いない。

私もメニューを決めたり会場のセッティングを考えたりとか、色々手伝おうと内心で決意していた。


さて、昼食会と言う名のガーデンパーティーを開くとなってから公爵邸内部は目の回るような忙しさとなっていた。特にエドヴァルドは、式典前日に、宰相としての職務を一時横に置くために山ほどの書類を処理する必要が出てきたのだ。

「……エドヴァルド様、大丈夫ですか？」

傍目にも疲労の色が見えるエドヴァルドが、さすがに心配になって声をかけるけれど、どうも三日徹夜した私が何を言っても、あまり響かないらしい。

それどころか「夜会さえ終わってしまえば、視察旅行に出られる。あとは自由だ」などと意味ありげな微笑を浮かべて返される始末だ。ちなみに謹慎に乗じての「視察旅行」は、エドヴァルド経由で、いつの間にかセルヴァンやヨンナにも伝わっていた。

表向きは国王陛下から「謹慎」を喰らい、一ヶ月も公爵邸を留守にするというのに、こちらもなぜか嬉々として、パーティーと並行しての準備が進められていた。

ようやくだの、いよいよだの、意味不明な呟きも時々漏れている。

……きっとみんな疲れてるんだ、うん。

それから、卵を扱っていると聞いていたケスキサーリ伯爵領に関しては、老齢の領主の深刻な体調不良とのことで、式典および夜会には出席出来ない旨の連絡が入った。卵料理に関しては、王都のカフェに卵を卸しているので、トニ・キヴェカスに話を通せば、いずれケスキサーリ領にも伝わるだろうとの話になり、急遽代理でトニ&マーリン夫妻を招待することになった。

カフェの新メニュー候補に色々試せるだろうし、結果的にはそれで良かったのかもしれない。

リリアートとハーグルンド両伯爵領については、少し前の大雨で王都への街道が寸断されて、まだ馬車を出せない状態らしい。

領自体が孤立をしている訳ではなく、大回りをしたりすれば物資は届くようなので、そこまで深刻になってはいないそうだけど、開通している道は、どれも馬車が通れるほどではなく、現状、馬での行き来がやっととの話だった。

そのうちのリリアート伯爵領に関しては、ガラス工芸品で知られた領地とのことで、オルセン侯爵領とはワイングラスの卸入れを通じて横の繋がりが深いらしい。今回のフルーツワインのレシピ化に関しても、器はリリアートの物を使いたいとのオルセン側からの申し入れもあり、なんとか馬を用いて領地から出てくることにしたのだという。

土砂崩れで寸断された領の復興政策の一環として、ぜひとも話をしておきたいに違いない。

つまり最終的に、ケスキサーリとハーグルンド以外の領からは、誰かしらが来ることになったのだ。

そして今日、事前に届いた先触れにより、リリアート伯爵令息が到着すると同時にフルーツワインを試飲することが予定されていた。彼は、フルーツワインを自分の目で見て、自領のガラス工房でどんな器が作れるか、いくつかデザインをして帰りたいらしい。

さすがにガラスの器を馬で持ち運ぶのは危険なので、アクセサリーを複数見せてくれるそうだ。オルセン侯爵夫人が薦めたくらいだから、フルーツワインは出してしまってもいいんだろうと、エドヴァルドにもＯＫは貰ってある。

ガーデンパーティーに、夜会のダンスに――あれ、メインは〝蘇芳戦記〟のシナリオ強制力が働いて、王宮内でクーデターが起きることを阻止することのはずなのに。

いや、ここでイデオン公爵領内の領主達の間に横の繋がりを作っておけば、万一のことが起きた場合にも、エドヴァルドの逃げ道となり得る。これは必要な社交だ。

私はグリグリと、こめかみを揉み解した。

(うん、とりあえず目先のことから一つ一つ乗り切ることを考えよう！)

まずは、フルーツワインだ、と準備を進めていると、背後から声がかかった。

声の主に視線を向けると、そこには二十代半ばといった、茶髪のやや長めの髪を後ろでまとめている旅装束の青年がニコニコと機嫌よさげに微笑《わら》っていた。

「すみません。玄関ホールで出迎えてくれた家令か、家令補佐かな？　こっちに行った方が、僕の目的から言っても、話が早いだろうと言われて……ああ、ご挨拶が遅れました。リリアート伯爵家長子ヘンリです。今日はどうぞ宜しくお願いします」

「こ……れは申し訳ございません！　レイナ・ソガワです。当代〝扉の守護者《ゲートキーパー》〟――」

「ああ、堅苦しい挨拶は結構ですよ。ブレンダ夫人から手紙である程度は聞いていますので」

私の話を途中でぶった切ったヘンリ・リリアート卿は、そのましげしげと、庭の机に慌ててしつらえた小型のガラスボウルに入った白と赤のフルーツワインをそれぞれ眺め始めた。

「これ、ウチの基幹商品のガラスの器ですよね？　なるほど。で、中に入れられているのが、オルセン領から売り出される予定の……確か名前決まってないんでしたね、まだ。ふむふむ」

どうやらこのヘンリ青年、随分とマイペースな人らしい。

特に嫌な感じはしないのだけれど。

「赤と白、それぞれ酒精《アルコール》入りと抜きと、計四種類があるんでしたよね？」

「あっ、ええ。特に白の酒精《アルコール》抜き分に関しては、いずれ王都にあるキヴェカス伯爵家経営のカフェで取り扱ってもらえないかと、昼食会で提案する予定で」

「昼食会があるんですか」

「お泊りになられる予定の宿に、招待状を預けさせていただいております。イデオン公爵領内の各地名産品を使った、新商品の発表会を兼ねる予定で」

「ほう、それはそれは！」

ヘンリ青年の目が、一瞬輝いた気がした。

「分かりました！　もちろん、新たな器についてはおいおいですが、その昼食会とやらに関しては、リリアート領が定期的に器を卸しているレストランから昼食会にふさわしい器を借りてきましょう！　この器も、もちろん悪いとは言いませんが、事前に見て、話を聞いてしまった以上は、ぜひより良《よ》い品物を使っていただきたい！」

「ええっ!?」

「あ、そうでした！」

こちらにアレコレ話をさせる隙を全く与えずに、ヘンリ青年は肩にかけていた鞄の中から、複数の箱が入っている音がする皮袋を取り出すと、私にグイっと押し付けてきた。

「これがリリアート領のガラス製品の一部です。これらは装飾品ですが、技術はグラス、食器、花瓶と色々応用が効いているとご理解ください。それを見ていただくためにも、器、借りてきますので！」

「あ、あのっ、リリアート卿――」

「ヘンリで結構ですよ！　後でもう一度参りますので、その時に僕が一緒に飾りつけをします！リリアートのガラス細工とオルセンのワインを同時に引き立たせることこそ、僕がやるべきですから！」

イイ笑顔で親指を立てたヘンリはそのまま走り去って行ってしまい、護衛で付いているらしい三人が、こちらにペコペコと頭を下げながらも、主《あるじ》を追いかけていく。

「そうか……どうも既視感があると思ったら、性格がヘルマンさんそっくりなんだ……」

あまり貴族に向いていない、生粋の技術屋《しょくにん》。

将来大丈夫か、リリアート伯爵領。

何とはなしに、渡された袋の中から箱を取り出し、開けてみるとそれはそれは見事なガラス細工のペンダントやブローチ、イヤリングなんかが中に入っていた。

「ヴェネツィアンガラスっぽい……うん、これをデザインして作っているなら、技術はすごい」

「ヘンリ様にはご婚約者様がいらっしゃいまして、オルセン侯爵領内の大手商会のお嬢様だそうですよ。ブレンダ夫人が、ヘンリ様にはそのくらいしっかりした方《かた》がいいと、領内の子爵家の養女となさってから、ご紹介されたそうです」

半ば茫然とガラス細工を眺めていると、いつの間にか庭まで来ていたセルヴァンが、そんなことを教えてくれる。

「リリアート伯爵領とオルセン侯爵領って、随分と横の繋がりがあるんだ？」

「ワインとワイングラスは切っても切れない関係と、ブレンダ夫人はお考えのようですから。それにブレンダ夫人自身の実例がありますから、リリアート伯爵も、そのお嬢様が領政を継がれることに、あまり抵抗はお持ちではないようですよ」

「……なるほど」

そんな超絶やり手のブレンダ夫人が、今回はヨアキムに代わって、王都に出て来るというのか。

エドヴァルド曰く、間違いなく目的はヤンネ・キヴェカスへのちょっとした制裁だろうとのことなんだけど。

えーっと……私がいつか「ぎゃふん」と言わせる余地も残しておいてください、お願いします。

その後本当にとんぼ返りをしてきたヘンリは、丁寧に梱包された、少し深さのあるコンポート皿やグラスを、護衛と一緒に丁寧に、複数持って来ていた。

それらはいかにもなモザイク柄のガラスではなく、上品なレース柄の繊細な細工が施された器だ。グラスのステム部分には飾り花の細工まである、それはそれは見事な器だった。

どこのレストランか知らないけれど、よく借りられたなと思う。

これ、そのうちお店を利用してあげるとか何か、御礼をした方がいいような気がする……

そんな豪奢な器の周りに、ヘンリはユルハ伯爵領から、伯爵本人より先に届いた果実、シーベリーや、公爵邸の庭に咲く草花を上手く組み合わせて、あっと言う間に飾りつけてしまい、私も侍女さん達も、しばらく絶句して、それを眺めていた。まるで、テレビでよく見かけた男性華道家のようなセンスの良さだ。

シーベリー自体、南天をオレンジ色にしたような見た目なので、食品としての利用法はさておいても、フラワーアレンジメントの素材として映えるのだ。

「当日は、ぜひこのようにしていただければ。個別に注がれるグラスは、邸宅《やしき》でお持ちのワイングラスで宜しいかと思いますよ。欲を言えば、ステム部分をリボンか何かで飾っていただきたいところですが。では僕はそろそろ、宿の方にブレンダ夫人をお迎えして、今日のこの話をさせていただきますよ。昼食会、楽しみにしていますので！」

リリアート家とオルセン家は、どうやら宿が同じらしい。

貴族向けの宿がそれほど多くある訳じゃないだろうから、どこかで誰かは同じ宿に泊まることにはなるんだろうけど。

「レイナ様」

ヘンリが走り出す寸前、かろうじて器を借りたレストランの名前だけは聞き出せたけれど、今回も引き止め損ねてしまった。慣れているのかセルヴァンは、何事もなかったかのように羊皮紙の束をそっとこちらに差し出してくる。

「ヘンリ様と話をされている間に、ヤンネ・キヴェカス卿の使いの方が見えられまして……『バーレント伯爵に渡してもらいたい、会社設立関連書類だ』との伝言と共に、こちらを置いて行かれました」

「……ありがと」

今はそれ以外に言いようがない。何も知らないうちだったら「仕事の早い人」で純粋に評価出来たんだろうけど。

結局、キヴェカス伯爵家は領地から長男次男、バーレント伯爵と話をするためにヤンネ、ケスキサーリ伯爵領の代理とも言えるトニ&マーリン夫妻……と、パーティー参加者が領内一番の大所帯になっていた。もちろん式典と夜会には、長男次男で参加するそうで、現在領地は代理でヨーン・キヴェカス先代伯爵が領政を見ているとのことだった。

とりあえずキヴェカス伯爵家に関しては、私はカフェプロデュースについてだけ考えておこう。うん。

「ところでセルヴァンは、さっきリリアート卿が言ってたレストランって、知ってる？」

「先ほど……と言いますと〝アンブローシュ〟と〝チェカル〟でございますね？　ええ、名前だけでしたら」

さすがセルヴァン、王都中心街の情報も完璧に把握しているようだ。

「高い……って言う聞き方もおかしいかな。客層は貴族なのか、フォルシアン公爵家のチョコレートカフェや、キヴェカス伯爵家の乳製品メインのカフェみたいに、個室が用意されているのか――」

「結論から申し上げますと〝アンブローシュ〟は貴族専用、それも紹介のない貴族はお断りというほどに、王都内でも有数の、格式の高い店舗となります」

……ますます、よく器を借りられたなと思う。

「一方の〝チェカル〟に関しましては……そうですね、王都住まいの富裕層平民でも、ここぞと言う時に利用出来る程度には、まだ気軽かもしれません。中はもちろん、貴族用の個室があり、それなりの差別化はなされているようですが」

それが？　と言った表情をセルヴァンが見せるのも、ちょっと珍しい。

ヘンリが借りたんだから、返すにしても自分で責任を持てと言うことなんだろうか。

それはそうなんだけど。

「うーん……もちろん『借りたら返す』は基本中の基本なんだけど、さっきの様子だと、勢いに任せて製作者権限で器をぶん取って来たんじゃないかって疑いもあったりなかったり……」

セルヴァンが一瞬動きを止めた。まさか、とはセルヴァンもやっぱり言えないっぽい。

「だから、リリアート卿本人から返してもらうにしても、お詫びなりお礼なりを兼ねて、夜会が終わったら、両方のレストランを利用してあげた方がいいのかな——と、思ったり思わなかったり……」

聞いた限り〝チェカル〟なら、極端な話シャルリーヌを誘ったっていいのかもしれない。

ただ〝アンブローシュ〟は——

「……旦那様と、外でお食事を？」

「……そうなっちゃうよねぇ、やっぱり……」

そんな〝一見《いちげん》さんお断り〟みたいなお店、他に誰が行けるというのか。

私が一人で行くとか、エドヴァルドが一人で行くとかも、きっと却下だろう。

とはいえ、食材や器の卸売りに融通を利かせる程度だと、どうにも誠意が伝わりづらい気もする。

「……お嫌ですか？」

やめてセルヴァン、そんな悲しそうな表情《かお》しないで。

「ええっと……エドヴァルド様と行くのが嫌とかいう以前に、元居た国でも、そんな敷居の高いお店には行ったことがないというか、気後《きおく》れするというか……」

夜会並みのドレスが必要だろうにと思う。

「礼儀作法でしたら、公爵邸《ここ》に来られてからの教育で、もうかなり身についていらっしゃると思いますよ」

「…………」

「旦那様がご夕食をとりに戻られたら、お伺いしてみましょうか」

もう、最高潮に忙しいエドヴァルドだけど、よっぽど媚薬に懲《こ》りたのか、ここ数日は夕食を公爵邸でとって、また宰相室に戻ることを繰り返している。

今日もやはり夕方、王宮から一時帰宅で戻って来たので、とりあえず本日の報告としてリリアート伯爵令息の来訪の件を話した。

さすがに彼の行動には、エドヴァルドも驚かされたらしかった。

「なんて言うか、性格《なかみ》がヘルマンさんに似てません？」

「…………」

無言は肯定ってコトですよね、宰相閣下。

「あの……多分、器を借りたレストランには迷惑をかけている気がするので、夜会が終わったあたりで食事に行って差し上げるのが一番のお詫びというか御礼になるのかな、と……」

「食事？」

「あ、何ならシャルリーヌ嬢と行っても――」

そう言った瞬間に、エドヴァルドの眉間の皺が深まった。

「さすがに夜会の後すぐと言う訳にはいかないだろうが、数日と置かず行けるようには考えておく」

気後《きおく》れどころか、費用はとか、服装はとか、結局何一つ言えずじまい。

いつのまにやら決定事項になってました。

セルヴァンもヨンナも「やっぱり」って表情《かお》しないで！

❊　❊　❊

いよいよ、式典と夜会を明日に控えての、公爵邸でのガーデンパーティーの日がやって来た。

肝心の〝蘇芳戦記〟のストーリーとは全く交わっていない気がするものの、万一の時の緊急避難先として、各領主とコネを作っておくのだと思えば、何とかギリギリ頑張れる。

エドヴァルドは午前中、国王陛下と共に王宮でエドベリ王子を出迎えなくてはならないとのことで、お昼前ギリギリの時間に、一時的に公爵邸に戻って来る予定になっていた。

いよいよ来るのか、粘着質――もとい、油断ならない赤毛の王子様。

それはそれで気になるけれど、他国の王族が来たからと言ってテレビ中継されるわけでもないので、そこはもう夜会で「初めまして」となるのは仕方がなかった。目の前のパーティーに集中しよう。うん。

今日は、伯爵位以上つまりは「身分が高い方」を基本に招いているので、玄関ホールでご挨拶、開会時間までは団欒の間《ホワイエ》で待ってもらう形になると、ヨンナに言われた。

一番乗りで公爵邸に現れたのは、ディルクの義父――ハンス・バーレント伯爵だった。

もっともこれには意図があって、予《あらかじ》め「話をする時間が欲しい」と言われていたバーレント伯爵、ブレンダ・オルセン侯爵夫人、先代ではなく当代のキヴェカス伯爵に関しては、少し早めの訪問時間を伝えておいたのだ。

パーティーの場よりも時間を早めたことで、申し出を蔑ろにはしていませんと言う配慮を示したつもりだった。どことなくディルクに雰囲気が似ているのは、血のつながりはなくとも、長年諍いなく生活を共にしてきたからなのかもしれない。

「ディルクから話は聞いております。失礼ながら私もレイナ嬢とお呼びさせていただいても？」

「勿論でございます、バーレント伯爵。この度は、木綿製品に関わる会社設立の件、お聞き届けくださいまして深謝申し上げます」

特許を取るのは紙に関してだけれど、立ち上げる会社で取り扱う商品に関しては、木綿の生地製品も一部含ませるつもりなのだ。

でなければ、ヘルマンさんが持つ権利を侵害してしまうようなトラブルに発展する危険性が出てきてしまう。とりあえず、会社設立に関係する書類の束をセルヴァンに持って来てもらって、バーレント伯爵の前にそのまま置いてもらった。

「ヤンネ・キヴェカス卿には話が通っておりますので、内容をご確認いただいて、修正のご希望などございましたら、キヴェカス卿に直接ご連絡いただければ幸いです」

「承知した。この件に関して、貴女への連絡はなくていいと？」

「ええ。細かな変更となれば、キヴェカス卿の方が専門家でいらっしゃいますから」

……細かいコトは、ヤンネにぶん投げたとも言う。

実際に専門家なんだから、別に間違ったことは言っていない。

なんとも言えない、といった表情を伯爵が見せているのは、さてはディルクから何か聞いているのかもしれない。

私はニッコリ笑ってこの場は誤魔化しておくことにした。

「なるほどディルクが入れ込む訳か……」

バーレント伯爵が、一瞬声を潜めて何かを呟く。うまく聞き取れずに首を傾げると、バーレント伯爵は「いや」と首を横に振ってから、私を見つめた。

「レイナ嬢は……この先も、ずっと公爵邸にいる予定かな？」

不意の問いかけに、私は思わず目を丸くしてしまった。

「伯爵？」

「ああ、失礼。ディルクからは、当代聖女様の補佐たるべく、公爵邸で学ばれているところだとは聞いたのだが。やはりいずれ王宮に入られるのか、と」

団欒《ホワイエ》の間の中を、妙な緊張感が支配している。

特にセルヴァンとヨンナの表情が強張っていた。

「そこは……私からは何とも言えません。私も妹も、この国の社交外交には不慣れですから。妹が〝扉〟の維持に集中出来るよう、それ以外の部分を補佐してほしい――と言うのが国の意向のようですけれど、ただそういうことなら、少なくとも私は、四六時中王宮に居なくてもいいのでは……とも思いますし」

「なるほど……王宮次第、いや、公爵閣下次第というところか。これは確かに手強い。レイナ嬢、バーレント領は、丘陵地帯に小規模の村が幾つもあって、それぞれに、川底まではっきり見える透明な水が流れていく小川や、特徴的な石造りの外観を持つ家々があって、牧歌的な風景が広がるいい土地なんだ。事情が許すなら、ぜひ遊びに来てもらいたいと思っていてね」

木綿紙が作れる程なのだから、確かに、さぞや美しい景色が広がる土地なんだろうとの想像はつく。

そう言えば、南天を使った草木染めがあるくらいなのだから、近い見た目のシーベリーだって、もしかしたら使える可能性がある。

伯爵に少し持って帰って、試してみてもらおうかな、と私は内心で考えていた。

「……そうですね、機会がありましたら、ぜひ」

ただ、何だろう。

その「社交辞令」以外言えない、公爵邸内部に妙な「圧」がかかっていたことは否定できない。

公爵邸の使用人の皆さまがた、ナニモノですかと、しみじみ思う。

「――あら、バーレント伯爵、抜け駆けですかしら？　オルセン領も、別宅はともかく領地の方はとてもいい所でしてよ？」

バーレント伯爵との会話が一瞬途切れたそのタイミングで、落ち着いたグリーンのエンパイアラインのドレスに身を包んだ女性が、にこやかに歩いてきた。

茶色と言うより栗色に近い髪と、緑色の瞳――尋ねるまでもなく、ブレンダ・オルセン侯爵夫人だと分かった。王都商業ギルド長に負けず劣らずの、迫力美魔女……もとい、美女。

「ご無沙汰しております、オルセン侯爵夫人。当代陛下の践祚《せんそ》式以来でしょうか。領地でのご活躍は常々耳にしておりますよ」

「伯爵も私《わたくし》も、滅多に領地から出ませんものねぇ？　ご子息もお元気？」

「ええ、おかげさまで。こちらにいらっしゃるレイナ嬢のおかげで、近頃は特に次期伯爵としての自覚も持ち始めてくれたようで、父親としても、領主としても、喜ばしい限りですよ」

「……あら」

ブレンダ夫人の目が、すうっと細められている。

分かります。

バーレント伯爵、意外に怯んでませんよね。

さすが、義理とはいえディルクのお父様。見た目通りの人じゃないですね、絶対。

「ヨアキムが言っていたことは、どうやら本当のようですわね……ああ、私《わたくし》としたことが、ご挨拶が遅れてしまいましたわ。レイナ・ソガワ嬢でいらして？　オルセン侯爵領領主ブルーノが妻、ブレンダです。その節は本当に、本っ当に、一、族、の者がご迷惑をおかけしてしまいました。代表してお詫び申し上げたく、式典を機に押しかけさせていただきましたのよ」

一族の者……えーっと、それって一応、あのやたら煌《きら》びやかな父娘《おやこ》のコトでは……？

「……お察しの通り、私がレイナ・ソガワでございます。当代〝扉の守護者《ゲートキーパー》〟マナ・ソガワの姉として宰相閣下のご配慮で、公爵邸で学ばせていただいております。どうぞ身分相応に『レイナ』とお呼びくださって構いません」

頭を下げかけたブレンダ夫人をあえて遮るように、私はそう言って〝カーテシー〟を取った。

「本日は、イデオン公爵領の総合的な発展のため、各領主の皆様に、それぞれの領の特産品をご提供いただき、パーティー会場にて、新たな活用法を提案させていただいております。ぜひそれぞれに、忌憚《きたん》のない意見をお出しいただき、商品価値を高めていただければと思っているのです」

ブレンダ夫人はやや目を瞠《みは》りながらも、ウェルカムドリンクのグラスを受け取っている。

「庭のテーブルの一角に、バーレント伯爵領で開発中の新たな紙の試作品を、筆記具と共に置かせていただいておりますので、そちらにぜひ、それぞれの商品の感想をお書きいただきたいのです。皆様の感想を集計しましたものは、後日書面にしたためて送らせていただきます」

これにはバーレント伯爵も、目を丸くしている。

「我が領は今回、何もお出し出来ないかと思っておりましたが……」

「紙に関しては、筆記用の分もそうですけれど、厚手に作っていただいた見本分をカットして、コースターとして細工させていただいたりもしていますよ？　オルセン侯爵領のフルーツワインと一緒にお渡しする形で、そちら、キヴェカス伯爵家のカフェで取り扱っていただけないか、提案する心づもりでおりましたから」

「……っ」

「――レイナ嬢」

言葉を失くしているバーレント伯爵とは対照的に、ブレンダ夫人は、ドリンク片手に私の顔をグイっと覗き込んできた。

「あ、あの、オルセン侯爵夫人？」

ちょっと、お手持ちのウェルカムドリンクにも使っているシーベリーの実の話もしたいのですが……それはそれで、ユルハ伯爵領の特産品で——

「ブレンダでよくてよ。どうせ近々『夫人』の二文字は取れますもの」

夫人のさりげない爆弾発言に、私どころかバーレント伯爵までもが何も言えなくなっている。

確かにその話は、サラッとエドヴァルドから聞いた気はするけど……そうですか、いよいよアノ侯爵さまは実家に帰されるんですね。——本人が了承するかは、さておくとして。

「デ・ベール村のレシピを掘り起こし、他の領地でも同じようなコトを成《な》した上で、全体を見据えて、今回のようなパーティーを企画する——貴女、オルセン侯爵領に来てみない？」

「……えっと」

これはダメだ。話をこちらのペースに持っていけない。

そう思った私を慮《おもんぱか》ってくれたのか「オルセン侯爵夫人」と、少し立ち直っていたらしいバーレント伯爵が、間を置いてそんな風に私と夫人との間に割って入ってくれた。

「余計なお世話でしょうが、それはレイナ嬢の、その紺青色のドレスと宝石の贈り主が許さないと思いますがね」

近頃、例の〝青の中の青〟と呼ばれるブルーサファイアのネックレスを四六時中身に付けるようになってからこちら、エドヴァルドが私の首元に『赤い痕《キスマーク》』を残す機会は激減した。

他国家の王族や他の公爵領関係者までが来る夜会で、さすがにそんな痕は見せられないと思ったのかもしれないけど。

もちろん、それは今日も胸元を飾っている。私としても、あれほどあちこちに付いていた痕が薄まるなら、ネックレスの一つや二つ、喜んで付けますとも。ええ。

「それと、どうぞ我が息子のこともお忘れなく」

「あら。確かに、ヨアキムは既に諦めていたようですから、私《わたくし》が母として発破をかけようかと思ったのですけれど……ご子息はまだ諦めてはいらっしゃらない？」

「そのようですよ。意外に根性があったのだなと、嬉しく思っているくらいでして。いかがです、夫人。こうなったら二人で、公爵閣下に刺される覚悟で動いてみますか？」

茶目っ気たっぷりに片眼を閉じたバーレント伯爵、なかなかのイケオジぶりです。

というか、これは正しく交流が出来ている――ということになるのだろうか。

ブレンダ夫人も一瞬だけ言葉を詰まらせていたけれど、やがて「ほほほほ……！」と、扇を口元に添えて笑い出してしまった。

これぞ、正しい扇の使い方。

というか、現実で「ほほほ」って笑う人、いたんだ。

「バーレント伯爵がこのように愉快な方《かた》だったとは、私《わたくし》存じませんでしたわ」

どうも、私やエドヴァルドを引き合いに出して「貴族らしく」会話をしているようなんだけれど、私にはどのあたりが「愉快」なのかが分からない。修行が足りてないようだ。

「その……バーレント伯爵にも申し上げましたけれど、私はまだ、国の意向を確認せずに動くことが出来かねる身ですので……オルセン侯爵領にも、機会があれば伺いたいとだけ、今は言わせてくださいませ」

せいぜい、それしか言えない。

「あら、残念。そうね、国の賓客であり公爵閣下の賓客でもあると、息子も言っていたかしらね」

バーレント伯爵は優雅に微笑《わら》っただけなので、ブレンダ夫人も笑いを収めて、代わりに手にしていたグラスに一口、口をつけた。

「では、諸々の感想はその紙に書かせてもらいますわね」

「ええ、早速そのように言っていただき有難く存じます」

「そう言ってもらえるのは嬉しいわ。まだこのご時世、女の意見を取り上げてくださらない方《かた》も多くいらして、苦労が絶えないんですもの」

「………………」

えーっと、それは今からケンカを売るという予告でしょうか、予告ですよね。

今セルヴァンが、キヴェカス一家が来たって、小声で私の耳元で囁いたから。

「そうそう、バーレント伯爵も、今日のパーティーでは、今後ウチの領として力を入れていきたい飲料が置かれていますから、ぜひ忌憚《きたん》のない感想をお聞かせくださいませね」

「……ええ、間もなく私の妻も参りますので、二人で味わいたく思いますよ」

そっか、会社の話があったから、伯爵、先に一人で出て来たんだ。

何か今、切実に奥様に早く来てほしそうな顔色ですね。ちょっと気持ち分かります。

もしやこの後、修羅場……？

✻　✻　✻

「レイナ・ソガワ嬢！　この度は、大変申し訳なかった！　父ヨーンより事のあらましを聞き、現在キヴェカス伯爵領を預かる者として、とるものもとりあえず駆けつけた次第！　父の謝罪は謝罪として、我らからもこの通り、詫びさせてもらいたい！」

先代キヴェカス伯爵を思わせる大声と共に、キレイに九十度腰を折って頭を下げる先頭の男性の隣で、頭を押さえつけられているのが――ヤンネだというのは、分かる。

あと、一番後ろで申し訳なさそうに頭を下げた、トニさんとマーリンさんも分かる。

ああでも、きっとあの二人は、大声の主とその隣の二番目の弟さんと思しき二人の態度に対して「申し訳ない」と言っている。

なんというか、ノリが体育会系すぎて、ブレンダ夫人とバーレント伯爵が何ごとかと思うよね。

たまたまこの二人は、エドヴァルドやディルクを通して事の経緯を察しているけれど、本来であれば、自領の恥をわざわざ外に晒《さら》していることになってしまう。

それって、ただのヤンネに対する公開処刑。

無自覚じゃなく、意図してやったなら、私が対外的にそれ以上怒れなくなってしまう、見事な一手と言わざるを得ないんだけれど……これはきっと違う。

身内の体育会系のノリが分かっているヤンネも、きっと頭を押さえつけられた下で、不本意な表情を浮かべているに違いない。

いやはや、面倒くさいなぁ……キヴェカス本家。

「ええっと……キヴェカス伯爵とその弟様でいらっしゃいますよね？　どうか、聖女の姉と言う肩書きしか持たぬ者に、頭など下げないでくださいませんか？」

「はっ、す、すまない！　私が当代のキヴェカス伯爵ニルス、隣がすぐ下の弟フランだ。この愚弟や、後ろの叔父夫妻は面識があると聞いている！　この度は愚弟が本当に――」

「いえいえ、ですから伯爵に頭を下げていただく謂《いわ》れはございませんので！　先代伯爵様にも先日申し上げましたけれど、ヤンネ様には自らの職務に邁進してくださいということで、話は決着したと思っております！」

キヴェカス伯爵の謝罪を遮るように叫び返した私に、同じテーブルを囲んでいたブレンダ夫人が「あら、仕事で返せなんて、素晴らしくてよ」と、嫣然《えんぜん》と微笑んでいた。

「いえ、そんな恰好つけた話じゃ――」

「分かっていてよレイナ嬢？　これから、公爵領の優秀な法律顧問でいらっしゃるキヴェカス卿に、タダ働きで骨を折ってもらうつもりなのではなくて？　特に特許権は早い者勝ち。しばらくは寝る暇もなくなるんじゃないのかしら」

ブレンダ夫人の突然の爆弾発言に、驚かなかったのは発言者本人と私くらいのものだろう。

「……オルセン侯爵夫人。ネタばらし、しないでくださいませんか」

ちょっと私がいじけてみせると、夫人がやっぱり「ほほほ……！」と声を上げて、心底楽しそうに笑った。

「本当に、ブレンダと呼んでもらっていいのよ、レイナ嬢？　ごめんなさい、貴女じわじわとやり返すつもりだったのね？　それは悪いことをしたわ」

「……じわじわ、こっそり、です。気付いたら仕事に埋もれていてもらうくらいがいいな、と」

唖然としているキヴェカス家三兄弟やトニ＆マーリン夫妻らを置いて、私とブレンダ夫人との、聞こえよがしな会話は続く。

「いやだわ、素敵！　ああ本当に、貴女にはオルセン侯爵領に来て、私《わたくし》の補佐に付いていてもらいたいのに！　まだまだ息子にも全部を教えられていないから、この時期は忙しくて大変なのよ！」

「実父である先代侯爵から領政を仕込まれていらっしゃると、公爵閣下からは伺っております」

「ふふ。お茶会に行くくらいなら、ワイン農家との商談に行って来い！　って言うお父様だったから、おかげで途中までは刺繍も出来ないし、紅茶一つ優雅に飲めない、ダメダメ令嬢だったわね」

そう言いながらブレンダ夫人は、ゆっくりと顔をあげるヤンネに魔女の如く底知れない微笑みを向けている。

「ただ流石に途中で私も、自分の社交スキルが不完全なことに気が付いて、淑女らしいことも学ぶようになったのよ。だって私がお父様のように振る舞おうとしたところで、女だというだけで、まともに話も聞いてもらえない。だとしたら、商談相手の奥様から堕としていく方が話が早いと思うようになったのよ。私には、私にしか出来ないやり方がある——そう思ってね」

「……素敵です」

「あら、ありがとう。どこかの誰かにも聞かせてあげたいわよね？」

キヴェカス家三兄弟どころか、誰も言葉が出せずにいる。

エドヴァルドの「お灸」の効果は絶大だ。

「ああ、そうですわ。それから、私も優秀な法律顧問様に、お願いがございましたの」

明らかに面白がったブレンダ夫人が、さも、今思い立ったと言うように、追加の爆弾を落としにかかる。

「私《わたくし》、公爵閣下の許可を得て、近々離縁致しますの。オルセン侯爵家本家には、息子ヨアキムのみが残ります。次期侯爵位を継げるようになるまでは、私がいったん女侯爵として領地を預かる予定でしてよ。正式な裁判手続き、お願い致しますわね？」

「…………は？」

敬語を忘れたヤンネにも、夫人は動じない。

「ああ、こちらは正規の依頼料はお支払い致しますわよ、ご安心なさって？」

――団欒《ホワイエ》の間が、美魔女の息吹で凍りついた気がした。

そもそもアンジェス国は、宗教色があまり強くない。

特定の神様を信仰していないのだ。

そんな世界にある修道院はむしろ、日々の暮らしの安寧や争いのない日常を祈りながら、親を亡くした子供達や家族に虐げられた女性達が、肩を寄せ合って生活する――孤児院あるいは駆け込み寺的な要素が強い。

結婚も離婚も、手続きは公的な役所で執《と》り行われ、加えて結婚であれば、隣接するセレモニールームで結婚誓約書への署名や指輪交換等のお馴染みのイベントが展開される。

王族でもそれは例外ではないそうだけど、そこから王都内のパレードが執《と》り行われる点だけは、さすがと言ったところだろうか。

一方、離婚に関しては書類を提出して、婚姻関係の破棄を願い出るのが最初の段階らしい。

その後、夫婦のどちらかに不服がある場合には、いかにこの婚姻が成り立っているかという証言や、この破棄の申し出がいかに理不尽であるかを証言する書面などを添えたりするらしい。

要は高確率で夫婦どちらかがごねるため、婚姻の破棄を願い出て終わりとはいかないだろうとの話なのだ。

これをオルセン侯爵家にあてはめて考えれば、まあ、いくら今「侯爵家領主」としての仕事を実質こなしているのが夫人と息子だからと言っても、侯爵本人にしてみれば既得権益を剥奪されることになるのだから、そりゃごねるだろう。

本人の実家も侯爵家らしいけど、領主とただの一族関係者じゃ、扱われ方だって雲泥の差。

そのうえ、ごねればごねるほど、衣装代のことを含め、埃だらけの身体を叩かれることになる。

途中から、ただの離婚裁判にならないことは、既に目に見えていた。

裁判が長引くだろうことも鑑《かんが》みて、すぐにはヨアキムを次期領主とせず、ブレンダ夫人が女侯爵として、一時立つということなのだろう。

正義感の強いヤンネにふさわしい裁判案件だ――などと、後日笑っていたエドヴァルドとブレンダ夫人が、その時とってもとっても怖かったです。はい。

そんなこんなで、一瞬凍り付いた団欒《ホワイエ》の間の空気をどうしようかと思っていたところに――〝救いの天使〟は現れた。

「レイナ様――っ!!」

「……ミカ君？」

玄関ホールから走って来てくれたのかもしれない。

飛び込んでくるかと思って、ちょっと屈んでみたけど、ミカ君は目の前でハッと急停止した。

右手を胸にあてて、左手は少し横にずらしながら、右足を軽く後ろに引いて頭を下げる。

女性の〝カーテシー〟に相当する〝ボウアンドスクレープ〟──男性側の正式礼だ。

「遅くなりました。ミカ・ハルヴァラ、若輩者ながら、ハルヴァラ伯爵家を代表してこの場に参りました」

ミカ君、可愛すぎる。また一つ成長したんだね──などと思っている場合じゃない。

私もちゃんと〝カーテシー〟をお返ししなくては。

「過分なるお心遣いを有難うございます、ハルヴァラ卿。無事のお越し、祝着《しゅうちゃく》に存じます」

そのままミカ君は、団欒《ホワイエ》の間をぐるりと見渡して、同じ正式礼をとった。

「談笑の場を乱してしまい、申し訳ございません。ハルヴァラ伯爵家長子ミカと申します。母イリナの具合が悪く、今回、代理でまかりこしました。皆さま方とも、今後長きにわたるお付き合いをお願いしたく、本日はどうぞよろしくお願いいたします」

……あ、団欒《ホワイエ》の間の入口で親指を立てているベルセリウス将軍とウルリック副長、あなた方の仕込みですね、コレ。

まあ軍隊式に身体を鍛えるワケじゃないにしろ、礼儀を身に付ける点では悪いコトではないのかもしれない。貴族的な礼儀作法は、おいおいイリナ夫人なり家令なりが教えていくだろうし。

実際、ブレンダ夫人を始め、バーレント伯爵やキヴェカス伯爵も、微笑ましげにミカ君を見ている。

「初めまして、ハルヴァラ卿。私《わたくし》はオルセン侯爵夫人ブレンダ。普段は領地にいますから、なかなか会う機会はないのかもしれないけれど、よければいつでも訪ねて来てね？　ハルヴァラの白磁器は私《わたくし》も高く評価していますから、将来、力になれることがあるかもしれなくてよ？」

「有難うございます、侯爵夫人！　その、今、レイナ様と母上との間で、新しいデザインの話が出ているのです！　試作品が完成したら、ぜひ皆さまにも見ていただきたいと思っていて……今日は従来の食器を出させていただいているんですけれど、その際はぜひ個別にお会いいただきたく宜しくお願いします！」

「……あらあら、まぁ」

この場では最も高位である侯爵家のブレンダ夫人が最初に挨拶をしたものの、思わぬ返しを受けて、目を丸くしていた。

そうなの？　と、ブレンダ夫人がこちらを向いたので、私も慌てて片手を振った。

「その、私がデザインをする訳じゃないんです。家紋とか領の花とか、少し模様の入った、新たなシリーズ商品を展開してみませんか？　ってお話をして、まだ了承をいただいたばかりなんです」

「あら、でも新たなシリーズ展開って言うのは、将来を考えての堅実な目の付け所ではないかしら。そういうことならハルヴァラ卿、領主館の門戸はいつでも開けておくから、納得のいくデザインが出来上がったら、いつでも持って来てもらって構わなくてよ？」

「本当ですか⁉　はい、その際はぜひ！　領民一同、開発に全力を注ぎますので！」

おお、ミカ君がちゃんと「営業」してる！

ウチもいつでもどうぞ、とバーレント伯爵も微笑んでいるし、キヴェカス伯爵も「領地ではなかなか需要がなさそうだが、叔父のカフェなら、いつでも持って行ってくれ！」なんて言っている。

あっ、言質いただきましたよキヴェカス伯爵！

新生ハルヴァラ白磁は、最初はキヴェカス家のカフェにロックオンしてるんですからね！

……ヤンネの魂がどこかに飛びそうなのは、見て見ぬフリ。

貴方より先に、チャペックがまず十二分に骨を折るので、この話が回るのは、もうちょっと後ですよー……なんてことは、教えてあげない。

でも、良かった！　凍り付いていた空気が、一気に春の雪どけになった！

そうそう、団欒《ホワイエ》の間って本来は和やかに談笑するところなんですから！

「あっ、レイナ様！　僕、公爵閣下にも挨拶をしないと！」

私の前で話すミカ君は、まだまだ子供らしさが残っている。

うんうん。最初から最後まで畏まらなくても、ミカ君はまだ大丈夫だからね！

「閣下は、朝から王宮のお仕事があってね？　でも、もうパーティーが始まるから、もうすぐ戻って来られるはずなんだけど――」

ちょうどそんな話をしていると、ちょうど邸宅《やしき》側の扉が開いた。

「――噂をすれば、かな」

エドヴァルドも、なんとか王宮を一時抜け出ることが出来たようだった。

料理テーブルにはプリン、スヴァレーフを用いたポテトチップス、それに繊細な細工が施されたガラスボウルの中に、赤白それぞれのパターンでフルーツワインを置いた。もちろんお酒が飲めない人や子供のための、その葡萄ジュース版もある。そのほか、ふわふわオムレツ……などなど。

もちろん、銀食器や白磁の食器を料理が映えるよう盛り付けながら使用してある。

残念なのは、ユルハ伯爵の到着が式典ギリギリになるとのことで今日のこの場には間に合わなかったことだ。

それでもシーベリーのジュースは用意したし、飾りつけにも使った。

現時点で、出来る限りのことは全部やったと思う。うん、私は頑張った。

一応アルノシュト伯爵夫妻も、ちゃんと夫婦で参加していた。

他の領地の特産品と銀食器との組み合わせというところで、気にはなったらしい。

エドヴァルドは各家の代表者と税収報告の補足の話をしたり、バーレント伯爵と会社設立の話をしたりとしているので、私はキヴェカス家のトニ＆マーリン夫妻に、カフェにどうかと思う料理やコースターなんかの説明をあれこれとした。

それを横からブレンダ夫人やキヴェカス家の三兄弟などが、それぞれ興味深そうに耳を傾けている。

ベルセリウス将軍は、今日は「侯爵」としてミカ君と一緒に参加者全員への挨拶回りをして、今は一番最後に会場に現れた、アンディション侯爵夫妻と話し込んでいるようだった。

アンディション侯爵夫妻、ミカ君を見る目がすっかり孫を見るお祖父ちゃんお祖母ちゃんです。

ちなみにユリア・アンディション侯爵夫人は、到着した時にこっそりと、以前にシャルリーヌが絶賛していた〝ルーネベリタルト〟を差し入れてくれた。

「落ち着いたら、シャルリーヌ嬢とぜひ邸宅《やしき》の方へ遊びにいらしてね」

今でこそ侯爵夫人を名乗っているものの、元はフォルシアン公爵家から嫁いだ大公妃。王都商業ギルド長やブレンダ夫人とはまた違う品格と知性を滲ませる奥様です。

「――レイナ様！」

そうしていつの間にか、アンディション侯爵夫妻との話のキリもついたのか、ミカ君がこちらへと急ぎ足でやって来た。

「ミカ君、もう皆さんとはご挨拶出来た？」

「うん！　……じゃなかった、はい、大丈夫です！　将軍……ベルセリウス侯爵閣下にも、あとは帰るまで自由にしたらいいと言ってもらいました！」

そうか、将軍もウルリック副長もまだ独身らしいけど、軍の中で新人を指導したりするわけだから、教育面では逆にミカ君のいいお手本になっているのかもしれない。

「そうなのね。じゃあ、気になる食べ物はあるかな？　後で紙を渡すから、王都滞在中に感想をレポートにして、返してほしいの。お願いしてもいい？」

「もちろん！　あ、でもレイナ様、このお料理とか飲み物とかの絵って、誰かに書いてもらえたりしないのかな……？」

「絵？　どうして？」

「ハルヴァラ領に持って帰って、母上とチャペックに見せるよ！　こんな料理に合う器とかグラス……って伝えた方がいい気がするんだ！　でも僕、絵は全然上手くないし……」

待ってミカ君、じっと見ないで！　そんなの、私にも描けないから！

どうしようかと、ちょっと笑顔が固まっていると、ふと横から、リリアート伯爵令息――ヘンリが助け船を出してくれた。

「ミカ君、ちょうど今、僕もあのフルーツワインに合う器のデザインを考えたりするのに、スケッチしようと思っていたから、気になる料理があれば、ミカ君にも描いてあげるよ」

「ホントですか!?」

「僕はガラス職人だから、デザインも手掛けるしね。レイナ嬢、あのアンケート用の紙を少し余分にいただいても？」

「え、ええ、もちろん！」

「ねえミカ君、今度ハルヴァラ領に行ってもいいかな？　色々なデザインを見ておくのって、いい刺激になると思うんだ。もっと大きくなったら、君も逆に絵が描ける誰かと一緒にリリアート領においで」

「あっ、はいぜひ！」

……仕事が関わると、途端に真っ当に話が出来るあたり、彼はやっぱりヘルマンさんそっくりだ。

「フルーツワインやヨーグルトなんかは、器は透明な方がより見ている方《かた》にアピール出来るからね。ミカ君には残念かもしれないけど、そっちはリリアートのガラスの方が向いていると思うよ」

なるほど分かりました！　と、ヘンリのアドバイスにミカ君は素直に頷いている。

そしてきらきら笑顔のまま、ミカ君が私の方を向く。

「レイナ様、僕やっぱり王都まで連れて来てもらって良かった！　色々な人に会えて、いっぱい勉強になったよ！」

「そう、良かった！　あ、じゃあ式典と夜会が終わって帰る前に、中心街の〝カフェ・キヴェカス〟にも行こうか？　さっきご挨拶したと思うけど、あそこにいらっしゃるトニさんとマーリンさんご夫妻のお店。お店でしか食べられないケーキとアイスクリームがあるんだよ？」

「え、そんなのあるの？　行きたい、行きたい！　あいすくりぃむ……？　って、僕、聞いたことがない！」

「そうなの？　アイスクリームって、王都限定なのかしら？」

首を傾げた私に、その場でさっそくスケッチを始めながら、ヘンリが情報をプラスしてくれた。

「というよりは、王都では〝カフェ・キヴェカス〟とロヴィーサ通りのチョコレートカフェ〝ヘンリエッタ〟と王都最高級レストラン〝アンブローシュ〟の三軒でしか出せていないはずですよ。確か物資運搬用の小規模転移装置を持っているのが、その三店舗しかないとか。氷に不自由しない地方領地だと、もう少し気軽に口に出来るようですが」

さすが、ガラス食器の営業で度々王都に来ているらしいヘンリだ。持っている情報が細かい。

「詳しいですね、リリアート卿！」

「ヘンリで構わないよ、ミカ君。僕も勝手に『ミカ君』なんて呼んでるわけだし。アルノシュト伯爵や僕みたいに食器を扱う領地の人間は、ある程度王都のレストランの情報を把握しているからね。ハルヴァラ領も将来を見据えて、領地で依頼を待つだけじゃなくて、積極的に宣伝に出るのも考えておいた方がいい」

営業……しているのか、アルノシュト伯爵？

私のそんな疑問には気付くことなく、ヘンリとミカ君の間には何やら通じるものがあったようだ。

いずれ絶対リリアート領に行きます、なんてミカ君も約束している。

まあ、デザインとか使用用途の勉強だって言うなら、その時になれば家令であるチャペックが上手く参加人員のやりくりくらいはするだろう。

「あっ、ベルセリウス侯爵閣下に、帰る前に〝カフェ・キヴェカス〟に寄りたいって、後でお話ししておかなくちゃ！」

何気なく叫んだミカ君に、私もハタと、今回将軍が彼の保護者代わりになってくれていることを思い出した。カントリー風カフェに公爵領防衛軍の長《トップ》は、果てしなく似合わない。

そのことに気付いた私は、乾いた笑い声を漏らしてしまった。

ウルリック副長だけ付き添いってワケにもいかないだろうし、しょうがないのか。

それともせめてシャルリーヌを伴うべきか、私はしばらく真面目に考え込んでしまった。

――それから、場が一段落をし、パーティーの開会に関しても閉会に関しても、挨拶はエドヴァルドに丸投げしていたのに、都度呼ばれて隣に立たされるのだけは、どうにも回避出来なかった。

……腰に手を回されていては、逃げようもないし。

ただ最後、式典の方には私は出ないことと、夜会においては「聖女」と共にエドベリ王子に付いているよう陛下から求められているため、話しかけるのは控えてほしいと、エドヴァルドは皆にお願いをしていた。

なるほど、それは確かに不自然な依頼の仕方じゃないと私もそこで納得した。

「レイナ。少し話がある」

会が終わり、一部の居残り組を除いた参加者を見送る途中で、エドヴァルドからそう囁かれたので、いったんその奥の応接室に入る。ついでにアンディション侯爵夫人から貰った〝ルーネベリタルト〟を何個かお皿に載せて出してもらって、珈琲と一緒に話を聞くことになった。

エドヴァルドが見慣れぬケーキに驚いたように目を瞬く。

「レイナ、これは？」

「アンディション侯爵夫人からの差し入れです」

シャルリーヌ絶賛〝ルーネベリタルト〟は、小さな円柱型の茶色いスポンジケーキのような形状で、上にはジャムと生クリームが載せてあった。私のイメージしていた「タルト」とは少し違うけれど、それでも今、軽くつまむのにはちょうどいい。

「えっと……それで、話と言うのは……」

「ああ、すまない。その前に、今日のパーティーに関しては、色々と感謝している。これまで、各領主とは定例報告や公式行事で、それぞれに言葉を交わす程度だった。横の繋がりが広がるのは、改めていいことなのだと再認識をした。まずは御礼を言わせてもらいたい」

軽く頭を下げてくるエドヴァルドに、私はあわあわと両手を振った。

「あ、いえ、それは……私のことは気にしてもらわなくて大丈夫なんで、使用人の皆さんに臨時手当でも出してあげてください」

「そうだな、そうしよう」

そう言って、エドヴァルドが一瞬だけ表情を柔らかくしたものの、その笑みはすぐに消えた。

「……レイナ、コンティオラ公爵達との話が終わったらすぐ、私と王宮に行ってほしい」

フォークで〝ルーネベリタルト〟を一口サイズにしようとしている途中だったので、エドヴァルドの言葉を聞いて、フォークをそのままお皿に勢いよくぶつけてしまい、ガチャンとマナーに反した音が鳴った。

「……すみません」

「いや。その……以前にフィルバートが、夜会でボードリエ伯爵令嬢と踊ることに関して話がしたいと言っていると、伝えたことがあっただろう」

そう言えば、そうだったかもしれない。

「それでようやく、今日の夕方時間が少し空きそうだと言って、パーティーが終わり次第貴女を連れてくるように言われた」

「……なるほど」

シャルリーヌが、エドベリ王子を蛇蝎《だかつ》の如く嫌っていると、エドヴァルドを通して聞いているはずだから、その辺りの経緯を聞きたいのかもしれない。

まいった……それだとどこまで話していいやら、シャルリーヌ本人に確認する時間がない。

「私と共に二階の臨時の転移扉から宰相室に入ればいいし、帰りもそのつもりでいる。ただ――」

「ただ？」

「貴女とフィルバートが話をする場に、今日の私は同席出来ない」

そう言ったエドヴァルドの表情は、これ以上はないくらいに、苦さと後悔に歪んでいた。

「エドヴァルド様？」

「レイナ。今日、アルノシュト伯爵夫妻が想像以上に静かだっただろう」

さすがに話が見えないので、私は「そうですね」とだけ相槌を打つ。

実際、今日出された物へのアンケートを、自領分以外に書いてもらって受け取った以外には、私やエドヴァルドが相手でなくとも、挨拶程度にしか話をしていなかった気がする。

「実は、とある姫の持参金で銀を大量に購入しようと目論《もくろ》むとある商会があったようなので、一時的に別方向からアルノシュト伯爵との銀の取引を遮断した。帳簿上、今は大口の取引を失った形になっていて、資金繰りも怪しくなってきているはずだ」

「――!?」

エドヴァルドの言ったことを一言一句理解した私は、大きく目を見開いた。

私は、ハルヴァラの白磁器を発展させてアルノシュトの銀の優位性を崩すために、複数年かけての計画を立てたはずだった。それを目の前にいる宰相閣下《このひと》は、銀相場を混乱させることでレイフ殿下とパトリック元王子の間で目論《もくろ》まれた資金洗浄の輪を直接的に切断してのけたのだ。

とある姫とは、クレスセンシア姫。とある商会とは、レイフ殿下とアルノシュト伯爵をつないでいるボードストレーム商会のことに違いなかった。

「エドヴァルド様……!」

「資金が枯渇すれば、子飼いの兵だっていつまでも抱えておけなくなる。間違いなく、王宮で騒動を起こすには人数が足りなくなるだろう」

ただ、それでも確実に騒動の芽を潰せるわけではないとエドヴァルドが続けた。

「そこで泣きつきたくなったのかは知らんが、レイフ殿下からの面会要請が届いた。それがちょうど、国王陛下《フィルバート》が貴女を呼んでいるのと、被るんだ」

はたと動きを止める。それは――

「何を考えているのかはさておいても、間違いなくフィルバートは、あえて今の状況に面会をねじ込んできた。私に口を挟ませたくない何かを、彼は言い出そうとしている」

というか、エドヴァルドが打った策をも見透かされたのでは。

無言の私の表情を、エドヴァルドは正確に読み取っていた。

「まあ、レイフ殿下の下から抜けた連中が、陛下の護衛騎士部隊の方に駆け込んだなら、自《おの》ずと知られはしただろうな――だから」

そう言ったエドヴァルドの手が、テーブル越しに私の頬に伸ばされて――滑り下りた手が、胸元のネックレスの上で止まった。

「このドレスとネックレスのままで王宮に行ってもらう。陛下はこの程度で怯むような男でもないし、襲われる心配より殺される心配をしなきゃならないが……もしかすると、この私が執着していると面白がって、企みを思いとどまるかもしれない。やらないよりはマシと言った保険でしかないが、頼まれてくれるな」

襲われる心配より、殺される心配。

何それ――なんてことはいえない、サイコパスな陛下が相手では。

シャルリーヌの時もそうだったけど、フィルバートが動く基準の一つは「面白いか否《いな》か」だ。それは間違ってない。

だけど、エドヴァルドは知らない。

フィルバートは一度自分の懐に入れた人間が自分を優先させることを好む。もしも、フィルバートが私をどうこうしようと思わなかったとしても、確実に次の矛先は――エドヴァルドに向く。

「……ええ……」

これなら、レイフ殿下を相手にする方が余程マシじゃないか。

私は思わず天を仰いだ。

## 第八章　躊躇《ためら》わない人々

昼食会後の、コンティオラ公爵やサンテリ伯爵らを加えての会談は、思ったよりもスムーズだった。

もともとエッカランタ伯爵領とサンテリ伯爵領との間にはこれといったわだかまりもないため、新たな〝スヴァレーフ〟の活用法と言ったところで、特に反発を招くこともなかったのだ。

コンティオラ公爵の目元に物凄いクマが出来ていることと、びっくりするくらい小声で話す人だというのが印象に残ったくらいだ。

典礼関係の責任者とのことだから、きっとエドヴァルド並みかそれ以上に今、忙しいんだろう。

「……レイナ？」

それから二階へと移動し、エドヴァルドが開けた書斎の奥の扉の向こうは、ただ、闇が広がっているように見えた。

いきなり図書室から引きずり込まれたあの日の感覚が蘇るようで、やっぱり私はこの〝扉〟を好きになれない。

「すまない。馬車を出している時間がないんだ」

私が怯む理由を、エドヴァルドもよく分かっている。

私の右手をとって、そのまま指と指をしっかりと絡ませた。

「この手は離さない。少しだけ、我慢してくれ」

耳元でそんなことを囁かれると、うっかり甘い方向に転がっていると勘違いしそうで、落ち着くどころか、かえって心拍数が上がってしまう。コクコク頷く私に、一瞬だけエドヴァルドの口元が綻《ほころ》んだように見えたけど、それも本当に、一瞬のことだった。

グッと手を引かれた瞬間、書斎と暗闇がマーブル模様の如くグルリと回転して、足の裏に当たる床の感覚が変わる。

ああ、移動したんだ——そう思った瞬間、私の視界は宰相室の奥の控室ではなく、エドヴァルドのウェストコートで、覆い尽くされた。

「エドヴァルド様⁉」

「……黙って私に合わせるんだ」

抱きすくめられたと認識した私が離れようとすると、腰に回った手に力が入った。

……何やら、部屋の外がバタバタと騒がしい。

えーっと、これはアレですか、弾除けですか？　ですよね？

宰相室にまで乗り込んでくるとか、一体——そう思っていると、肩に回っていたはずの手が頭の後ろに回って、そのまま完全に身動きが取れなくなった。

「……⁉」

ちょっ……いくら弾除けでも、宰相室でキスはやり過ぎじゃないですかっっ!?

——なんてことはもちろん、唇を塞がれて言えるはずもなく。

離してほしい！　と、押し退けようにもビクともせず。

そうこうしているうちに、控室の扉がノックもなく、音を立てて開けられてしまった。

「聖女様お待ちください！　閣下はまだ——」

「レナちゃん！　フィルが迎えに行けって……えっ？」

結果として、舞菜《いもうと》とシモンの前で、誤解のしようがないキスシーンを晒《さら》すという、踵《きびす》を返して今すぐ帰りたい事態に陥《おちい》ってしまっていた。

「相変わらず……貴女の妹は礼儀作法が身に付いていないようだな、レ、イ、ナ、」

これは、私に話しかけているようで、そうじゃない。

礼儀作法が身に付いていない舞菜を暗に詰《なじ》りながら、私を持ち上げて——なおかつ私を呼び捨てることで、自分がどちらに重きを置いているかを突き付けている。

閣下、そんな高等技術《テク》は妹には通じません。

多分、見たままの光景にしか捉えられないと思います。

「エドさんとレナちゃんって……そういう関係？」

そういうって、何!?　と、さすがに口を開きかけたところで、エドヴァルドが自分の人差し指を、私の唇の上へと載せた。

そのまま舞菜に鋭い視線を投げたため、私どころか舞菜もシモンもそれ以上口を開けずにいる。

「まるで勉強をしない誰かの代わりに、私の邸宅《やしき》で随分厳しい教育にも耐えているんだ。まして一つ屋根の下にいれば、そういうことにもなるだろう」

「……っ」

待って、待って！　何言ってるんです、この宰相サマは!?

ってか、誰が妹を煽れと言った――っ!!

私が顔を痙攣《ひきつ》らせながら舞菜を見れば、案の定、妹はちょっとムッとした表情で、エドヴァルドを見ていた。

ああ、そうだ。妹はいつだって、誰からも、チヤホヤされたいのだ。

たとえそれが、自分が一番苦手なタイプであろう、エドヴァルドが相手であっても。

まして、よりによって自分よりも姉《わたし》を優先するなどと、面と向かって言葉でも態度でも示されて、愉快でいられるはずがない。

「誰か」が誰のことなのか――といった、裏からの仄《ほの》めかしは妹には通用しない。ただただ、自分が蔑ろにされたという目の前の事実が、舞菜を不愉快にさせている。

「じゃあレナちゃん、フィルが呼んでるって私ちゃんと伝えたからね？　きっと明日の夜会の件だと思うの。それだけエドさんに親切にされているんだったら、明日も大丈夫だよね？　よろしくね？」

プイッとこちらから顔を背けるようにして、妹はそのまま宰相室を出て行ってしまった。

……あの、もしもし？　陛下に言われて迎えに来たと言っておきながら何をしているのか。

迎えに来たからには、連れていくまでが一連の頼まれごとじゃないのか。

妹の護衛らしき青年が慌てて後を追って行っても、私もエドヴァルドもシモンも、それを追いか

けることはしなかった。

「ちょっ……エドヴァルド様っ‼」

それよりなにより、扉が閉まったのを視界の端で確認した後で、私は思わずエドヴァルドの胸倉を、思い切り両手で掴んでしまっていた。

「何やってるんですか、いったい⁉　私は妹《アレ》を煽るなってお願いしてましたよね⁉　誰が逆のコトをしろって言いました⁉」

シモンはまだ茫然と、控室の入口で私とエドヴァルドを見たまま立ちすくんでいるけれど、私もそれどころじゃない。

あのまま妹に国王陛下の所に駆け込まれて、無いコト無いコト告げ口されたらどうしてくれるのか！

「――それが狙いだからだ」

しれっとそう、私に言葉を返したエドヴァルドも、舞菜とは別の意味で、副官シモンの存在はまるっと無視していた。

「アレには『どうやら〝扉の守護者《ゲートキーパー》〟の能力を持つ者が他にも現れたらしい』とさりげなく耳に入るように仕向けておいた。……ああ、誰がとまでは耳に入れていない。それで、これまで〝転移扉〟を維持出来るのが自分だけという事実の上に胡坐《あぐら》をかいていた聖女が、どう動くかと思ってな」

「……っ」

「レイナ。私は貴女の望みを忘れている訳ではない。むしろそのための布石と思っておいてほしい。

陛下との話が済んだら、内容は私にも聞かせてくれるな？　打った布石の続きは、その後でまた考えるつもりだ」

「……分かりました……」

宰相室の外から、誰かが扉を叩く音がその時聞こえた。

我に返ったらしいシモンが慌てて、訪問者を確かめに行く。

「あの、エドヴァルド様……レイフ殿下との話の内容も、後で教えてくださいますか……？」

訪問者の予想がついた私がそう言えば、エドヴァルドも「そうだな」と頷いた。

「相手が貴女では、一方的に話を聞くのも公平ではないな」

どうやら、もう間もなくレイフ殿下が来るとの、先触れの使者が来たようだ。

控室の外のやり取りから、私もエドヴァルドもそれを察した。

「陛下の執務室までは、護衛騎士に送らせる。私の方が早く終わるようなら迎えに行くが、貴女の方が早く終わるようなら、こちらの話が途中だろうと、気にせず宰相室へ戻って来てくれればいい。こちらの話が聞けるなら、貴女もそうしたいだろう」

確かに、その通りだ。

「レイナ。どんな話になろうと、私が貴女の敵に回ることはない。付き添えないのがこの上なく口惜しいが、それだけは忘れてくれるな」

胸元を掴んでいた手を、逆にそっと握られて、下に下ろされる。

「――時間切れだな。くれぐれも、気を付けてくれ」

何か言いたげなシモンの横をそのまま抜ける形で、私は国王陛下の執務室へと向かう。

国王陛下が私に話があって、レイフ殿下がエドヴァルドに話がある以上、少なくとも今日のこの時点で、私の身に危険が及ぶことはないだろう。

結果その通りに、特になんのトラブルもなく、私はフィルバートの執務室に通されることになったのだ。

「急に呼びつけてすまないな、姉君。ダンスの練習は順調か？　ヘダーからは、突貫工事の割には、それなりに仕上がりそうだと聞いてはいるが」

召喚されてよりこちら、フィルバートの「姉君」呼びが崩れることはない。

キチンと線引きをしています、と無言で主張されているようで、そこは有難い。

私も改めてカーテシーの姿勢をとり、フィルバートと向かい合う。

「マリーツ先生をご紹介くださり有難うございます、陛下。なんとか最初から最後まで、ステップを覚えることは出来たかと。ただ、まだ音楽と上手くそぐわない部分もございますので、おみ足を踏んでしまいました際にも、何とぞご容赦をお願いいたしたく」

「私は構わんが、出来ればエドベリ王子相手には程々にお願いしたいものだな」

むしろやってほしそうな笑い声だと思ったものの、そこは大人しく口を噤《つぐ》んでおく。

そこを刺すように、フィルバートが微笑んだ。

「姉君は、エドベリ王子にどんな印象を持っている？」

突然、喉元に刃を突きつけられたような言葉に、思わず返しに詰まってしまった。

「印象……ですか」

やはりこの人は、笑顔で突然人を天国から地獄へと落としてのける。うっかり美貌に見とれていたら、いつの間にか断頭台に立たされていることだってあり得る。

もちろん私は、そんな展開に足を突っ込むつもりはないのだけれど。

「ボードリエ伯爵令嬢は、王子が死ぬほど嫌いだと言う話だが。彼女と仲がいいらしいな？　普段どんな話をしているのやらと思ってな」

「……っ」

やはり裏稼業の人達は、大半がキチンと「仕事」をしているということだろう。

この分だとレイフ殿下の方も、私とシャルリーヌとの「交流」は、それなりに正確に把握しているに違いない。

「私は……エドベリ王子にお会いしたことがありませんから……」

まずは当たり障りのない答えを返してみたものの、それだけでフィルバートが納得するはずもない。

「ただ……」

「ただ？」

案の定、フィルバートは続きを促してくる。

「ボードリエ伯爵令嬢の話を聞く限りは『この私が声をかけたんだ、頷かないはずがない』的な傲慢さが透けて見えるようで……話に聞いた通りの方《かた》なら、逃げられても仕方がないだろうな、と」

さすがに「粘着質」とかは言えないので、ちょっとだけ言い方を変えておく。

ただ、それでもフィルバートを不愉快にさせる答え方ではなかったようだ。「なるほど『この私が』――か」と、興味深げに頷いている。

「直接会ったことはないと言うが、当たらずとも遠からずだ、姉君。エドベリ王子には、やや自信過剰なところがある。今までは、比較対象が第一王子《パトリック》であったがために、余計にそうなるのかもしれないがな」

答えに困るなと思っているとぎ「姉君は慎重派だな」と、フィルバートは口元を歪めた。

「ギーレンは大国ゆえに、こちらに対して高圧的になる部分があるのも、ある程度までは致し方ないとは思っている。だからと言って、現時点でこの私と対等であるかのように振る舞われてもな。私も流石にそこまで寛容な男ではない」

というか、寛容とは最も対極の位置にいる人ではないでしょうか。

……などとも、もちろん声には出さない。

「だからボードリエ伯爵令嬢と踊ってくれとの話には、喜んで協力するつもりだ。エドベリ王子がどんな表情をするのか、今から楽しみで仕方がない。姉君にも、ぜひその時は相応のおもてなしをお願いしたいものだ」

「……程々にと先ほど仰っていましたが、やっぱり足を踏んでほしいんですね？」

私がそう言ってフィルバートを見やると、フィルバートは声を出さずに、低く笑っていた。

「そこは姉君の裁量に任せるとも。それより、姉君には相談があるんだが、いいか？」

そんなもの、ダメと言えるはずもないので、無言で続きを促すしかない。

「――私と『賭け』をしないか、姉君」

笑顔を見せるために上がったはずの口角がむしろ殺意を感じさせるようで、私は身体をのけぞらせないようにするのが精一杯だった。

「ああ、違うな。正確には私とエドベリ王子を交えての『賭け』だな」

「賭け……ですか？」

「ふっ……聖女《マナ》ならこの辺りで話に誤魔化されてくれるところだが、やはり貴女は一筋縄ではいかないのだな。それとも、もうエディ以外に目はいかないか」

「な……っ!?」

エディとはエドヴァルドの愛称だ。ゲーム上でも耳にしたことはある。そしてこの様子では、やっぱり私がここに来る直前に、舞菜が何か吹き込んだんだろう。それはもう、自分が姉に意地悪で除け者にされたとか、あることではなく、ないことだらけの話を。

「妹が何を言ったかは知りませんが――」

ダメ元で否定しておきたいと思う、そんな私の内心を察したのかどうか、フィルバートは片手を上げて、私の言葉を遮った。

「エディの好みが、自分から誘惑するような肉食系の女なら、今頃何人も愛妾を侍《はべ》らせていたっておかしくはない。今までにいないタイプの女だからこそ、本気になる。聖女マナの言葉より、そのドレスとネックレスの方が、よほど雄弁に真実を語っている。それ以上の言葉は要らん」

もっとも……と言葉を続けるフィルバートの目に、一瞬剣呑な光が浮かんだ。

「宰相《アレ》が誰か一人に本気になると言うのも、まずなかったから……私も大抵のことになら目を瞑《つむ》ろうと思ってはいたんだがな。だが、いくら姉君のためとはいえ、黙って叔父上の手足を捥《も》いでしまったのは、どうにもいただけない。今までならば私に諮《はか》って、共に弄んでくれていただろうに」

「わ……私のため、ですか？」

確かにエドヴァルドは、私に手出しをさせないために、今、レイフ殿下と向き合っている。

さすがにそれは分かる。が、ここは一度はすっとぼけておきたい。

そんな私の内心を知ってか知らずか、ますますフィルバートの笑みは深くなった。

「だから『賭け』を思い付いた。叔父上《オモチャ》で遊べなかった分、代わりの娯楽を提供してもらわねば、どうにも私が面白くない」

ひーっ、もう、今すぐ回れ右して帰りたい——!!　って言うか、オモチャって！　レイフ殿下、オモチャ扱いなんですか⁉

いっそその場に崩れ落ちたいくらい、私を見るフィルバートの視線は、完全に私のその反応さえも予想して、楽しんでいるようだった。

アンタにはバカのフリは出来ない——いつぞやそう言っていたファルコの言葉を思い出す。

ああ、舞菜のように一方通行の会話しか成立しないフリでもすれば良かった。今更だけど。

「まずはこちらでの〝転移扉〟の視察が終わった後、聖女マナにも、ギーレンの扉がどんなものかを見学してきてもらう。何、見学は名目、後は観光でもすればいいと日程に余裕を持たせれば、喜んでエドベリ王子の帰国と併せて出かけて行くだろう」

「それは……そうですね、ええ」

「お目付け役と称して、エディも付いて行かせる。どうせ夜会の後は自主的な謹慎で王宮に出ないつもりでいたのだから、身体は空いているはずだ」

「それ……妹が頷きますか？　甚だ疑問です」

多分、今の陛下の前で色々取り繕うのは無駄な気がして私が答えれば、案の定、フィルバートは私の正直発言に、満足そうに頷いていた。

「……やはり二人の間には、暗くて深い河が横たわっているようだな。ますます『賭け』を提示する甲斐があると言うものだ」

「世の兄弟姉妹、皆が手を取り合って生きているとか、どんな幻想ですか。そんなことを言う人には、己が身を振り返れと言ってやりたいですね」

「くっ……ははは！　違いない！　私もエディも、そこは見誤ったと反省しているとも」

不敬だと怒りださないあたりは、さすが長年エドヴァルドが仕えているだけのことはある。

ただちょっと、いやだいぶ、性格に難があるだけだ。

「まあ、聖女《マナ》は頷くだろうとも。そこはエドベリ王子に、蝶よ花よともてなすよう、頼んでおいたからな。——何なら引き抜いてもいい、と」

「……っ！」

目を瞠《みは》る私に、フィルバートが更に意味ありげに笑った。

「それにエディが随分と煽ったそうじゃないか。話を聞けば十中八九、姉君への嫌がらせのためにマナは話を引き受けるだろうよ。基本、ギーレンではエディとマナは別行動になるだろうから、それほど堅苦しくもならないはずだしな」

「いったい……何を……」

「何、そんなに複雑な話でもない。この視察で、後継者として確たる実績を残したいどこぞの王子が、現聖女とボードリエ伯爵令嬢とエディの全員を寄越せなどと圧力をかけてくるものだからな。ならばと『賭け』を思いついたまでのこと」

「……はい!?」

私は、国王陛下の前だということをうっかり忘れて、声を上げてしまった。

「どうせなら勝手なことをしたエディにも、勝手なことを吐《ぬ》かすエドベリ王子にも、ふざけるなと言ってやりたい。せっかくだから姉君にもその権利をやろうと思ったんだ。面白そうだろう?」

そう言って「賭け」の内容を語り出すフィルバートに、アナタも充分ふざけてます――なんてこと、もちろん言えるはずもなかった。

「その様子だと、エドヴァルド・イデオンという男に流れる血がなかなかに複雑なことは知っているようだが」

「……っ」

あえて答えなかったけれど、多分表情でバレているとは思う。

アンジェス国では本人以外誰も知ることのない話だと思っていたけれど、さすがにフィルバートはエドヴァルドの出生の秘密を知っているようだ。

ただ、それを面と向かって本人に聞くことをしてこなかっただけで。

「そうだ。エドベリ王子がボードリエ伯爵令嬢とエディを欲するのは、まだ分かる。二人にはギーレンに多少なりと縁《えにし》があるのだからな。だが聖女までとは強欲な……と思ったところが、これにはエディが関係しているらしくてな」

「……宰相閣下が、ですか?」

「ふむ、その様子だと、姉君も知らされていなかったか……どうやらボードリエ伯爵令嬢を新たな〝扉の守護者《ゲートキーパー》〟としてアンジェスに残し、聖女《マナ》をギーレンに遣《や》れないかと、動いていたようだぞ」

私は目を丸くして、肩をすくめるフィルバートを見つめてしまった。フィルバートはそんな私を愉快そうに見つめて、さらに続ける。

「おかげで三人まとめて寄越せなどと言う、埒外《らちがい》な要求を吹っ掛けられる羽目になった」

――妹と関わらない生活を。

ギーレン国が、世代交代だとして次の〝扉の守護者《ゲートキーパー》〟にボードリエ伯爵令嬢に白羽の矢を立てていたのなら、それが舞菜でもいいだろうと、そうすれば私と舞菜との関わりは遠くなると、エドヴァルドは考えたに違いなかった。

それはギーレン国に戻るのを忌避するシャルリーヌの意向にだって、充分に添っているのだから。

聖女としての教育だって、ギーレン国側で勝手にやればいい――と。

（ああ、だから……）

だからエドヴァルドは、舞菜を煽った。己を忌避して、魔力のない私を残して、ギーレン国でも「聖女」としてもてはやされようと考える可能性を高めるために。

「――で、『賭け』の内容だが、一つには聖女《マナ》だ。彼女がギーレンに行き、ギーレンでの至れり尽くせりの生活を保証された時に、そのまま残ることを選択するかどうか」

「……賭けずとも、選択しそうですけど」

「まあ、そう言うな。エドベリ王子は聖女《アレ》の本質を知らん。その程度の優位性はあったっていいだろうよ」

優位と言うより、詐欺レベルだと思いこそすれ、口を噤《つぐ》む。

空気は読みましょう。ハイ。

「選択をすれば〝扉の守護者《ゲートキーパー》〟が一人、ギーレンに渡るだけだ。そして選択をしなければ、そのままアンジェスに戻る。ただし代償として、ボードリエ伯爵令嬢にギーレンに戻ってもらう」

その言葉に瞠目した。

「陛下……！」

「それほど動揺することか？　元より令嬢は目をつけられているのだろう。そのくらいの危険は承知しておいてもらわねば。それに、今の時点で充分にこちらに分がある話だと思うがな」

「そ……れは、確かに……」

結局フィルバートは〝扉の守護者《ゲートキーパー》〟という器だけが重要であって、中身にはこだわりがないのだ。引き留めてほしければ、舞菜にも努力が必要だった。それが不十分だったからこそ、今のフィルバートにとっては「賭け」の駒以外のナニモノにもなっていない。

たとえ行き着く先が監禁エンドかもしれなくても、やはり〝フィルバートルート〟の攻略も並大抵ではなかったのだ。

「次に、宰相《エディ》だ」

そしてフィルバートはあっさりと、話題を切り替えている。

「エドベリ王子は、現在の王の叔父の家系ではあるが、既に断絶してしまっているオーグレーン家の再興を望んでいるそうだ。そこにエディを据えて、自分が国王になった暁には補佐をさせたい、と——不愉快さが顔に出ているぞ、姉君。気持ちは分かるが、もう少し抑えたらどうだ」

フィルバートに指摘された私は、ハッと頬に手をあてた。

つまりエドベリ王子は、エドヴァルドに実父の家系を継がせたいということか。

勝手なことを……と苛立ったのが、どうやら表情にも出ていたらしかった。

「そのためにも、現王の叔父の血を引くらしいエディと、その王の愛妾の娘である令嬢をめあわせて地固めをしておきたいらしいが、ただ釣書を送ったところで、エディが見向きもしないのは目に見えている。まあそこは私も『今、宰相は〝聖女の姉〟に夢中で、正室を迎えることをこれっぽっちも考えていないし、国としてゴリ押しをしてきたところで、首を縦に振ることはない』と答えてやったから、実際に国として動くことは諦めているだろうな」

ニヤニヤと笑うフィルバートは、明らかに話を引っかき回して楽しんでいた。

というかギーレンの国王サマ、パトリック、エドベリ両王子の母親以外にも、まだ女性がいたのか。

そこまでは〝蘇芳戦記〟の設定になかった気がする。

「だから、聖女《マナ》の付き添いでギーレンに行かせてやるから、見合いをさせてみろと、エドベリ王子には言ったんだ。あらゆる条件を提示して、エディがその愛妾の娘との結婚に頷けば、そのままギーレンに残ればいい。表向きはオーグレーン家侍女扱いで、ボードリエ伯爵令嬢も付けてやるとな。頷かなければ『賭け』はこちらの勝ち。オーグレーン家の再興などという夢物語も、ボードリエ伯爵令嬢のことも、きっぱりと諦めてもらう」

「陛下……それも多分『賭け』になってません……」

私は思わず遠い目になってしまった。実際のところ、たとえギーレン国で王族入りさせてやるからと言われても、エドヴァルドがそんなものに価値を見出すはずがない。

むしろ、実父が実母に対して無体を働いた経緯を思えば、絶対に首を縦には振らないだろう。

「エドベリ王子にとっては『ギーレンの王家に連ならせて、妃《きさき》まで与えてやるんだ。何が不満だ』くらいでしかないと思うぞ。まぁ、エディを甘く見過ぎではあるが言ってやる義理はないしな」

それは、その通りだ。その点に関しては、フィルバートの言っていることは正しい。

だけどそれだって、とんだ詐欺だと思う。

エドベリ王子が振り回されるのを、ただ、楽しみにしている感が半端ない。

「さて、そこで姉君のご登場だ」

思わず「いいえ、登場したくないです」と言いそうになってしまった。

だけど、そんな私のドン引きした空気を読みながらも、フィルバートはしれっと話を進める。

「聖女《マナ》がギーレンからの誘いに頷いたなら、エドベリ王子はなりふり構わず、エディをギーレンに留めようとしてくるはずだ。一度や二度拒否したところで、諦めたりはしないだろう」

「あー……それは……」

あり得る。

シャルリーヌの言う「粘着質」が正しければ、それは対エドヴァルドにも発揮されそうだ。

他国にいる以上、拒否したか受け入れたかどうかは、すぐには分からない。

その時間差を利用して、再度説得にかかっても不思議じゃない。

「そこでエディが首を縦に振らなかったら、向こうはどう考えると思う？　――『なまじアンジェスに〝愛妾〟の聖女の姉が残っているから、首を縦に振らないんだ』と、遠からず思い至るだろう」

こっちの顔を見ながら「愛妾」を連呼しないでほしいけど、公爵邸に滞在して、ご令嬢除けなんて引き受けていた状況では、そう思われても仕方がないところはある。

「姉君には、刺客なり誘拐なり、手が伸びてきたなら、一往復きりの『簡易型転移装置』を渡そう。使い方は自由だ。ギーレンに渡り、エドヴァルドに自分の身の危険を訴えてオーグレーン家を継ぐよう説得するもよし、エドベリ王子、往生際が悪い！　と、エドヴァルドをとっとと連れ戻して来るもよしだが――ただ」

ただ、と言ったところで、フィルバートの声色は再び有無を言わせない、冷ややかなものに変わった。

「高位貴族の婚姻なんぞ、大半は政略の上に立つものだからな。何かしらの圧力があって、エディが向こうに留まらざるを得ないと諦めたなら、この国には宰相がいなくなる。たとえ手足を捥《も》がれた叔父上《オモチャ》でも、その地位に就けざるを得なくなる」

「……っ」

何しろ第一王子、第二王子とその周辺を一掃してしまった関係上、フィルバートの世代にはほぼ人材がいない。

エドヴァルドが抜ければ、無理矢理にでもレイフ殿下を残す、あるいはアンディション侯爵などの元王族に復帰してもらうしか、当座を凌ぐアテがない。それは確かだ。

「だからその折には、姉君に叔父上――レイフ殿下の親族の養女にでもなってもらって、宰相副官として、仕事を無理にでも引き受けてもらう。今まで誤魔化してはきたようだが、かなり実務面で鍛えられてきただろう？」

エドヴァルドがギーレン国王の庶子との結婚話を受けたなら、アンジェス国で官吏として王宮に入る。エドヴァルドが万が一ギーレン国に軟禁されるようなら、刺客を避けて迎えに行くなり、なんなりして、彼を取り戻す。そこで取り戻せなくても以下同文だ。

　――それが私への〝賭け〟。

「陛下は……」

「うん？」

「陛下は、どれに転んでもいいんですか……？」

　思わず呟いてしまった私に、フィルバートはいっそ清々しいくらいに笑ってみせた。

「どれも一興じゃないか。学ばない聖女、勝手なことを吐《ぬ》かすどこぞの王子、私以外の誰かのために、無断で叔父上《オモチャ》を取り上げたエディ。とっくに教育なんて終わっていただろうに黙っていた姉君。それぞれが右往左往するのを見られるんだからな」

　ああ、もうこれ……回避のしようがない……

　私は頭を抱えたくなった。

「ああ、姉君。エディへのギーレンからの縁談に関しては、現時点では伏せておいてくれ。向こうに着いてから持ちかける形でなければ、私がギーレンに圧力をかけてエディへの縁談を拒否させるのではとの疑いが払拭出来んらしい。そうだな、これはボードリエ伯爵令嬢と明日踊るための条件とでもしておこうか」

　痛いところを突かれ、その点に関して事前に洩らさないことをそこで約束させられてしまった。

「あの……なら、私は実際どこまで話せるんでしょうか……」

「そうだな。この後、宰相にはエドベリ王子から、聖女《マナ》にギーレン側の〝転移扉〟を見てもらいたいと話が来ていると伝えるつもりだ。まさか私は付き添えんから、おまえが付いて行けとな。その時に聖女に引き抜きがかかるだろうことは仄《ほの》めかしておく。残りたいと言いだした際に引き止めなくても構わんとも付け足しておくか」

「宰相閣下に引き留めがかかるだろうことは言わないんですね……？」

「ああ、そうか……何も言わないというのも、姉君がエディに対してとぼけきるのが難しそうだな。なら、ギーレンに着いたら、オーグレーン家再興の意志を問われる可能性があるくらいは手の内を明かそうか。嘘は言っていない。話を少々端折《はしょ》るだけだからな」

「……なるほど」

多分エドベリ王子が来て、エドヴァルドがガーデンパーティーで王宮を抜けていた間に、フィルバートとエドベリ王子との間で、そこまで話が纏まってしまったんだろう。

「よく、エドベリ王子もそんな話を引き受けましたね……？」

「簡単なことだ。エディと聖女とボードリエ伯爵令嬢を強引に連れ帰ったところで、すぐにエドベリ王子の手柄とはならない。だが話し合いで隣国から〝扉の守護者《ゲートキーパー》〟と宰相を連れ帰ったとなれば外交手腕が賞賛され、もう誰も次代に元第一王子《パトリック》を推そうなどとは思わない。そう囁いてやったんだ。野心がある男で助かったとも」

その野心が成就するかどうかは、分からないがな――

そう言ったフィルバートは、凄艶《せいえん》なまでに口元を歪めていた。

もはやこの段階で、話を止めることなど出来そうにない。

エドヴァルドがレイフ殿下の資金源を断ちさえしなければ、フィルバートがエドヴァルドを賭けの対象にする必要もなかったのだろうか。だとしたら、エドヴァルドを追い込んでいるのは自分ではないのか。苦い思いが、後から後から湧いてくる。

「明日……」

「うん？」

「夜会前にボードリエ伯爵令嬢と控室で少し会って、事情を説明しておく分には構いませんか？」

「事情？　ああ、代理についてか」

「それもありますけど……『賭け』の対象者が全く話を知らないと言うのも、ちょっと……」

「妹には説明しないのにか？」

むむ……と私は思わず顔を顰《しか》めてしまう。

「じゃあ、端折《はしょ》っていれば、許されますか？」

「何？」

「例えば、陛下とエドベリ王子との間で〝扉の守護者《ゲートキーパー》〟を巡って『賭け』をするらしい。陛下が負けたら、ギーレンに戻らなきゃならないようだ、とか……」

粘る私に、フィルバートは「ふむ」と、一瞬、考える仕種を見せた。

「そうだな……踊って気を持たせておいて、やっぱりギーレンへ戻れではさすがにまずいだろうな。何も好んで、これまで大きな瑕疵のないボードリエ伯爵を貶《おとし》めたい訳でもないしな」

あ、やっぱりボードリエ伯爵って、レイフ殿下派閥のようでいてガチではないと思われているんだ。

「陛下とのダンスの合間に『頑張って！』くらいの激励はしてくれるかもしれませんし」

私がそう言うと、フィルバートは少しだけ目を見開いた後、面白そうに低く笑った。

「くくっ……それはいいな。傍からはさぞや仲睦まじそうに見えて、貴族どもは慌て、エドベリ王子は盛大に顔を顰《しか》めるワケか」

「……そこまでは言ってません」

「いいぞ、分かった。私とエドベリ王子が『賭け』をするという話だけなら、しても構わん。まぁもっとも、エディと聖女《マナ》がギーレンに渡るまでの話だ。行ってしまって『賭け』が始まれば、誰に何を話そうが構わん。好きにするがいい」

「………アリガトウゴザイマス、陛下」

私のお礼に心がこもっていなかったのは否定出来ない。どうやらフィルバートにも、思いきりそれは伝わったらしい。

「そうしていると、やはり双子だな……この私に、そこまで堂々と感謝の気持ちがペラペラの紙きれ以下の礼をしてのけるのは、姉君とマナくらいのものだろうよ」

「……妹が何か失礼を？」

舞菜とひとくくりにされるのはちょっと、いや、だいぶ不本意だ。

それが顔に出たのか、フィルバートは面白そうに口の端を歪めた。

「物を買い与えてやると一応礼は言うが、アレは貰い慣れているな。あの、語尾がやたら伸びるのはどうにかした方がいいと思うが、まあ余計なお世話だろう。姉君は姉君で、実際のところは有難いとも思っていないだろう？　ああ、そう考えればマナより性質《たち》が悪いのか」

失敬な、とはいえない。確かに私は、天然お花畑在住の妹よりは、遥かにスレている。

「……単に、自覚の有るなしで対極の位置にいるだけだと思いますけど」

特に言葉を飾ることなく正直に言えば、なるほど……とフィルバートは興味深げに呟いた。

「対極か。対極だと、積極的に関わる気も起きないか」

「そのように認識くださって構いません」

ピシャリと話を切って捨てた私に、特に不愉快そうな表情は見せず、フィルバートは片手を上げた。

「結構。では、私からの話はここまでだ。明日の夜会はよろしく頼む。着替えの部屋は用意しておくから、そこの護衛騎士の顔を覚えておけ。挨拶が済んだところで迎えに行くから、まぁその時間帯に、目の届くところに来てくれれば、それで構わない」

そうか、エドヴァルドは夜会前の式典から出席必須な訳だから、私は一人で王宮に向かうことになる。

王宮までは〝鷹《たか》の眼《め》〟の誰かが付いていてくれるにしても、中に入ってしまえば、殺されはせずとも不埒なことを考える人間がいないとも限らないわけだから、護衛は必要。

知らない人に付いて行ってはいけません。これ、常識。

「承知致しました、陛下」

私はその場でカーテシーの礼をとって、フィルバートに頭を下げた。

エドヴァルドはまだ来ないので、どうやら私の方がレイフ殿下と話をしている場に割って入ることになるか——あるいは、廊下で会うか。

「姉君、くれぐれも話を端折《はしょ》ることは忘れてくれるな？　オ、モ、チ、ャ、を取り上げられるのは、エディ私のＨＰが保ちません――!!

部屋をでる直前、最後に後ろから言葉の刃で刺すの止めてください、陛下！

「……も、もちろんです……」

一人で充分だからな」


「レイナ！」

「……あ」

廊下で出くわしたということは……残念、実物のレイフ殿下を今日は拝めずじまいのようだ。

結構な早足で私の前までやって来たエドヴァルドが、当然と言わんばかりに、私に手のひらを差し出した。

「……有難うございます」

「この程度のことで私に礼を言う必要はない」

「ああ、いえ、前も言いましたけど、そもそもエスコートの習慣がありませんから……つい」

むしろ「すみません」と言わないだけ、進歩だと思ってほしい。そんな内心が通じたのかどうか、エドヴァルドもそれ以上は何も言わずに、私の手を引いて、宰相室の方へと引き返した。

「話は帰ってからでいいな？」

「はい、もちろん。あの……陛下が私の後、閣下にもお話しがあるようでしたけど」

王宮の廊下で、まさか「エドヴァルド様」呼びは出来ない。

たとえエドヴァルドが「レイナ」と呼ぼうと。たとえ私が青一色のドレスを着て、エドヴァルドにエスコートされながら歩いていようと。

ここで私がそのスタンスを崩せば、周りから「図々しい令嬢」としか思われない。

聖女も聖女なら、姉も姉だとか──もし言われたらと、考えただけでぞっとする。立ち直れない。

「……分かった。貴女を邸に送ったら、一度こちらへ戻るようにする」

すれ違う官吏や兵士、護衛の騎士と思しき人達が、行き交う都度、驚愕の目でこちらを見ているのは、多分エドヴァルドが女性のエスコートをすること自体が珍しいうえに、その相手が青一色のドレスに身を包んでいるからだろう。

きっとあとで、あれは誰だ!? とあちこちで囁かれるに違いない。

本人は、まるで意に介してないけど。

「これは、イデオン公爵」

公爵であり、宰相でもあるエドヴァルドが歩くと、大抵はサッと道を譲って黙礼をするところが、今、前から歩いて来た壮年の男性だけは、にこやかにエドヴァルドの方へと話しかけてきた。

「フォルシアン公爵」

公爵の名を戴く者は、この国に五人しかいない。答えるエドヴァルドの声が、舌打ちせんばかりに忌々しそうなのは、果たして気のせいだろうか。

「巷では大変な女性嫌いと思われていた宰相閣下が、見知らぬご令嬢を連れて歩いている！ と、それは廊下の向こうから大騒ぎなものでね。私も野次馬として馳せ参じた次第」

柔らかい物腰。手入れの行き届いた、プラチナブロンドの髪。色白で、鼻筋が通っており二重瞼を持ち、それでいて目力は五公爵の一人と名乗るに相応しい強さがある。

うん、分かった。この人、自分が美形だって自覚している。

エドヴァルドよりも年上であるにもかかわらずこの容貌を維持しているなら、若かりし頃はさぞや……と言ったところだろう。まるで年齢を重ねても未だ「王子」と称賛される、某アイドルデュオの片割れのようだ。

「初めまして、美しいご令嬢。フォルシアン公爵家当主イェルムです。どうぞお見知りおきを」

そう言って、エスコートされていない方の私の手をとって唇を落とすあたり、ディルクより上手《うわて》だ。

お世辞にも程があるだろうと思いつつ、必要以上の謙遜は、エドヴァルドの評価を落とすとセルヴァンに言われたのを思い出して、そっとエスコートされていた手を解いてカーテシーを披露した。

「ご丁寧に有難うございます。私《わたくし》はレイナ・ソガワと申します。当代〝扉の守護者《ゲートキーパー》〟マナ・ソガワの姉として、明日の夜会の打ち合わせに参りました」

「ああ、聖女の姉君でいらっしゃったか！　確か今、イデオン公爵邸で我が国についてを学んでいるとか……？」

「え、ええ。妹の補佐にと請《こ》われましたが、右も左も分からなかったものですから……宰相閣下には様々な教師を付けていただき、色々と学ばせていただいております」

頑張ってエドヴァルドを立てておいたつもりだけど、フォルシアン公爵はどう思ったのか、妙に胡散臭い笑顔を顔に貼り付けていた。

「色々と……ね」

胡散臭い――じゃない、むしろチャラい？　いずれにせよ意味ありげに、ニコニコと笑っていた。

「では、我が領がカカオの産地と言うことも学ばれたかな？」

「カカオ……あっ、チョコレートですよね？　ええ、もちろん！　ちょうど先日、知人とチョコレートカフェ〝ヘンリエッタ〟に行かせていただきました！　ホットミルクに溶かしていただく、あのスティックチョコがもう最高で！　持ち帰りが出来なかったのが、本当に残念で、残念で――」

チョコの美味しさを力説しようとした私は、隣の温度が急激に下がったのを、肌で感じた。

しまった。チョコレートカフェに出かけたのは内緒にとセルヴァンから言われてたんだっけ……。

続ける言葉に詰まった私に気付かないまま、自領のチョコレートを褒められたフォルシアン公爵は、逆に機嫌を良くしていた。

「やあ、もう〝ヘンリエッタ〟にも行っていただいていたか！　それは重畳《ちょうじょう》！　如何《いかが》です、レイナ嬢。今度王都フォルシアン公爵邸にも来てみませんか。チョコレートをふんだんに使ったアフタヌーンティーは、自慢じゃないが、当家茶会の名物でね」

……ごめんなさい、チョコレートの誘惑に負けてもいいですか。

チョコレートづくしのアフタヌーンティーとか、無理です素通り出来ません！

「チョコレートを使われてのアフタヌーンティーですか！　聞いているだけで美味しさの想像がつきます！　そうですね、次にご予定を立てられる時に、私《わたくし》がお邪魔出来るようなご主旨の会であれば、ぜひに」

「来てもらえるのであれば、主旨の方を合わせましょう。何でしたら私の家族との交流でも――」

フォルシアン公爵がそこまで言ったところで我慢が限界を超えたのか、エドヴァルドが私とフォルシアン公爵との間に割って入ってきた。

「陛下より彼女の保護を頼まれている者として、話は有難く受け取っておこう、公爵。他家の令嬢との交流であればともかく、公の家族と——という話であれば、その時は私も付き添う点は、承知しておいてもらいたい」

ほう……？　と、フォルシアン公爵が片眉を上げた。

「貴公が甘い物好きとは初耳」

「私もだ。だが〝狼〟のいるところにわざわざ遣《や》るくらいなら、今日からでも甘い物好きで結構」

ほーう？　と、フォルシアン公爵が更に声のボリュームを上げた。

「まあ、そんなドレスを着せているようでは、我が家の息子にはとても会わせられないか」

「理解が早くて何よりだ。では失礼する」

言い捨てて再度私の手をとるエドヴァルドを横目に、私は慌ててフォルシアン公爵に頭を下げた。

「じゃあ今度、娘に茶会を企画させましょう、レイナ嬢。娘はもう婚約者もいるから、その辺りも安心だと思うしね。招待状はイデオン公爵邸宛でいいのかな？」

「えっ、あっ、そうですね今のところは——」

最後まで言わせてもらえなかったんだけど、いいのかな、これ。失礼になってない？

フォルシアン公爵は、苦笑交じりにヒラヒラと手を振ってくれたけど。


「——レイナ」

「ぴゃっ⁉」

フォルシアン公爵の姿が見えなくなったところで発せられたエドヴァルドの声が氷点下すぎて、

返事をしようとして盛大にかんでしまった。

「チョコレートカフェ……だったか？　いつ、誰と行った……？」

ひぃっっ!?　セルヴァンは、こうなるから「言うな」って言ったんだ！

すみません、デキる家令サマのいうことには金輪際逆らいません――!!

## 第九章　踊っていただけますか？

疲れた。

肉体的にも精神的にも、とにかく疲労困憊の一日だった。

「レイナ。国王陛下《フィルバート》との話の内容によっては、遅くなるかもしれない。ただ、今日は話の内容の擦り合わせをするべきだと思う。夕食は済ませておいてくれていいが、その後は、寝ずに待っていてくれるか」

エドヴァルドは、公爵邸の書斎でそれだけを言うと〝転移扉〟で再び王宮へと引き返して行った。

「擦り合わせかぁ……」

国王陛下に釘を刺されているところもある。かと言って、エドヴァルド相手にシラをきるのも限度がある。どうしたものかと悩んでいるうちに、シャルリーヌに手紙を書いて、明日の夜会前に控室に来てもらうことを伝えなくてはいけないと、ふと思い出した。

夕食の後に手紙を書きたいとセルヴァンに言ったところ、一階の応接室の方で準備を整えてくれることになった。

二階の書斎でもいいとは言ってくれたけど、いきなり〝転移扉〟で控室にエドヴァルドが戻って来るのは、ちょっと心臓に悪い。

うっかりチョコレートカフェに出かけたと話してしまったと、夕食中におずおずと打ち明けると、セルヴァンは深ーい溜息を溢した後、一言「諦めてください」と、何のアドバイスにもならないことを言ったのだった。

——え、諦める？　何を？

「旦那様は、表向き国王陛下直々の依頼を受けて、レイナ様を監督保護されていると言う形をとっていらっしゃいますから、基本的には、レイナ様に自由行動を許可するわけにはいかないのですよ。何かあった時の責任は、全て旦那様にかかりますから」

どうしてそんなに「表向き」を強調しているのかが謎だけど、言っていることは間違ってない。

「ですから、ご自身が同行出来ない所に行かれるのは、基本的にいい顔をなさいません」

思い返してみて、如何《いかが》です？　と問われれば、それは確かに……と思ってしまう。

「ちなみにレイナ様、何故チョコレートカフェに行かれました？　ディルク様に押し切られたというのは、ともかくとしまして」

「え？　それはまぁ……チョコレートは私の国にもあるから、まずは食べたくて。マダム・カルロッテお勧めって言うからには、王都でも有名なんだろうし。ただ、その時点ではフォルシアン公爵家が色々権利持ってるのを知らなかったから、考えていたことを形にできなくて——」

私がそう言うと、セルヴァンはちょっと驚いたみたいだった。

「つまり視察のつもりで行かれた、と……？」

「それは、そう。現時点で私自身が稼いでいるお金ってゼロだから、ただ食べたいだけで行ったりはしないよ？　結果的に『カフェ・キヴェカス』の新メニューには出来そうになくて、バーレント卿にご馳走になる羽目にはなったんだけど」

私がそう言って肩をすくめると、セルヴァンがずいっと私の方に近付いてきた。

「レイナ様。先程は『諦めてください』と申し上げましたが、お忘れください。ぜひ、その『視察』を強調なさってください。助かる確率が段違いに上昇します」

いやいや、なんだか物騒な単語が増える一方なのは、気のせいじゃないよね？

「そ、そうなの？」

「はい。昨今の旦那様を見ますに、嫉――ゴホン、心配性が拗《こじ》れました先が、保証出来かねますので」

心配性が拗《こじ》れるって何、セルヴァン。

えっ、もしかしてフィルバートルート的な監禁エンドに向かうとか？

それはイヤ！

思わず顔が痙攣《ひきつ》った私を、セルヴァンが何度も「いいですか、視察ですよ？」と言い聞かせてくれて、私はコクコクと頷いた。

「セルヴァン……」

「――ダメだ、ヨンナ。ここは旦那様に堪《こら》えていただかないと、怯えられた挙句に逃げられるなど、目も当てられない。レイナ様がまだ十九歳だと、皆が忘れているだろう」

などと、二人がコソコソ話しているのは、私の耳にはほぼ届かず。

とりあえず気持ちが落ち着いたところで、手紙をシャルリーヌに書くことにした。

「……うん、やっぱり日本語で書こう」

恐らく、今このアンジェス国で、日本語が理解出来る人間は、私と妹とシャルリーヌだけのはずだ。

もしかしたら前世日本の記憶を持つ人物が、他にもいるかもしれないけれど、少なくとも、この手紙を目にする可能性のある周りの人間の中には、いないと言う可能性に賭けよう。

そう決断した私は、日本語で手紙を書き始めて、そこに明日夜会前に会いたいことと、どうやらフィルバートとエドベリ王子が、何やら〝扉の守護者《ゲートキーパー》〟絡みの賭けを始めて、シャルリーヌが巻き込まれているらしいとの話を仄《ほの》めかすことにした。

うん、これなら本当に万一どこからか露見したとしても、きっと大丈夫だろう。

フィルバートとの約定にもギリギリ反していないはずだ。

書いた手紙は、セルヴァンに封蝋《ふうろう》をお願いする。

練習すればいいとセルヴァンは言うけど、世に名だたる「不器用ブッキーちゃん」が、イデオン公爵家の印を使って封をするなどと、恐れ多くて出来るはずがない。

「……さて」

なる早で手紙をお願いしたものの、エドヴァルドはまだ帰って来ない。

部屋に戻ると眠ってしまいそうな気がひしひしとするので、ここは明日に備えて、団欒《ホワイエ》の間でダンスの最後の復習をしようと思い立った。

結局、エドヴァルドがあまりに多忙になってしまって、ほとんど一緒の練習が出来なかったのだ。

ただ、一人でも、体重移動や身体の使い方を意識しての練習は出来るって、某カリスマダンス講師も言っていたので、あれからも地味にステップの復習は続けている。

実際、人によって歩幅が違う訳だから、一人で歩幅を変えてやってみるのもアリだと言っていたのだ。

あと、立ち方。

自信に溢れた立ち姿を見せなさいとも聞いた、うん。

「この時間からの演奏は、使用人達も気にしますから、私が手で拍子だけお取りしますわ」

よし頑張るか、と気合いを入れる私を、何故かヨンナはニコニコと見ていた。

ヨンナはいつも、私がダンスの練習をしているのを、嬉しそうに見ている気がする。というよりも、私がエドヴァルドの補佐ではなく、邸内のことに勤しんでいるのを喜んでいるように見える。

「えっ、でもヨンナ、遅くなっちゃうよ？」

「もとより旦那様をお待ちしなくてはならないとのことですから」

そう言われてしまっては反論も出来ず、私はヨンナの手拍子に合わせて、ステップの再確認に取り組んだ。

「最初の頃に比べましたら、随分と姿勢が良くなられましたね、レイナ様」

「ホント？　うん、まぁ自慢じゃないけど本の虫、猫背一直線だったから。ダンスって、健康維持のためにはいいのかも――」

ヨンナにそう答えながらクルクルと回っていたところが、不意に「エアパートナー」を想定して持ち上げていたはずの手を、リアルに誰かに握られた。

「――止まらなくていい。続けて」

「……っ、エドヴァルド様!?」

いつの間に戻って来たのか、気付けばエドヴァルドにホールドの姿勢を取られていた。

「すまない。何だかんだ言って、ほとんど練習に付き合えなかったな。避けていたわけでもなかったんだが……」

「い、いいえ、どちらかと言うと、私が色々と手を出しすぎたせいというか……」

確かに、基本中の基本であるホールド以外の練習を、まともに付き合ってもらった覚えがない。

「旦那様。もう少し肘を伸ばされた方が……」

エドヴァルドがいきなり現れた驚きから早々に立ち直ったヨンナが、遠慮がちなようで容赦ないアドバイスを入れてくる。

「あ、ああ」

ただ、そもそも何年も踊っていなかったと公言しているエドヴァルドも、そこに逆らおうとは思わないらしい。

「……こんなに回るものだったか？」

「ステップの種類が少なくて、社交界デビューされるような子息令嬢向けのダンスって聞いてますから、普段ご覧になっているのとは多少違うのかもしれませんよ？」

「……そうか」

「というかエドヴァルド様、すみません。動きを追うのに必死で、優雅に会話を交わす余裕がありません」

「…………私もだ」

多分だけどエドヴァルドも私と同じで、あっという間にステップを覚えることは出来ても、音楽と合わせるのに苦労するタイプだ。ステップだけ覚えるより、他の人が踊るのを光景ごとまとめて覚える方がいいらしいです……と、私が言うと、ちょっと納得したように頷いていた。

一曲で終わるかと思いきや、エドヴァルドは律儀に明日踊る二曲分ちゃんと付き合ってくれた。時々ヨンナがぼそりと「指導」を入れてくるのに、言葉に詰まるエドヴァルドが面白くて、思った程硬くならずに練習することが出来た。

「ありがとうございます、エドヴァルド様。明日頑張りますね」

私がそうお礼を言うと「明日」の部分にエドヴァルドが僅かに反応した。

「レイナ。このまま、奥の応接の間で話せるか？　二階の書斎でもいいが、奥の方が早いだろう」

「もちろんです。あの、でもエドヴァルド様、戻られたところですよね？　お食事は――」

「サンドイッチでも持って来させる。貴女との話が終わってから食べよう」

そもそも王宮で遅くまで仕事をしがちなエドヴァルドの食事時間は、不規則だ。

多少食事時間が後ろ倒しになったところで、あまり気にならないらしい。

もともと、それほど食事に関心がないと言うのも原因なんだろうけど。

「すっかりサンドイッチに慣れましたよね……」

「一日二食とか一食の日もあったからな。それに比べればと、厨房の者達も喜んでいるようだぞ」

「レベル低すぎですよ、それ……」

本来、高位貴族としても最上位に近いエドヴァルドが、ナイフもフォークも使わずにパンにかぶりつくなどと、マナー講師の目にでも止まれば、叱責必至だ。

さりげなくエスコートをされて歩きながらも、うっかり本音を洩らしてしまった私に、エドヴァルドも微《かす》かに口元に笑みを乗せた。

「書庫にこもって、本を読みながらサンドイッチを食べている貴女に言われてもな……」

そうこうしているうちに、一階の方の応接の間にあっという間に着いてしまい、私とエドヴァルドは、応接テーブルに向かい合う形で腰を下ろした。

エドヴァルドの目配せを受けたヨンナが、飲み物と軽食を用意するためにいったん部屋を離れる。ただもともと、応接の間で話をするだろうと見越していたらしいセルヴァンが既に中にいたため、完全に二人きりというわけではなかった。

視認出来なくても〝鷹《たか》の眼《め》〟の誰かも控えているんだろう。

「……陛下からは、何をどこまで聞いた？」

それでも一応、ヨンナが扉を閉めたタイミングで、エドヴァルドは口を開いた。

この期に及んで「何の話ですか？」とは、私も言わない。

「エドヴァルド様が、舞菜を連れてギーレン国に〝転移扉〟の視察に行かれる、と」

わずかに視線が揺らいだのはセルヴァンの方で、エドヴァルドは表情を変えなかった。

「それだけか？」

「……舞菜《いもうと》にもエドヴァルド様にも、二人ともに、ギーレンから引き抜きがかかるだろう、と」

オーグレーン家の話は、私が〝蘇芳戦記〟で知る限りは、エドヴァルドがまだ幼少の頃に酔っぱらった父親から呪いのように何度か投げつけられた言葉であり、また、話であって、当時のセルヴァンやヨンナは知り得る立場になかったはずだ。

今もエドヴァルドが、イデオン公爵家の将来を慮《おもんぱか》って、自分一人の胸にしまっている以上は、私も口には出せない話なのだ。

だから私も「再興」ではなく「引き抜き」の話と、言葉を濁した。

実際は、オーグレーン家の話が出ると聞いていると告げたつもりだし、伝わってもいるはずだ。

「他には？」

「……後の話は、エドヴァルド様の出発までは誰にも話さないことが、明日、陛下が二度目のダンスをなさる条件だそうです」

正確には「ボードリエ伯爵令嬢にどこまで話すか」にあたっての条件だったけれど、もう、一括りにしてしまえと思った。そうでなくては、多分私はとぼけきれない。

私の言葉を聞いたエドヴァルドは、一瞬目を瞠《みは》った後、らしくもなく舌打ちをして、顔を顰《しか》めた。

「アイツは……っ」

「すみません」

「いや、貴女に非はない。勝手に私がレイフ殿下と対峙していることに拗《す》ねて、無理難題を吹っかけているだけだ」

――バレてますよ、陛下。

「……その表情《かお》は、その通りだと言いたげだな」

「……っ」

ああっ、やっぱりさっきのところで線引きしておいてよかった！

下手に誤魔化すとか、私には無理ですってば！

「まあいい。貴女を困らせたいわけではないんだ。ある程度を聞いていると仮定して話すが、約束していたレストランでの食事もそうだが、視察旅行に関しても、全てギーレンから戻ってからになる点、承知しておいてほしい」

「そう……ですね」

ギーレンから戻ってから――という言葉に思わず身体を強張らせてしまった私を見て、エドヴァルドが僅かに眉を寄せた。

「レイナ？」

「あっ、いえっ、なんでも――」

なんでもない、とは到底言わせてもらえない空気に、振っていた両手をパタリと膝の上に戻す。

「いえ、その……多分『引き抜き』が結構強烈だろうな、と陛下が……」

「――」

冗談ではなく、応接の間の空気が冷えた。

これで自力で魔術は使えないとか、どういうことだ。

というか、この人にだけは教えちゃダメな気もする。

「つまり私はすぐには帰国出来ないかもしれない、と……？」

「ええっと……一回や二回お断りしたくらいでは、折れないんじゃないかって……」

「……ほう」

うわーん、陛下の馬鹿ーっ！　何て『賭け』してくれちゃってるんですかーっっ!!

恐怖で半泣きになっている私をどう見たのか、エドヴァルドがセルヴァンに片手を上げて部屋から出ることを促していた。

「エドヴァルド様……」

「いいから。話が済めば呼ぶ」

困った表情のセルヴァンが応接の間を出て、パタンと扉が閉まった音で、私も我に返った。

「……エドヴァルド様？」

「レイナ。オーグレーン家の話が出ているんだな？」

オーグレーン家。セルヴァンやヨンナ達がいては、出来ない話。

私はのけぞりかけていた身体を戻して、ゆっくりと頷いた。

アロルド・オーグレーン。ギーレン国先代国王リクハルドの弟。——エドヴァルドの、実父。

今の国王となる、第一王子であるベルトルドが誕生したところで、アロルドは表舞台からは退いていたはずだった。

けれどそこから月日が経過し、代替わりをしたベルトルドが第二夫人を迎えることになり、第二夫人となるコニー・クリストフェル子爵令嬢が、アンジェス国から婚儀のためにやって来た。

通常であれば、子爵令嬢が王族に嫁ぐこと自体が異例だ。彼女が正妃ではないこともあって、王族関係者のみの晩餐会という形で祝いの宴が開かれ——悲劇は、その時に起きた。

まさか現国王からは叔父にあたるアロルドが、三十歳近く年の離れた年端もゆかぬ少女を毒牙にかけるなどと、いったい誰が思っただろうか。

結果としてアロルドは生涯幽閉の身となった。

そしてコニー第二夫人の実妹、事件の被害者であるベアトリス嬢は、ギーレン王家からクリストフェル家への可能な限りの補償に加え、アンジェス国イデオン公爵家への縁組が口利きされたのである。

その後ベアトリスは、イデオン公爵家でひっそりと出産することになる。それがエドヴァルドだ。

髪や瞳の色がベアトリスの色を持っていたために、誰も口さがないことは言わなかった。実際に辛い目にあったベアトリスを慮《おもんぱか》って、指一本触れていなかった当時のイデオン公爵ドリスと、当事者であるベアトリスだけが父親の名を胸の中にしまい込んだのである。

ベアトリスは懐妊が分かったあたりから徐々に精神に破綻をきたし始め、そのうえ産後の肥立ちが悪く命を落とした。残されたイデオン公爵も、年月を経て後妻に殺害されることとなった。

エドヴァルドは、実の母親のことはまるで記憶にない。

父親とも十歳までしか共に過ごしていないため、さすがに全てを憶えているわけではないと言う。

……日頃の天才的な頭脳を思えば、あえて忘れたい部分があるのではと、そんな気はしている。

成長したエドヴァルドが、母親《ベアトリス》の面影を色濃く見せるようになったらしい頃、自分が父親と血の繋がりがないと知って、逆にイデオン公爵家に留まるしか道がないことを悟ったようだ。

オーグレーン家の末路の想像もついたし、何よりこの歪《いびつ》なイデオン家を作り上げた元凶がアロルド・オーグレーンにあると分かった以上、彼を実の父親と認める気にもならなかったのだ。

「オーグレーン家の再興？　寝言は寝て言え」

私が〝蘇芳戦記〟で知る話と、書庫の本から想像していたエドヴァルドの本来の血筋に関して、エドヴァルドは一言、そう吐き捨てた。

「そんなものに私が頷くと思うとは……舐められたものだな」

「王家の威光に重きを置いている人にとっては、きっと『有難い申し出』のつもりなんだと……」

私はフィルバートが言っていたことを、やんわりと形を変えて言ってみた。

多分この推測は、話してもいいはずだ。

「はっ……何なら『聖女』と二人でオーグレーン家を興《おこ》せとでも言うつもりか」

だけどエドヴァルドの返しは私の想像の外だった。思わず、弾かれたように顔を上げる。

フィルバートは、国王の愛妾の娘との縁談を仄《ほの》めかしていた。

だから、それ以外の縁組の可能性なんて、私は考えもしていなかったのだ。

「レイナ？」

次代の聖女と〝ギーレン王家の血を持つ若き青年貴族〟との恋。

国王の庶子がダメでも、次善の手段として、充分な話題を狙える。

「……っ」

可能性に気付いた瞬間、私は両手とも、爪が食い込むほど強く握りしめてしまった。

――どこかのサイコパスな国王陛下は、絶対にわざと、私にそれを言わなかった。

また？　結局また、私は舞菜《いもうと》の――

「よせっ、手のひらが切れる！」

エドヴァルドの鋭すぎる声で、私はハッと我に返った。

「あ……すみませ――」

すみません、と言いかけた声は、抱きすくめられたエドヴァルドの腕の中で、空中分解した。

「すまない。余計なことを言った。貴女を不安にしたい訳じゃないんだ」

「エドヴァルド様……」

あれ、今の今まで向かい側にいたはずじゃ……

「言ったはずだ。私はただの一度も、聖女になど目を奪われたことはないし、ただ一人、貴女を選んだと。ギーレン側にどんな思惑があろうと、私がギーレンに留まることはない。信じてくれと願うのは、虫が良すぎるか？」

「エ……ドヴァルド様がそうでも……王命になったりとか……薬を仕込まれたりとか……」

私がかろうじてそれだけを答えれば、僅かにエドヴァルドが身じろぎした。

薬、のところで、どうやらちょっと思うところがあったらしい。

「……セルヴァンに、緩和剤や解毒剤を多めに用意させて、持って行く」

「……はい」

「ギーレンの王命があったとて、そんなものは私の知ったことではない。責任ならフィルバートに取らせる。アレだって一応国王だ」

キッパリと言い切るエドヴァルドに、私も一瞬、今の状況——エドヴァルドの腕の中にいることを忘れてクスっと笑ってしまった。

そのままつい、考えていたことを口に出してしまう。

「じゃあ……もしエドヴァルド様が強力な引き留め工作にあって、すぐにアンジェスに帰って来られないようなら、私が迎えに行ってもいいですか？」

「迎え？」

何を突拍子もないことを……と言わんばかりに、エドヴァルドの腕が少し緩んだ。

でもこれは、フィルバートからは許可を得ていることなのだ。今は内緒だけど。

王命であっても蹴飛ばしてやるとエドヴァルドが言うなら――私は「オーグレーン家を継ぐ説得」じゃなく「アンジェスに戻るお迎え」に、行こうと、今、決めた。

たとえ舞菜がエドヴァルドを苦手だとしても、ギーレン側の思惑で縁組みさせられる可能性がある。

そんな話、私が許容出来ないいいいいと、とっさに思ってしまった。

「ギーレン国側からすると、略奪誘拐かもしれませんね。でも、意に反して長々と引き留められるようなら……返していただきます！　ってお迎えにあがろうかと」

（……しまった、陛下に嵌《は》められた）

わざと軽妙な口ぶりをしつつも、内心ではどこぞの陛下にしてやられた感が、ひしひしと私の胸に押し寄せてきていた。説得も連れ戻しも自由だと言ったその口で、連れ戻す方向に極振りせざるを得ない状況を作り上げられたのだ。

エドベリ王子との『賭け』の途中であるフィルバートからは、必要以上の情報漏洩が出来なかったのだろう。だけどエドヴァルドと話をすれば、私がその可能性に気が付くはずだと思ったのだ。

そうすれば、私が舞菜《いもうと》との縁組など絶対に許容しないと分かっていたから。

エドヴァルドがアンジェスに戻らなければ、私にも王宮で働けなどと陛下は言ってはいたけれど――実際にはこれっぽっちも、そんなつもりはないのだ。

「レイナ……」

そんな私の葛藤を知らないエドヴァルドは僅かに目を見開いていた。私もフィルバートとの『賭け』のことを今知られるわけにはいかないので、慌てて頭《かぶり》を振るしかなかった。

「いえなんでも……っ。もしもの話です！　もしそうなったら、帰る時に『王命で意に沿わない婚約を強要されたオーグレーン家の継承者は、元いたアンジェス国で保護していた少女と手に手をとって駆け落ちした』なんて醜聞も、ギーレン国内にわざと流して帰りましょう！　元々のオーグレーン家にまつわる醜聞に、パトリック元第一王子の婚約破棄にまつわる醜聞、そのうえ新たな醜聞が加われば、王家の権威自体がかなりグラつきます。今回の話の、ちょっとした意趣返しにいいと思いませんか⁉」

何とか『賭け』を誤魔化そうと、声がだいぶ上擦っていたけど、エドヴァルドはその不自然さには気が付かなかったようで、何故か私を見て、これまでにないほどの甘い微笑を私に落としてきた。

「それは……いいな」

「ですよね？」

「ああ。レイナ、私がギーレンで聖女の手など取らないと、貴女が納得したなら――それは私を信じて、受け入れてくれたと、そう思ってもいいんだな？」

「……え？」

エドヴァルドの言葉に、私は何度か瞬きを繰り返した。

あ、あれ？　何か、話が違う方向に転がってる？

「レイナ」

エドヴァルドがそっと、私の耳元に唇を寄せた。

「私がギーレンに留まることは、天地が返ってもないが——聖女は、そうとは限らない。私一人が帰ることになったとしても……構わないな？」

——妹よりも私を選んでくれるな？

「……っ」

妹じゃなく、自分を見てほしい。

それは、私が言った言葉だったはずだ。

「私は……」

答えは、言わせてもらえなかった。

何度目になるか分からなくなった口付けを拒みきれていないことは——もう、答えなのかもしれない。

きっとギーレンからエドヴァルドが戻れば、引き返すことさえも出来ないと、否が応でも自覚させられつつあった。

❀　❀　❀

歓迎式典というものは異世界だろうと似たようなものらしく、アンジェス側の国王の挨拶があり、かいつまんでの両国の交流の歴史が紹介されて、来賓側による挨拶と、今回来られなかったギーレン側の国王のメッセージを読み上げて、国歌とは呼べないまでも、両国が公式の式典時に使用する、ファンファーレにも似た音楽がそれぞれ鳴らされて終わった。

結局のところ、メインは夜会なのだ。

私は〝マダム・カルロッテ〟で仕立ててもらった衣装に身を包んだ。

濃いめのボルドー色は、来賓であるエドベリ王子の赤毛に気を遣った——と、取れなくもない。

王子に婚約者がいない現状だからこそ、出来ることではあるのだろう。

フィルバートの金髪を意識した金細工の髪留めを付ける。それもきっと両国の「友好」を強調しておこうということらしい。

ネックレスに関しては〝青の中の青〟の着用をそのままエドヴァルドに押し切られた。

ボルドー色のドレスにどうなのか……とは思ったものの「フィルバートの碧眼のイメージに合うから、姉から借りたと言って押し通せ」と、結局最後まで譲らなかったのだ。

公爵邸からは「聖女の姉」として王宮入りして、控室でフィルバートから事情を知らされている侍女数名の手によって髪型を変えられ、そこからは私は「聖女マナ」となった。

今頃舞菜の方は、自分の部屋で逆の立場に仕立て上げられているのだろう。

ゆるふわツインロールが地味な編み込みスタイルになって、さぞや不機嫌でいるに違いない。

……それが嫌なら、もう少し勉強をすればいいものを。

夜会の間にフィルバートやエドベリ王子と話したことを、後で舞菜に説明する手はずになっているようなので、私は夜会が始まる直前までは別々に過ごすと侍女達にもお願いしておいた。

どのみち、シャルリーヌと会っているところに舞菜に割り込まれたくはなかった。

現状この王宮内で、私とシャルリーヌ以外に唯一、日本語が通じる人物になるからだ。

「失礼致します。ボードリエ伯爵令嬢様がお見えでございます」

案内されて来たシャルリーヌは、扇を口元にあてつつ、驚いたように目を丸くしていた。

「お呼び立てしてしまってごめんなさい。どうぞ、お入りになって？」

扉が開いたまま、侍女や護衛もいる状況では迂闊なことも言えず、私はとりあえずシャルリーヌに、中に入ってくれるよう促した。

「……夜会の開始も近いですし、飲み物は結構ですわ」

シャルリーヌの方がそう言って侍女を下がらせた後、まじまじと私を見つめた。

護衛騎士が扉近くに下がったのを見て、『……レイナよね？』と、恐らくは日本語で呟いた。

予《あらかじ》め手紙で、この部屋では日本語でと伝えておいたから、そうだろうと思って頷いておく。

『まあ、外交上の失礼がないように――身代わり？　コレが異世界召喚された最たる理由よ』

自嘲気味に微笑《わら》う私に、シャルリーヌが形のいい眉を少しだけ顰《ひそ》めた。

『貴女のこれまでの苦労が偲《しの》ばれるわ』

『ありがと。日本でもっと早く出会って友達になりたかったわ』

正直にそう言った私に一瞬言葉に詰まったシャルリーヌは、ちょっと照れたようにそっぽを向いた。

『こ、この世界唯一の親友なんだから、当然！　それより手紙の話よ、手紙！』

『そうね、今はあんまり時間もないしね』

『ねぇ、ホントに私、その「賭け」とやらの対象にされてるの？』

悲鳴交じりのシャルリーヌの表情は「否定してくれ」と言わんばかりだったけど、これぱっかり

は私も嘘はつけない。

『どうせ元から目はつけられているんだろうから、そのくらいのリスクは覚悟しておけ。ただ「イヤだ」とだだをこねるだけで済むと思うな――って』

『くーっ、さすがサイコパスな陛下、フェミニズムの欠片《かけら》もない！　いや、蔑視されていないだけ、どこぞの粘着質王子よりかは全然マシなんだけどっ!!』

『シャーリー、言い方』

誰かが理解しているとも思えないけど、一応、頭を抱えるシャルリーヌに釘は刺しておく。

『それで「今度は新しい聖女様にぜひ、ギーレン側の扉をご見学いただきたい」って話が、王子サマと国王陛下との間で出たらしくて』

『レイナ、言い方』

シャルリーヌに、そっくりそのまま言い返されたけど、私もしれっと話を続ける。

『それで、ギーレンの王子サマご一行の帰国に合わせて、妹が付いて行くことになったみたい。宰相閣下の付き添いで』

『……はい？　宰相閣下？』

なるべく自然に話したつもりが、やはりこの目の前の行動派令嬢には通じなかったようだ。

『ねぇ、それ……何だか「賭け」に関係ありそうな匂いがプンプンするんだけど』

『そうね……「賭け」の内容は、二人がギーレンに出発したら教えるって言われたから、間違いなく関係あるでしょうね』

正確には「出発したらネタばらしをしてもいい」ってことだけど、大差ないだろう。

シャルリーヌは、特に不審には思わなかったのか、代わりに『うわぁ……』と、顔を顰《しか》めていた。

『淑女の仮面が迷子になっていてよ、シャーリー』

『背負《しょ》ったネコが行方不明のレイナに言われるのは心外でしてよ』

軽口は一瞬。

互いにコホンと咳払いをして、話を戻した。

『まぁ、そんな訳だから、何の賭けかは分からないけど、踊る時にでも「負けないで!」って発破でもかけたらどう? 内容を陛下から聞いたら、また手紙を出すわ』

『そうね……「私《わたくし》の為にお勝ちくださいませ」とか、可愛くねだってみたところで通じないわよね。あ、それとも面白がられる……?』

『そこは任せるわ。ゴメン、今日はコレだから、どっちの私にも、この後は話しかけないでもらっていい? イロイロと都合が悪いのよ』

『ああ、この前「話しかけないでほしい」って言ってたのは、コレだったわけね? オッケー、了解了解。じゃあ、ネタばらしがあったら、すぐに連絡を——あ、待って、明日、公爵邸に招待状出すわ! 宰相閣下と妹さんがギーレンに行くのって、いつ? その次の日に合わせて日時指定するから、伯爵邸に来てくれない? ボードリエの義両親《りょうしん》にも紹介しておきたいし!』

話をしている途中に思い立ったらしいシャルリーヌが、ぱんと両手を合わせた。

『ボードリエ伯爵夫妻に?』

派閥的に、それはどうなの……? と小首を傾げた私の心配を察したらしいシャルリーヌは『大丈夫よ!』と、声を上げた。

『目的は何だ……って疑心暗鬼になって、かえって誰も襲撃してこないわよ！』

確かにそれも一理あるかもしれない、と思った。

それに恐らく、エドヴァルドがレイフ殿下の資金源をずたずたにしたはずなのだ。

騒動を起こす余力も、もう残っていない可能性が高い。

まして一日くらいなら、いきなりギーレン側から刺客が来る可能性も低い気がした。

『そっか、国王陛下から聞いた話を伝えに行くワケだから、かえって堂々としていればいいのか』

『ああ、そうね、それもあるわね！　じゃあ、そういうことで！　私、先に出るわね？　お互い、騒動覚悟で乗り切りましょう！』

シャルリーヌはそう言って、クルリと身を翻した。

『騒動覚悟……ね』

私はそんなシャルリーヌを見送ってから、大きな息を一つついた。

## 第十章　夜会とは？

王宮に到着した貴族達は、いったんは夜会の為の軽食が並ぶ「賢者の間《ミーミル》」に案内されて、しばらくは歓談を行ったあと、夜会の舞台である「軍神の間《テュール》」へと揃って案内されるとのことだった。

私と舞菜《いもうと》の入れ替わりに関しては、当人達を除いては一部の侍女と護衛騎士、そして国王陛下《フィルバート》とエドヴァルドしか知らない。

なのでギリギリまで控室にいて、フィルバートが現れる直前に、護衛騎士に直接「軍神の間《テュール》」へと案内される手はずになっていた。

それじゃ何も食べられない――とちょっと落ち込んでいると「失礼致します、聖女様。王宮護衛騎士トーカレヴァ・サタノフと申します。宰相閣下の言い付けにより参りました」と声が聞こえ、中にいた別の護衛騎士が、私の頷きを受けて、扉を開けた。

「お目通りいただき有難うございます。宰相閣下から事前に少しずつ料理を取り分けてお持ちするようにと命じられましたもので、お持ち致しました」

そう言って中に入って来た青年の片方の手には、オードブルプレートの如く、複数の料理が少しずつ取り分けられたお皿があった。

「………」

私の、様子を窺うような視線に気付いた青年は「……目の前で毒見をする点も、申しつかっております」と、やや苦笑いを浮かべた。

「ああ……ええ、それもそうなんだけど……」

まず、どこかで見た顔だと思ったのだ。

記憶の底を覗き込んでいる私に気が付いたのか、青年も「ああ！」と、声をあげた。

「エッカランタ伯爵の甥とでも言えば、思い出されるのでは？」

ああ、そうだ！　と、うっかりこちらも迎合しかけて、慌てて口を閉ざす。

危ない危ない、今は「聖女サマ」だった、私。

「……ですから『宰相閣下の言い付けにより参りました』と。状況は承知しております。こちらの料理も、ちゃんと目の前で毒見させていただきますので」

「……そう」

ものすっごく疑わしげな視線を向けた私に、トーカレヴァ青年は一瞬顔を痙攣《ひきつ》らせながらも、私の目の前でオードブルプレートの料理を、一種類ごとに少しずつ小さなスプーンで口へと放り込んだ。

「どうせなら正体を見破られた貴女に鞍替えしたいと、何度か申し上げているんですが……王宮で実績をあげてから来いって、相手にしてもらえなくて。ですので今回の仕事も、張り切って引き受けている次第なんです」

替えのスプーンをさっとプレートに載せながら、飄々とそんなことを青年は言う。

「はい？　仕事？」

「もちろん、王宮内警護です。公爵邸の皆さんは、よほどのことがなければ王宮には入れないそうですし――一時期行方不明扱いにはなってましたけど、今はちゃんとスヴェンテ公爵領内サタノフ子爵家の末席には復帰していますので、こういった際の護衛には、我ながらうってつけかと」

行方不明扱いって、何。

スヴェンテ公爵家……この人も、もしかしてチャペックのように、一度は政変に巻き込まれて「処分」されていたクチなんだろうか。それとも特殊部隊在籍中は、戸籍から名前を抜かれるとか……？

「サタノフ騎士は――」

「ああっ、どうか〝レヴ〟とお呼びください！　かつての仲間も皆、そう呼んでいましたから」

「……そう」

えーっと……なんだろう、中型犬？　強いて言うなら「ピンシャー」が、ブンブンと尻尾を振っているような……。そんな、一回ニセモノだって言われたくらいで……？

私の表情から、まだまだ疑われていることを青年も察したらしい。

オードブルプレートを私の目の前に置きつつも、表情を改めていた。

「職業柄、偽物だと見破られるコト自体が致命的ですから、日頃からそう言った方面には注意を払うのが我々なんですよ。それを、多少のヒントがあったにせよ、一介の淑女がやってのけるんですから、興味を持たないはずがないと思いませんか」

「私に同意を求められても……」

私を裏稼業の専門家みたいに言われても困る。

「まして、私に質問していた間に、誰も彼もが貴女を絶賛する。百年早いだの、身の程を知れだの、あれだけ煽られれば、それは興味も湧きますよ」

ファルコ、イザク、何やってるの――っ‼

質問は尋問。公爵邸の護衛は〝鷹《たか》の眼《め》〟の間違い。

こっちに興味を向けてどうする。

「そ、そういうことでしたら、王宮内では宜しくお願いしますわね」

何とか動揺を悟られないようにと笑う私に、レヴはにこやかに「お任せください」と一礼した。

そして「聖女様、そろそろ……」と、声をかけてくれるまで、私は黙々と目の前の料理をつまんだのだ。食べ過ぎてはいない……はず。

聖女と言っても、魔物を滅したとか治癒師として人々の役に立ったとか、一般的なラノベ上の「聖女様」とは、置かれている状況がかなり異なる。

あくまでお仕事は〝転移扉〟の維持。つまりは異世界チートで無双状態というわけではないので、そっと脇の扉から入って、出番まではひっそり壁の花となって待機していれば充分なのである。

舞菜《いもうと》が日頃からどういう認識でいるのかは知らないけど。

私がレヴに連れられて静かに扉から姿を現すと、すぐ近くの壁際に舞菜とエドヴァルドが、明らかに『話しかけるな』オーラ全開で、そこに立っていた。

「……ああ、来たか」

「申し訳ありません。遅れてしまいましたでしょうか」

「いや。こちらも今来たところだ。陛下とエドベリ殿下も、もう間もなく入場される」

ここは感情を悟られないようにと静かに尋ねた私に、エドヴァルドも淡々と答えた。

ああ、そうか。王子って、あくまで王の息子を指すだけであって、公《おおやけ》にはレイフ殿下なんかと同じ立場で、敬称として「殿下」と言わないといけないんだっけ。

「レ……ねぇ、聞いて？　このヒト、一方的に前を歩くだけで、エスコートすらしてくれないの。ヒドくない？」

……私の恰好で、ふくれっつらでこっちを見られるのは、ちょっと複雑な気分かもしれない。

さすがに「レナちゃん」と言いかけたのはやめたにせよ、それでマトモな言葉遣いのつもりなんだろうか。

妹のドレスはヘルマンさんの仕立てみたいだけど、ドレスの色や髪留めの色は、私と同じように、友好を訴えるようにしてあって、ネックレスは……アクアマリン？　多分、私のネックレスが不自然にならないよう、似たデザインのものを付けさせたんだろう。そして私のものよりも、陛下の瞳の色に寄せてある気がする。

なるほどそうしておけば、妹の不満は出にくいかもしれない。

そして恐らく〝マダム・カルロッテ〟のドレスの方が妹の好みだ。

夜会の後で交換するとしておけば、髪型以外に不満は出ないはずだ。一回しか着ないとか、そんな発想は純日本人にはないから。

宰相閣下、舞菜《いもうと》の扱いが段々分かってきたんですね。

エスコートしないのは、さすがにやりすぎ――といっても、きっと「私が気にすること」を気にしたんだろうなと思う。

なんとも言えない表情で私がエドヴァルドを見上げると、一見すると冷淡な表情のまま、フイと顔を逸らされた。

「もうっ、そんなんじゃモテませんよ？」

お願い、私の恰好でそれ以上喋らないでー！　と絶叫したくなった私の内心を察してくれたのかどうか、エドヴァルドが酷薄すぎるくらいに冷ややかに、舞菜を見下ろしていた。

「自分が望むただ一人が振り向いてくれれば、それでいいだろう。複数を侍《はべ》らせたところで己の価値を下げるだけだと理解した方がいい」

「――――」

とりあえず、自分を褒めているわけではないことは分かったんだろう。舞菜の無言は不機嫌を露《あら》わにしたそれであり、私の無言は――「自分が望むただ一人」を強調したエドヴァルドが、明らかにこちらを見ていたことに対する困惑だった。

私と舞菜、受け取り方は違えど珍しく、姉妹揃って言葉を失ってしまったのは確かだったんだけど。

「ああ、ここからは二人とも、己の役割をそれぞれちゃんと果たしてくれ。――陛下とエドベリ殿下が来られた」

エドヴァルドが顎で示した先。

ファンファーレのような音が鳴り――二人の王族が、ようやく姿を現した。

フィルバート・アンジェスとエドベリ・ギーレン。

地位もそうだけど、顔面偏差値の高さも、二人して突き抜けていることは間違いない。

何せ二人とも〝蘇芳戦記〟の攻略対象者なのだ。……ルートの行く先は、ともかくとしても。

夜会の会場の中には、同行者として息子や夫人ではなく、年頃の娘を連れて来ている家もあるため、あちらこちらでご令嬢方のため息が聞こえた気がした。

うん。知らないって幸せなことだよね。

ここでは、多分型通りと思しきフィルバートとエドベリ王子の挨拶がサクッと執《と》り行われる。

私は初めてエドベリ王子の声を聴いたけれど――あぁ、コノヒトも何かでっかいネコ背負《しょ》ってるなぁ……と、思ってしまった。

落ち着いたバリトンボイスのエドヴァルドや、ちょっと掠れたハスキーボイスのフィルバートに比べるとエドベリ王子の声は艶っぽい、どちらかと言うとテノールより。王族が、そんな簡単に内心を悟られてはいけないわけだし、ある意味笑顔の仮面が貼り付いているのは、悪いことではない。ないけど……何だろう、挨拶自体にまるで心がこもっていない。

あー……うん。ちょっと気持ち分かったかも、シャーリー。

外見に釣られなければ、ただただ胡散臭い。要は「コノヒト、何考えてるのか分からない」――この一言に尽きる。ある意味、思考回路から倫理と良識が抜け落ちているだけのフィルバートの方が、余程マシかもしれない。

ストン、と表情が抜け落ちた私に気が付いたのか、エドヴァルドの目が一瞬こちらを向いたけれど、何と言っても隣国の王子様のご挨拶中だ。

私は無言でフルフルと首を横に振っておいた。

舞菜は……あぁ、静止画《スチル》通りの「赤い髪の王子様」に見惚れてる。

金髪碧眼の国王陛下と横並びで、眼福だと思っているのが丸わかりだ。

ホント、私の恰好をして、ソレはやめて⁉

段々、回れ右をして帰りたくなってきたけど、そんな私を嘲笑うかのような絶妙のタイミングで、フィルバートの「今宵は皆楽しんでくれ」の一言と共に、ゆったりとした音楽が広間に流れ始めた。

来賓席の方にエドベリ王子は腰を下ろしたようだけれど、フィルバートはそれに付き従わずに、クルリと身を翻すと、誰かを捜すように会場を見回して――はい、私ですよね――明らかに「獲物を見つけた」と言った表情で、こちらへと歩いて来た。

「では聖女殿。今宵の宴が、皆の記憶に幾久しく残るよう――踊っていただけるかな？」

「……承知いたしました、国王陛下」

一瞬顔が痙攣《ひきつ》ったのは、不可抗力だ。

私はなるべく優雅に見えるようカーテシーで応えてから、差し出されたフィルバートの手をとった。

予《あらかじ》め聞いてはいたけれど、広間の中央には他に誰一人出て来ない。

ファーストダンスは本当に晒《さら》し者らしい。

ホールドの姿勢から、ダンス用の音楽が始まって、私とフィルバートは、まずは緩やかにステップを踏み始めた。

「ヘダーの教育の成果か？」

少し声が聞こえる距離になったところで、揶揄《からか》うようにフィルバートがそんなことを口にする。

「ド素人に嫌な顔一つなさらず、根気よくご指導なさった素晴らしい先生かと」

「そうか、今度本人に伝えておこう。何なら夜会の後も定期的に教わるか？」

「……それは宰相閣下に尋ねませんと、私からは何とも」

健康に良さそうだとは思うけれど、居候の身でアレコレと言えた義理ではない。

「姉君は謙虚だな」

音楽が流れていて、中央にいるのが自分達だけということもあって、名前呼びなどと決定的なことは念のため口にしないまでも、ある程度は許容範囲として会話は進んでいる。

「ああ、隣国の〝扉〟を視察する件については、当事者達の了承は得た。さて……『賭け』が楽しみだな」

「……っ」

本気で楽しそうな国王陛下に、うっかり足を踏んでしまいそうになったけど、ダンスが不得手なご令嬢の相手には慣れているのか、列席者にはそうと気付かれないように、クルリと私の身体を回転させて、上手く一連の流れの中に紛れ込ませていた。

「今のはワザとか？」

「生憎とまだ、そんな高等技術は披露出来ません。ご期待に添えず申し訳ないですけれども」

本当なら踏んでやりたかった、と捉えられてもおかしくない私の言い方だったけど、案の定というか、フィルバートは面白そうに微笑《わら》っただけだった。

「では次回を期待しておこうか」

いやいや、次回なんて――って、ないとは言いきれないのか。

今回の『賭け』の、結果次第で。

「陛下……嵌《は》めましたよね？」

踊りながら話すと言うのは、私にとってはまだ厳しい芸当ではあるのだけれど、こればっかりは言わずにはいられなかった。

「ほう？」

「私が『賭け』を受けて、全員が同じ立ち位置に立ってから、初めて聖女との縁談の可能性もあると、私の耳に入るよう誘導なさった」

「さて。貴女がどう受け止めようと、私の関知するところにはないが？」

「ええ、そうですよね。ただ陛下は少なくとも、私が聖女との縁談は許容出来ないだろうと、確信していらっしゃっただけ」

姉妹どちらとも、自ら進んで交流しようとする姿勢を見せない現状からすれば、お互いの反発心は、容易に察せられることだろうけど。

目の前の国王陛下も、本心では己の片腕、国政の運営に不可欠なエドヴァルドを、ギーレンに永住させる気など毛頭ないのだ。だからエドヴァルドが舞菜を煽った裏で——この人は、私を煽った。

エドヴァルドと舞菜、二人共がアンジェス国からいなくなった時点で、後ろ楯《だて》も存在理由も失くす私が、黙って縁談を見過ごすはずがないと思ったから。

「姉君」

是とも否とも言わず、フィルバートはキラキラと言う形容詞はこのためにあるのかと言う程のイイ笑みを浮かべて、私の耳元で囁いた。

「望んで手元に置こうと、押し付けられようと、誰だって手元にある〝駒〟しか動かすことが出来ない。私自身が今の地位にあって自由に動きづらい以上は、目の前の〝駒〟を選り好みするような愚かな真似はしない」

「陛下。私の国では、そういうのは『立っている者は親でも使え』という諺《ことわざ》で過不足なく言い表せます」

「至言だな。覚えておくとしよう」

ダメだ。暖簾《のれん》に腕押しだ。

私は周囲に見えないよう、ため息をついた。

「仕方がないので陛下の思惑には乗って差し上げます。万一、宰相閣下に引きとめがかかるようなら——転移装置をお借りして、迎えに行かせていただきます」

そして、音楽が終わる。

「理解が早くて素晴らしい。これからも私とこの国のために末永く働いてもらいたいものだな」

一歩下がってカーテシーの姿勢を取る私に、まるでダンスや所作を褒めたかのような言い方で、最後フィルバートは笑った。

実際は「迎えに行け」一択が正しいと認めたと、この場の誰が気付くだろうか。

私のために働け――あれ、もしかしてフィルバート陛下、監禁エンドからノーマルエンドに方向転換しかかってますか？

そんなことを考えている間に、拍手の音が響く。

一曲目は、とりあえず大きな失敗はしなかったと、私はホッと息をついた。

「この後は皆も思い思いに楽しんでくれ。ではエドベリ殿下、我が国の新たな〝扉の守護者《ゲートキーパー》〟である聖女マナと、ぜひ友好の証に一曲踊ってくださいますよう」

改めて私の手をとったフィルバートは、予《あらかじ》め決められていた台本のようなセリフを吐くと、立ち上がったエドベリ王子の方へと、私をエスコートした。

普段は王子呼びでも、公の場では殿下呼びというところまで、マナーは徹底している。

「これはこれは、可憐なご令嬢との一曲、光栄に存じます」

胸元に片手をあてて頭を下げるエドベリ王子に、私もカーテシーを返す。

それを合図に、壁際にいた貴族達も、思い思いにそれぞれのパートナーと、中央の方へと集まり始めた。

「――！」

背後の会場のどよめきと、私の目の前に立つエドベリ王子が目を見開いた様子で、私はフィルバートが「約束」を守ってくれたことを理解した。陛下が二曲目を⁉ とか、どちらのご令嬢だ⁉とか、ボードリエ伯爵家のご令嬢だって⁉……とか。あちこちで驚愕する声が聞こえる。

「殿下？ 如何《いかが》なさいましたか？」

私は、さも「何も知りません」的な雰囲気を漂わせて、エドベリ王子に話しかけることにした。

その声で向こうも、ここが社交の場であるということを思い出したようだった。

「ああ、いえ……大変失礼いたしました。宜しくお願いします、レディ」

「こちらこそ、初心者にお付き合いいただく形で申し訳ございません」

三拍子だった一曲目と異なり二曲目は、四拍子とはなるものの、同じ曲で初心者向けと上級者向けと、異なるダンスが出来るよう、配慮された曲がチョイスされていた。

当然、ギーレン国で王妃教育を受けていたシャルリーヌは、上級者ステップがとれるワケで。

初心者ステップに合わせているエドベリ王子には余裕があり、その分チラチラとシャルリーヌとフィルバートのダンスに視線が向けられていた。

もともと〝蘇芳戦記〟上のギーレン側ハピエンルートだと、第一王子《パトリック》との婚約破棄の時点で「傷物」である「私」は、もはや王家には関われない……と身を引いたヒロインを必死で捜したエドベリ王子が、アンジェス国に彼女がいるとの噂を確かめに来て、夜会で再会。

傷心の彼女を、王子が誠心誠意励まして、二人は——と言った流れだったはずだ。

ところが実際は、そもそもの婚約破棄の原因を作ったのが、シャルリーヌを自分のものにしたかったエドベリ王子の方だったというし、それでいて婚約破棄された傷物令嬢を引き取ってあげるんだから……的な言い草に、当のシャルリーヌがブチ切れて出国したというんだから、ゲームと現実《リアル》の開きを思い知るには充分だ。

恋心を拗《こじ》らせるのは勝手だけれど、好きな子には意地悪を……とか、どこの小学生だ。

そもそも手に入れようとするのに、賭けだの何だのと、権力使って周囲を巻き込むなと、声を大にして言いたい。

そこに乗っかっている、どこぞの陛下も陛下だけれども！

王子様って、やっぱり物語の中だけの存在なのか……と、目の前の赤毛の美形王子さえ、どんどん残念に見えてきた。

あ、ダメだダメだ。今日の私は「聖女マナ」で、ギーレン国に興味津々の体《てい》をとらなきゃいけないんだった。

「ボードリエ伯爵令嬢は、ギーレン国からいらっしゃったと伺っております。殿下、ご存知でいらっしゃったんですか？」

私の声に、エドベリ王子もまだこちらとのダンス中だということを思い出したようである。

身分が下のはずのこちらから話しかけることは、本来であればやらないのだけれど、舞菜ならやるだろうし、シャルリーヌのダンスに動揺している王子も、そこを指摘することが抜け落ちていた。

「え、ええ。ギーレン国内では、決して恵まれた環境にはいらっしゃらなかった方《かた》ですから……今はどうお過ごしなのかと、少し気になりまして。聖女殿は、彼女と交流がおありなのですか？」

「マナで結構です、殿下。私《わたくし》の身分で敬語をお使いいただくなどと、恐れ多いですので」

「いえいえ、我が国でも〝扉の守護者《ゲートキーパー》〟には相応の地位が保証されておりますよ？　国王陛下からは、お聞きになっていらっしゃるだろうか？　ぜひ我が国の〝扉〟もご覧いただきたい」

「ええ、私などがお役に立てるようであれば、喜んで！　私まだ、こちらに来てから日が浅いので、勉強不足で申し訳ないのですが、ギーレンはどのような物が有名なのでしょうか？」

一応、にこやかにエドベリ王子を見上げたつもりだけれど……あざと可愛いは舞菜の専売特許だから、中身が私ではどこまで通じているか定かじゃない。

表面上はニコニコと、王子も答えてくれてはいるけれど。

「そうですね、黒ビール……は、若いご令嬢には縁が薄いかな？　後はチョコレートに紅茶、羊毛のセーターに、シルバーリングと言ったところでしょうか？　ご興味がおありでしたら、お越しの際に、王宮に商人を呼んでおきますよ？」

「え、宜しいのですか？」

「さすがに産地や店舗への案内となると、一日二日の滞在では済みませんし、警護問題も出てきますからね」

「あ、そ、そうですよね。でも王宮でお品物を見せていただけるのであれば、それだけでも嬉しいのですが……」

「その程度でしたら、お安い御用ですよ。ギーレンには良《よ》いイメージを持っていただきたいですからね」

うわぁ……王子が微笑《わら》った瞬間、あちこちからため息が洩れた。

「ありがとうございます！　お伺いするのが楽しみになりました！　あ、一番最初のご質問にお答え出来ていませんでした、申し訳ありません！　ボードリエ伯爵令嬢との交流の話でしたよね？」

相手の話より自分の興味を優先させるのが、舞菜《いもうと》だ。

だから私は、あえてエドベリ王子の問いかけに答えるのを後回しにした。

舞菜ならそのまま答えなかった可能性もあるけど、さすがに私はそこまでは出来ない。

え、ええ……と答えるエドベリ王子の表情が、僅かに痙攣《ひきつ》っていたというのもあったけど。

妹を真似るあまりに外交を破綻させては意味がない。

「ボードリエ伯爵令嬢と親しいのは、レ…んんっ、姉です」

だからと言って、自分で「レナちゃん」とか言うのも絶対に無理だった。どんな羞恥プレイだ。

「姉君ですか……」

「今、壁際で、宰相閣下の隣で、私が殿下に失礼なことをしてしまわないか見守ってくれています」

私の言葉に、エドベリ王子の視線が少し動いたようだった。

「……なるほど。こちらを凝視しているのは、貴女が心配だからという訳ですね。姉妹仲がいいのは羨ましいです」

「…………ソウデスネ」

いいえ。多分さっきの微笑みが本当なら自分に向けられたはずと、イラッとしただけですよー。

なんてことは、おくびにも出さない。

「私は聖女としての役目がありますから、ずっと王宮にいます。ボードリエ伯爵令嬢とは、まだ話をさせていただいたこともないんです。姉の方は貴族教育と言っても、宰相閣下の邸宅に滞在している分自由がきくようで…もう何度か、一緒にお茶を飲んだりして、交流を深めていると聞いています」

「……ほう」

聖女《マナ》のギーレンへの興味に加えての「姉は宰相の愛妾だ」説についても、誘導しておいてあげますよ、王子。せいぜい「この聖女は煽《おだ》てればポロポロ情報を洩らす」とでも思っておいてくださいませ？

「もし良かったら、ギーレンに行かせていただく前に、ボードリエ伯爵令嬢がアンジェスでどんな風に過ごしているのかとか、聞いておきましょうか？　あ、姉とは、宰相閣下とのお見合い話が出た時にイザコザがあった末に、仲良くなったとは聞いてますけど」

「……え？」

「それ以上は私も詳しくは知らないんです。あ、宰相閣下の方はバッサリ伯爵令嬢をお断りしたとは聞いています。……あ、もう音楽終わりますね。初心者に合わせてくださって有難うございました、殿下。ギーレンに行かせていただくのを楽しみにしています」

それ以上は、エドベリが何かを言う前に、私の方からサッと身を引いて壁際に下がった。

ふっふっふ。悩め悩め。

これでもう、私のダンスの腕前なんて、印象にも残らなかったはずだ。

それ以上の爆弾を落とされたんだから。ついでにシャルリーヌをギーレンに呼ぶのに躊躇が出れば儲けもの。結果として無駄になろうと、仕込みくらいしたってバチは当たるまい。

さて、シャルリーヌは国王陛下《フィルバート》と踊りながら何を話したんだか。

明日から騒がしくなりそうだ。

そうして本来なら有り得ない「二曲目」を踊ったフィルバートはと言えば。

「皆、今日は隣国との友好のため、領地によっては遠方からの参加、感謝する。隣室の料理もそのままにしてある。楽しんでいってくれ」

会場がまだ騒然としている中、さらりと言い置いて、質問は受け付けないとばかりに身を翻したのだ。

エドベリ王子が少々会場に未練を残しているようだったけど、ボードリエ伯爵夫妻はダンスが終わった直後シャルリーヌを連れて、あっと言う間に会場から姿を消していた。

事前に国王陛下とのダンスがあると知らせていたからこそ出来たことだろう。

私もエドヴァルドに目配せだけをして、元居た控室に、再度の着替えのために戻ることにした。

王宮の奥へと続く、一般招待客は通れない扉の方に向かうと、今は王宮護衛騎士であるトーカレヴァがいつの間にか傍に来ていた。

「宰相閣下はこの後、陛下とエドベリ殿下と別室でまだ話をされるそうですので、先に公爵邸の方に戻ってもらって構わないとのことでしたが……お着替えはなさいますか？」

「え、ええ。そのつもり」

私が着ているドレスは舞菜《いもうと》の物となる予定だ。

一度私が袖を通した物を着る気があるのかは謎だけど、見るからに自分を想定して仕立てられているドレスなのだから、手元に置いておきたいだろう。

逆にヘルマンさんのドレスは明らかに私を想定したデザインだし、愛着なんて持っていないはずだ。

私よりも先に会場から出ているから、今頃とっとと脱ぎ捨てているかもしれない。

とりあえず、髪の染め粉を落としましょうと、控室に入ると浴室に文字通り「連行」された。

この世界のお風呂事情が、召喚直後は僅かに不安だったものの、少なくとも王族高位貴族に関しては、銅製の浴槽があって、屋敷の外にある貯水槽から送られてくる水を、別室にある炭の釜で温めて浴槽に入れる——つまりはちゃんと、湯船に浸かれていた。

これが低位貴族や富裕層商人宅だと、木製の浴槽に布をかけて、桶などで運んで来たお湯を、都度入れているらしい。平民になると川に入り、布で身体を拭くだけ……といったことにもなるらしい。

この点は、公爵邸に置いてもらえて良かったと、素直に感謝をしたところだった。

ネックレスに何かあっては困るので、王宮の浴室では外さずに、身体は自分一人で洗うと声高に主張して、結果、髪を整え直すところと、ドレスの着替えだけ、侍女さん達に手伝ってもらった。

「ええと……聖女、妹のいる部屋に案内してもらえるかしら」

天下の聖女サマが、相手が姉とはいえ、自分から動くことはしないだろう。

私は嘆息しつつも、こちらから妹の部屋に向かうことにした。

とりあえず今エドベリ王子と話した内容を伝えておかないと、ギーレンに行った時、困るのは舞菜だ。

「あ、レナちゃん。お疲れー」

王宮内に割り当てられていると言う妹の部屋に行けば、妹はクッションを抱え込んだ状態で、ソファの上をゴロゴロと転がっていた。

なんというか……誰も「行儀が悪い」とか、注意をしないのだろうか。

「舞菜……」

「なによぉ。レナちゃんまで、ケチつけるつもりぃ？　私の部屋でどんな恰好をしても自由でしょぉ？」

そのふくれっ面からするに、侍女長クラスの誰かから、何か言われたんだろうか。

「私だけか、誰もいないなら好きにすればいいけど……」

言われたとて聞く気もないだろうけど。私も用件を伝えたら、すぐに公爵邸に戻るつもりだし。

「まあ、いいわ。ところで舞菜、貴女、ギーレン国に『聖女』として視察に行くって話は聞いてる？　国王陛下、エドベリ殿下両方、踊っていてそういう話が出て来たんだけど」

私の言葉に、ふくれっ面をひっこめた舞菜は、コテンと小首を傾げた。

「ああ、うん、フィルから聞いたよ？　向こう側の〝扉〟をちょっと見てきてくれるだけでいいって。なんなら今はアンジェス側の〝扉〟は落ち着いているから、観光してきてもいいよって！」

「…………」

何だろう。アタマガイタイ。

「あ、エドさんが付き添いだとは言われたけど、レナちゃんは一緒に行けないと思うよ？　だって呼ばれてるのって〝聖女〟だし？　向こうの〝扉〟を見て、観光するだけなら、別に今回みたいなフォローは必要ないし？」

ある意味、人を苛立たせると言う点では天才じゃなかろうかウチの妹……と、思う。

そう言えば、私と舞菜の会話って、間に誰も挟まなければ、日本語になるんだろうか。

とはいえ、一言でもこの場で誰かが話せば、以降はアンジェスの言葉に置き換わるだろう。なら、聞かれていると言う前提で話す方がいいのかもしれない。

「……宰相閣下は貴女の『引率』であって、向こうでは別に用事があるはずよ。それよりギーレン国は黒ビール、チョコレートに紅茶、羊毛のセーターにシルバーリングなんかが国の特産で、王宮に商人を呼んでおくから、来た時に好きなだけ見ればいいってエドベリ王子が仰ってたわよ」

思った程私がエドヴァルドの名前に反応を示さないのがちょっと怪訝そうだったけど、舞菜の意識は特産品の話にあっと言う間に持っていかれたようだった。

「えっ、ホント⁉　わぁーい、余計に楽しみっっ」

――ある意味、予想通りに。

「それとボードリエ伯爵令嬢がギーレン出身のお嬢様だから、向こうに行ったら何か聞かれるかもしれないけれど、親しいのは自分じゃなく姉だ……で、押し通してくれて構わないから。他人のコトばかりアレコレ聞かれるの、貴女、不愉快でしょう？」

正確には「自分のコト以外」を聞かれること、だろうけどそこは口を閉ざす。

「さっすがレナちゃん、よく分かってるー。分かった、そのお嬢様は知らないって言っておくねー」

などと、当人はヘラヘラと笑っていた。

「いつ行くのか知らないけど、気を付けて行ってきて？　貴女が帰らないと、私、アンジェスで一人ぼっちになるしね。ああでも、貴女〝聖女〟としてとても優秀らしいから、ギーレンでもスカウトされるかもしれないわね？」

「ええ、そうかなぁ……？」

私がアンジェスに独り取り残される――舞菜が微《かす》かに口角を上げて、その言葉を確かに記憶に留めているのを、私も感じ取った。

こうしておけば、ギーレンから引き抜きがかかった時に「優秀な私は声をかけられて当然」となって、聖女でない姉がアンジェスに取り残されるのもイイ気味……くらいまで、考えが及んでくれるかもしれない。

当代聖女の交代。

エドヴァルドが狙い、フィルバートが静観しているその話に――今、自分も手を貸した。

貸してしまった。

（妹よりも私を選んでくれるな？）

エドヴァルドの声が脳裏に谺《こだま》する。

「……帰るね」

今の私に、舞菜の顔を見ることは出来ない。

「うん、バイバイー」

国王《フィルバート》に、エドベリ王子に聖女《マナ》。

そうでなくとも、この個性の強すぎる三人を、同じ日に一度に相手取った結果、私の精神は焼き切れそうになっていたのだから。

## 【閑話】エドヴァルドの青焔

「退屈ですー。エドさんは、踊らないんですかぁ？」

「貴女が踊れたのなら話も違ったかもしれないがな」

私が話しかけるなオーラを出すと、周囲の空気が冷え込むらしく基本的に誰も話しかけてこない。

と言っても、魔力を持たないはずのレイナは、私の目を見て空気を読んでいるようで、ただの威嚇か、本当に話しかけてはマズいのかを、何故か区別出来ている。

一方の妹は〝扉の守護者《ゲートキーパー》〟となれる程の魔力があるはずなのに、私どころか周囲の空気すら一切読まない。

フィルバートやエドベリ王子と踊るレイナが、羨ましいのか、憎いのか。

品のない話し方で頬を膨らませる〝聖女〟に、私の声は冷ややかにならざるを得なかった。

「仮に踊れたって、エドさんは踊ってくれませんよねー？」

召喚直後にフィルバートが「なるべく好きにさせておけ」などと言ったものだから、結果として、今、城で遊び暮らしている状況だ。そもそも名前呼びなど妹の方に許した覚えはないのだが。礼儀作法も何もあったものではない。別にこの妹であろうとなかろうと、踊るつもりがそもそもないのだが、いちいち言ってやる義理はない。

無言は肯定とでも思っておいてほしいくらいだ。

「おっかしぃなぁ…〝聖女様〟って、もっと愛され属性のはずなのに……なんでコノヒトこんなに塩対応……？　いや、推しはやっぱり王子なんだけど……逆ハーって、一度くらいはしてみたいというかー……」

レイナ、助けてくれ。

私には隣の妹が何を言っているのか、ほとんど理解出来ない。

私はため息をついて、視線を広間の中央へと戻した。

大広間がどよめいたところを見ると、フィルバートがボードリエ伯爵令嬢をダンスに誘ったようだ。

そのままチラリと視線を投げれば――赤毛の王子は、面白いくらいの無表情で、視線をボードリエ伯爵令嬢の方へと向けていた。

確かレイナが読んだと言う「物語」では、ここで再会した二人が、互いの気持ちを確認しあって、ギーレンへと戻るんだったか。

その「物語」を知っている令嬢が、その結末を忌避して、色々と動いているとか。

（記憶だけを召喚された令嬢――か）

レイナと同じ国にいて、同じ学園ではないにしろ、その地方では屈指の教育機関にいたのだと聞いた。

つまりはこちらも、一般的なご令嬢らしからぬ思考の持ち主ということだ。

きっかけが、アルノシュト伯爵夫人が持参した釣書とはいえ、聞いてしまえば私には、レイナと彼女との交流を止めるなんて、出来ようはずもなかった。

エドベリ王子が、レイナにまるで関心を示さないのは結構だが、フィルバートがボードリエ伯爵令嬢の耳元に顔を寄せて何やら囁き、令嬢がクスクスとそれに笑って答えているのは、この広間にいる、全貴族にとっての衝撃的な光景だろう。

他人《ひと》のことを言えた義理ではないが、王位交代時のアレコレで、そもそもフィルバートは恐怖の象徴のように思われがちだ。

以前の婚約者を一家揃っての叛逆による断罪のためとはいえ直接手にかけた時点で、国内で彼に縁談をねじ込もうとする猛者《もさ》は、昨今では皆無と言ってもいい。

無理に連れて来ても、令嬢の方が怯えて気を失ったりすることさえある。

まあフィルバート自身も、最悪後継者はどこからでも養子をとればいいと思っているフシがあるから、私のようにどこかの令嬢から突撃されることもなく、ラクでいいと笑っている。

好き嫌いの感情は別にしても、あのフィルバートと「普通に」話せるだけでも、貴族間では実は驚天動地の出来事なのだ。恐らくは、フィルバートとボードリエ伯爵令嬢、二人してエドベリ王子を煽っているだけなんだろうが、明らかに周囲はそうは受け取っていない。

ボードリエ伯爵令嬢本人もレイナも、エドベリ王子を追い返すべく最大限に効果のある「武器」を活用しただけなのだろうが、どうにも策に溺れた感が拭えない。

あれで今度は、令嬢とフィルバートとの縁組が王宮内で持ち上がったらどうするつもりなんだ。

いや、間違いなく持ち上がる。

ボードリエ伯爵自体は、レイフ殿下と近いと思われている。

レイフ殿下は、今、私に資金源を断たれていて、崖っぷちに立っている。

一次的に、個人資産で銀の取引相場に介入して、予《あらかじ》め交わしてあった先物取引をそのまま履行すれば、大損するように仕向けたからだ。

これでレイナが危惧していたエドベリ王子の暗殺や、隣国の元第一王子と手を組んでの叛乱の芽は摘み取れたはずなのだ。金がなければ、人も雇えないし武器一つ購入できないのだから。

ただボードリエ伯爵令嬢がフィルバートに嫁ぐとなれば、自身の破滅と諸刃の剣ではあるが、そんなレイフ殿下の起死回生の一手となりうる。仮にボードリエ伯爵令嬢がこの王国の後継者を産めば、その後ろ盾となることで今の権力を維持出来る可能性が残るからだ。

そうなれば当然、レイフ殿下と反目している貴族達が、それを阻止しようと動き出すだろう。

自分の娘や血縁者を、フィルバートに嫁がせる勇気はない。だとすれば、ボードリエ伯爵令嬢を、候補として立たせなくしようと、物騒な手段に訴えたり、令息縁者を押し付けようとしたりしてくる可能性がある。

(後でレイナと話をした方がいいな……)

私は内心でそう思いながら、視線をエドベリ王子からレイナの方へと戻した。

こちらはダンスと会話を両立させるのに必死なのが一目瞭然で、表情がやや痙攣《ひきつ》りぎみだ。

まったく踊ったことがなかったところから、あそこまで持っていっただけでも努力の跡は充分に窺い知れる。同じ本人の意思を無視して召喚された姉妹だが、一方は至れり尽くせりの待遇を要求し、一方は独立のための補助を要求する。

どちらにも応える義務はある。それは当然だ。

だがどちらに好意を持つかは、別問題だ。

二人が同じ国で並び立てないと言うのなら――私はレイナを選ぶ。

「あー、やっと終わったねー」

妹の声で、私もハッと意識をこちら側に引き戻された。

「じゃあ、戻って着替えたらいい？　なんか、ギーレンを見に行くって聞いたんだけど、いつ行くとか、詳しい話はこの後聞けるの？」

「いや。貴女を部屋に送った後、詳しい話を別室で三人でする予定だから、貴女には明日にでも陛下から話があるだろう」

「はーい、分かりましたー。これでやっと、あっちのドレス、私のモノなんだよねー？　こっち地味だから、早く着替えたいー」

当たり前だ。妹が今着ているドレスは、フェリクスがレイナを想定してデザインしたドレスだ。なぜ青じゃない！　と最後までフェリクスは文句を言っていたが、エドベリ王子の外交のためだと言って、渋々デザインさせたのだ。

レイナこそ、あんなリボンがあちらこちらに付いているようなドレスより、こっちが似合うに決まっている。

もっとも、夜会で一度披露している以上は、次に着て行ける場所が限定されてしまうが……

ふと気付けばフィルバートが、片手を上げて広間を出るよう合図をしている。

奥でエドベリ王子と三人で今後の話をするということだろう。

私は渋々、それに従った。

「陛下、殿下。お疲れ様です。今、飲み物を運ばせますので」

未だ王ではないエドベリ王子と、宰相である私との地位の差は実はないはずなのだが、今はこちらが接待する側だ。

夜会の会場を離れて、代々の王が個人的な来客接待に使う「誓約の間《ヴァール》」に移動をし、この場では私が侍女に、三人分のワインを持って来るようにと頼んだ。

四公爵とレイフ殿下だけは、このまま挨拶なしというわけにもいかないため、時間を置いて「誓約の間《ヴァール》」に来てもらう手はずになっていたからだ。

「陛下」

ワインを置いた侍女が壁際に下がったところで、エドベリ王子の方が少し性急に口を開いた。

「陛下のダンスは、聖女殿との一度のみと伺っていたように思ったのですが……？」

ワイングラスを手にしながら、フィルバートが悪戯《いたずら》っぽい笑みを閃かせる。

「まあ、そのつもりではあったが……興味深い〝花〟を見かけたら、声もかけたくなるだろう？」

「……っ！　彼女は我がギーレン国の伯爵家の令嬢です」

「元、じゃなかったか？　そなたの義兄《あに》に婚約破棄をされて、失意の中、我が国を頼って来たと聞いたが。故に我が国にはそんな不届き者はいないし近付かせないと、勇気づけて差し上げたまでのこと」

実際のボードリエ伯爵令嬢の様子をレイナから聞いている私は、違和感のありすぎるフィルバートのセリフに、二人からそっと視線を逸らす。

「お調べになられたのですか。私があのような話をさせていただいたものだから」

答えるエドベリ王子の声は、固かった。

ぼかしてはいるが、聖女絡みの話で間違いないだろう。

やはりギーレン国の狙いは、聖女と聖女候補二人ともを掠め取ることか。

この時点で、まだ『賭け』の詳細を知らなかった私は、当たらずとも遠からずな予測を立てたまま、この時は話を聞いていた。

「いや？　そんなことをせずとも、既に話は届いていたからな。……なあ、宰相？」

フィルバートの声は明らかにこの場を楽しんでいて、私は余程舌打ちを返してやろうかと思った。

「ええ、そうですね。当家滞在中の、聖女の姉君からそのような話を聞きましたので、陛下にもご報告申し上げましたね」

「……聖女の姉」

ふと、エドベリ王子が先ほどまでの広間の様子を思い返すような表情を見せた。

彼にとっては会場で私の隣にいた少女だろうが、実際には、目の前で踊っていた方の少女のことだ。

まさかここでネタばらしをしないだろうな？　と、視線でフィルバートを牽制しておく。

フィルバートは、王子に聞こえない程度に低く笑って、片手を振った。

言うつもりはないらしい。……少なくとも、今のところは。

「どうも彼《か》の令嬢と姉君とは、短期間で随分と親しくなったようだ。先ほど『生まれて初めて出来た〝親友〟です。ギーレンでは虐《いじ》めや僻《ひが》みが多く、挙句の果てには私の知らないところで親友を名乗る方《かた》も多かったですし……』などと、それは嬉しそうに惚気られてしまった」

ただし、巧妙に王子の嫉妬心を、自分からレイナの方に向けさせようと、あからさまに誘導はしている。フィルバートの言い方だと〝親友〟レイナがいる限りは、ボードリエ伯爵令嬢がアンジェスから出て行くことはないんじゃないかと言っているようにも聞こえるからだ。

というか、それは「惚気」と言えるのか？

「……そう言えば」

口を開くエドベリ王子の表情は、若干痙攣《ひきつ》っているように見えた。

「その姉殿とは、宰相殿とボードリエ伯爵令嬢との縁談のいざこざがきっかけで知り合ったようだと、先ほど聖女殿が言っていたのですが、あの場で詳しく尋ねる時間がなかった。今、伺っても？」

「ほう、それは私も聞いていなかったな」

隣のフィルバートが悪ノリしている。

後で雷を落としてやりたいと思いながらも、この場ではジッと耐えた。

「……元は、アルノシュト伯爵夫人の紹介でしたよ。ボードリエ伯爵夫人との付き合いの中で出た話だとか。ただし私はロクに釣書も見ずに突き返した。これはどのご令嬢に対しても言えることで、とりたてて彼《か》の令嬢に含むところがあったわけではない。そこは誤解なさらぬようお願いしたい」

「ああ、まあ、それはそうだな。毎度毎度、釣書が暖炉の燃料になってるものな」

「陛下に責められる謂《いわ》れはありません。ともかく、ギーレン国に戻ることを何より避けたかったらしい令嬢は、それでは引き下がれなかったのでしょう。私が縁談を拒んだ原因と思った〝聖女の姉〟に宣戦布告をしようと、公爵邸に訪問希望の手紙を送りつけてきた」

実際は、レイナが自分と同じ知識を持っていると察して、それを確かめようと突撃してきたわけなのだが、当人がやって来るまでは邸宅の全員がレイナへの宣戦布告だと思っていたのだから、それほど荒唐無稽なことは言っていない。

「ははっ、あのご令嬢なら、そのくらいの行動は起こしそうだな」

そこは疑いようがないと思ったからか、フィルバートは目を見開いた後で笑っているし「ギーレンに戻りたくないようだ」と聞かされたエドベリ王子は、顔を顰《しか》めていた。

「私は王宮にいたからそれ以上の詳細を知りませんが、茶会の中で、思ったより意気投合したらしいですよ。何ならバリエンダールに二人で冒険の旅にでも出ようかという話にまで発展したようで、思いとどまらせるのが一苦労でした」

「冒険！　バリエンダール？　ははは、二人ともなかなかに斜め上の思考の持ち主だな⁉」

もはやフィルバートは、笑い過ぎてお腹が痛いとでも言わんばかりだが、エドベリ王子はかなり不愉快そうに柳眉を逆立てていた。

「……陛下、年頃の令嬢が『冒険の旅』などと、冗談でも言うべきではないと思いませんか」

こればかりは、私もエドベリ王子に賛成だ。最初にそれを聞かされた時には、斜め上過ぎて一瞬頭の中が真っ白になってしまい、ロクに外堀を埋めることもせず、バリエンダールに縁の深いアンディション侯爵の方を牽制してしまったくらいだった。……誰にも言えた話ではないが。

憮然となった私の傍で、フィルバートはまだ笑っていた。

「そうか？　ただの空想だったとしても、なかなかに面白い話ではあるし、そこに至るまでの過程を整えて真面目に実行する気なら、それはそれでどんな手段をとるのか興味はある。淑女たるもの内向きを守るのがあるべき姿——とでも言いだすつもりならば、その保守性は将来の国のためにはならんだろうよ」

それを言い切れるのは、社交界の評判を露ほども気にしないフィルバートだからだろうとは思うが、それをエドベリ王子に告げる義理はない。

王子が悔しそうに唇を噛んでいるのが、いっそ爽快に思うくらいだ。

「ああ、宰相は二人を止めたんだったか。やはり宰相も保守派なのか？」

そして、私に振るな！

私は軽く咳払いをして、フィルバートを睨んだ。

「邸宅にて内向きを守ることに長《た》けた令嬢もいれば、現在領主代理をこなすご夫人方のような女性もいる。一つの考え方を押し付けたいとは思いませんが、それは保守派に入ることでしょうか？」

フィルバートは、降参したように肩をすくめた。

「ああ、宰相の場合は、ただ一人限定で、過保護になっているだけだったたな」

この国王——何故そんなに、私がレイナに執着していると、エドベリ王子に仄《ほの》めかしたがる？

フィルバートとエドベリ王子が、二人で話し合ったらしい場に同席出来なかったことを、私は少し悔やんだ。

こうなったら、事務的な話をさっさと片づけるより他はない。

「殿下、最終的な確認をさせていただきたいのですが、お戻りは明日で宜しいですか」

いっそ冷ややかに話しかければ、エドベリ王子の方もようやく冷静さを取り戻したようだった。

「ああ、いや……聖女殿が我が国の名産品にいたく関心を持たれたようなので、この後本国に指示を出して、王宮に揃えさせたいと思っていて……申し訳ないが、もう一日滞在を延ばしても構わないだろうか？」

レイナが身代わりを務めるなら、当然そういった話は社交辞令であろうとなかろうと口にするだろうし、逆に聖女本人は絶対に口にしないだろうなとも思ったが、そこは私も口を閉ざす。

「如何《いかが》されますか、陛下」

「ああ、特定の家を王宮に招いたり、こちらから訪ねたりするようなことは、いらぬ誤解を生むので許可しかねるが、それでいいのなら」

「……無理を申し上げているのは、こちら。是非もございません」

言外にボードリエ伯爵家への接触を却下された形になったエドベリ王子は、僅かに眉を顰《ひそ》めたものの、もちろんそれを言葉には出さなかった。

「何、退屈されないようにこちらからも、特産品のいくつかを持ち寄らせる。聖女を歓待いただくと分かれば、それくらいはさせてもらわねばな。ちょうどこの後、各公爵家当主もここに来ることだし、それぞれ何か献上させよう」

ニヤリと口元を歪めたフィルバートは、大国とはいえギーレンに屈する気がさらさらないようだ。

「……陛下」

だがエドベリ王子も、フィルバートより年下とはいえ、大国の後継者としての矜持があるのか、眉を顰《ひそ》めたまま、顔を上げた。

「こちらとしましても、約束通りに聖女殿は歓待させていただきますので、どうかお言葉、お忘れくださいませんよう」

それが、今の話ではないことくらいは私でも分かる。

(これは……諦める気はなさそうだな)

ボードリエ伯爵令嬢の気持ちが、多少だが、分からなくもないと思ってしまった。

そしてやはり、このままいけば、ボードリエ伯爵令嬢がアンディション侯爵の伝手《つて》を使ってバリエンダールにレイナと渡ってしまう可能性が残る。

そんなことをさせるつもりは微塵もない。

――レイナの居場所は、私の隣だ。どこにも行かせない。

エドベリ王子に好き勝手に動かれては困るのだ。

いざとなれば、ボードリエ伯爵令嬢をアンジェスで次の「聖女」とし、今の聖女をギーレンに残してでも、私は戻る。

ギーレンになど留まらないし、オーグレーン家など、潰《つい》えたままでいいのだ。

そんなことで「視察旅行」を延期させようとするなら、その代償はしっかりと払ってもらうつもりだ。

新＊感＊覚　ファンタジー！

レジーナブックス
# Regina

レジーナブックス Regina

**ドタバタ家族コメディ開幕!**

## 推しの継母になるためならば、喜んで偽装結婚いたします！

**藍上《あいうえ》イオタ**

**イラスト：たすく**

30代で過労死し、Web小説のモブに転生していたブリギッド。彼女の最大の推しであるニーシャは愛を知らないまま育ち、いずれ悪役として主人公に殺されてしまう運命にある。推しの断罪エンドを回避するべく、彼女は継母としてありったけの愛を注ごうと、恋をしないと噂の鉄壁侯爵ディアミドと偽装結婚して――!?　オタクと前世の知識を使って奮闘する、ドタバタ（仮）家族コメディ！

詳しくは公式サイトにてご確認ください。

https://www.regina-books.com/

新＊感＊覚ファンタジー！

# Regina レジーナブックス

レジーナブックス Regina

**運命の出会いは**
**ヤケ酒から!?**

浮気されて
婚約破棄したので、
隣国の王子様と幸せに
なります

**当《とう》麻《ま》リコ**
**イラスト：煮たか**

婚約者の浮気により婚約破棄となった、不遇な公爵令嬢ミシェル。今まで頑張って淑女のフリを続けてきたけれど、これからはどうせ腫物扱いされてロクな嫁入り先も見つからない……。そう考えたミシェルは猫を被ることをやめ、自分らしく生きていこうと決意！　婚約破棄の憂さ晴らしとして、ミシェルが自邸の庭園でひとりヤケ酒していると、謎の美しい青年・ヴィンセントが迷い込んできて――!?

詳しくは公式サイトにてご確認ください。
https://www.regina-books.com/

この作品に対する皆様のご意見・ご感想をお待ちしております。

おハガキ・お手紙は以下の宛先にお送りください。

【宛先】

〒150-6019 東京都渋谷区恵比寿 4-20-3 恵比寿ｶﾞｰﾃﾞﾝﾌﾟﾚｲｽﾀﾜｰ 19F
（株）アルファポリス　書籍感想係

メールフォームでのご意見・ご感想は右のＱＲコードから、
あるいは以下のワードで検索をかけてください。

アルファポリス　書籍の感想　検索

ご感想はこちらから

本書は、「アルファポリス」（https://www.alphapolis.co.jp/）に掲載されていたものを、
改題・加筆・改稿のうえ、書籍化したものです。

聖女《せいじょ》の姉《あね》ですが、宰相閣《さいしょうかっ》下《か》は
無能《むのう》な妹《いもうと》より私《わたし》がお好《す》きなようですよ？３

渡邊香梨（わたなべ かりん）

2024年 4月 5日初版発行

編集－古屋日菜子・森 順子
編集長－倉持真理
発行者－梶本雄介
発行所－株式会社アルファポリス
〒150-6019 東京都渋谷区恵比寿4-20-3 恵比寿ｶﾞｰﾃﾞﾝﾌﾟﾚｲｽﾀﾜｰ19F
TEL 03-6277-1601（営業） 03-6277-1602（編集）
URL https://www.alphapolis.co.jp/
発売元－株式会社星雲社（共同出版社・流通責任出版社）
〒112-0005 東京都文京区水道1-3-30
TEL 03-3868-3275
装丁・本文イラスト－甘塩コメコ
装丁デザイン－AFTERGLOW
（レーベルフォーマットデザイン—ansyyqdesign）
印刷－中央精版印刷株式会社

価格はカバーに表示されてあります。
落丁乱丁の場合はアルファポリスまでご連絡ください。
送料は小社負担でお取り替えします。
©Karin Watanabe 2024.Printed in Japan
ISBN978-4-434-33636-2 C0093